Christof Hamann
Usambara

Christof Hamann

Usambara

Roman

*Für Jenny + Harald,
viel Spaß beim Lesen!*

Christof H.

Köln 1.3.08

Steidl

1. Auflage 2007
Copyright © Steidl Verlag, Göttingen 2007
Alle Rechte vorbehalten
Umschlaggestaltung: Steidl Design/Claas Möller
Satz, Druck, Bindung:
Steidl, Düstere Str. 4, 37073 Göttingen
www.steidl.de
Printed in Germany
ISBN 978-3-86521-557-4

Kibo: 5895 Meter

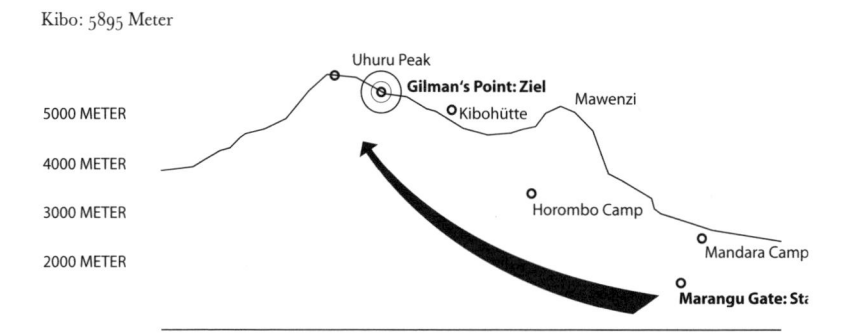

- Uhuru Peak
- **Gilman's Point: Ziel**
- Mawenzi
- Kibohütte
- 5000 METER
- 4000 METER
- Horombo Camp
- 3000 METER
- Mandara Camp
- 2000 METER
- **Marangu Gate: Sta**

Wem in deutschen Landen ist nicht der Name des höchsten Berges von Afrika geläufig? Jedes Schulkind kennt den Kilimandscharo so gut wie den Brocken oder die Schneekoppe oder den Montblanc. Und mit dem Namen des Berges eng verknüpft ist der Name des kühnen Mannes, der zuerst seinen männlichen Fuß auf ihn setzte, dem wir es wesentlich verdanken, daß dieser Berg ein deutscher Berg geworden ist, Hans Meyer. Wenn der moderne Weltreisende mit der Eisenbahn den Berg erreichen und mit derselben Bequemlichkeit von Gasthof und Schutzhütte ihn besteigen kann, wie einen Gipfel der Alpen, so wird er sich kaum bewußt werden, was für ein schwieriges Unternehmen die erste Besteigung gewesen ist. Erst dem dreimal erneuten Ansturm ergab sich der Riese.

Fritz Jäger

Für Leonhard Hagebucher begann Afrika mit einem Veilchen. Aus dem morastigen Untergrund heraus nahm er sich das, was er sah, mit größter Sorgfalt vor. Später sagte er: ein Wunder, und alle, die zuhörten, glaubten ihm. Sie wussten, wie sehr er auf der Suche gewesen war.

Hagebucher gehörte zu den im Volksmund Sitzzwerg genannten Menschen. Im Stehen fiel wegen sorgfältig ausgewählter Kleidung kaum auf, was ins Auge sprang, sobald er Platz nahm, sein bemerkenswerter Körperbau: ein gestauchter Rumpf wie derjenige eines Kleinwüchsigen, aber darunter lange, wohlgeformte und leistungsfähige Beine, die ihm bis zu diesem Augenblick nie ihren Dienst versagt hatten. Sie trugen den jungen Mann, wo immer er sich hin wünschte, und sorgten dafür, dass insbesondere Frauen, selbst wenn er lange Hosen trug, verlangende Blicke auf seine untere Hälfte warfen, während sie die obere vergaßen. Wenn Hagebucher zum Tanz aufforderte, überließen sich die Partnerinnen bedenkenlos seiner Führung. Sicher schwang er sie im Rhythmus der Musik über das Parkett, bis Maria Theresia Eisenstein aus einer gut situierten Erfurter Kaufmannsfamilie so von seinen Tanzkünsten angetan war, dass sie sich trotz des Widerstands ihrer Eltern gegen den mäßig wohlhabenden Gärtnersohn bis vor den Traualtar der Lorenz-Kirche führen ließ. Liebe auf den ersten Blick, hieß es. Aber die

Hochzeitsfeier stieg erst später. Noch lockten andere Ziele als gebückte Arbeit in engen Kressebeeten und eine schöne Frau.

Von jeher galt, dass Hagebucher seine Beine bewegen musste. Standen sie doch einmal aus zwingendem Grund still, bei Mahlzeiten oder während der Messe, dann spielte er mit seinen Füßen; und je nachdem, welche Schuhe er trug oder wie der Untergrund beschaffen war, konnte man als geneigter Zuhörer gesteppten Kompositionen lauschen. Nur wenn es gar nicht anders ging, ließ er auch das sein. Dann wackelte er zumindest mit den Zehen.

An Leonhard Hagebucher zeigte sich am eindringlichsten, was die Familie insgesamt auszeichnete und bei ihren Mitgliedern von Generation zu Generation mal stärker, mal weniger stark hervortrat, aber stets vorhanden war. Wir sind Glieder einer unvergänglichen Kette. Von den Hagebuchers sagte man von Anfang an, dass sie es vor allem mit den Beinen hatten. Sie konnten, so hieß es, träumen mit ihren Beinen. Sich wegträumen an Orte, die noch kein Mensch gesehen hatte. Vom Lehnstuhl zum Krater ist es nur ein kleiner Schritt. Also los.

*

Ich reise mit Toten. Wäre es nicht an der Zeit, endlich mit Euch Schluss zu machen? Du sitzt schon, ewig müde, in Deinem Lehnstuhl. Und Du hast Dich ausgestreckt, für immer. Aber in meinem Kopf gehen die Jahre unaufhörlich durcheinander, weil ich gemästet worden bin, von Dir und von Dir, was soll ich machen? So vollgestopft, dass ich vergebens die Lippen zusammenpresse, die Augen schließe. Ich sehe Dich sitzen, ich sehe Dich laufen. Ich sehe Dich liegen, ich sehe Dich rennen. Im einen Moment seid Ihr tot, im nächsten jung, und ich höre Eure rastlosen Beine einen Takt aufs Pflaster klopfen. Früher, das ist ein Ort, an dem Du jünger warst als ich. Früher, das ist eine Stadt, durchschnitten von einem Tal. Früher, das ist jetzt.

Es gab Augenblicke, da hätte ich am liebsten einen Stein aufgehoben und Dir damit den Schädel eingeschlagen. Und Dir gleich mit. Zum Mörder werden. Um Platz zu schaffen für anderes, in meinem Kopf, meinem Mund, meinem Magen. Mir ist schlecht. Da kommt das Sammeltaxi. Ich verstaue mein Gepäck im Kofferraum. Öffne Euch die Tür. Steigt ein. Es wird schon gehen. Es muss. Oberkante Unterlippe. Die Plastiktüte liegt bereit. Also los.

*

Gerade noch geschafft. Gerade noch rechtzeitig beuge ich mich nach vorne über das Loch, aus dem heraus es erbärmlich stinkt. Dabei drücke ich meine Handballen links und rechts an die ungehobelten Holzwände des Verschlags, spreize die Beine und erbreche mich. Viel wird es nicht mehr sein. Schleim vor allem, vermischt mit der Bouillon, die ich heute Nacht zu mir genommen habe. Erkennen kann ich nichts. In der Grube, in der das Erbrochene verschwindet, herrscht völlige Dunkelheit. Minutenlang reiße ich immer wieder den Mund auf, stecke mir einen, zwei Finger in den Hals. Die würgenden Geräusche, die ruckhaften Bewegungen meines Brustkorbs über dem Loch lenken kurzzeitig vom Schmerz in der Magengegend ab. Meine linke Hand bewegt das Brett, gegen das sie drückt, mit jedem Stoß ein kleines Stückchen weiter nach hinten und gibt dabei ein leises, doch für mich so deutlich hörbares Knarren von sich. Durch die Ritzen hindurch erkenne ich plötzlich im spärlichen Licht schemenhaft eine Gestalt, die über dem zweiten Loch der Hütte hockt. Teile eines nackten Hinterns heben sich von der Umgebung ab. Ein Mann, vermutlich. Der Hockende könnte mich schon länger beobachtet haben.

Durchfall, sagt die Stimme einer Frau, ich weiß gar nicht, wie ich je wieder hochkommen soll. Dieser Scheiß-Berg.

Ich nehme die beiden Finger aus dem Mund, bin aber zu schwach, etwas zu erwidern. Daher nicke ich bloß, während der glänzende Speichel Fäden zieht.

Die letzten Tage sind Ihnen aber auch ganz schön auf den Magen geschlagen, fügt die Frau hinzu.

Ich nicke erneut und muss an Michael denken, der mir die ganze Suppe eingebrockt hat. Mein bester Freund! Dann lasse ich in einer Plastikflasche mitgebrachtes Wasser über meine Hände laufen, spüle mir den Mund aus, wische mit Toilettenpapier die Laufschuhe ab, die einige Spritzer abbekommen haben, obwohl ich die Beine gespreizt hatte. Kurz drücke ich alle Fingerspitzen gegen die Schläfen, die nach wie vor unerträglich pochen, und ziehe die Fäustlinge über meine vor Kälte steifen Hände.

Auf Wiedersehen, ist alles, was ich herausbringe, bevor ich die Tür meiner Kabine öffne, worauf sie nichts erwidert.

Vor den Latrinen hat sich im Vorraum eine Schlange von stumm Wartenden gebildet, die bis hinaus ins Freie reicht. Allesamt Weiße, die Schwarzen kacken woanders. Einem vielleicht fünfzigjährigen Mann macht die Kälte offenbar nichts aus. Mit freiem Oberkörper steht er vor dem Häuschen, etwas abseits der Menschenschlange, und putzt sich die Zähne. Aufgeweichte Paste hängt in seinem Bart. Er speit vor sich hin. Viel trinken solle ich, meint er auf Englisch, nichts anderes helfe.

Ich bedanke mich nicht für den Ratschlag, der mir in den letzten Stunden mehrfach erteilt wurde, und stolpere davon; weg von dem Halbnackten, der Frau mit dem Durchfall, den Bergläufern, die geduldig vor der Holzhütte ausharren, weg von den schwarzen Trägern, den schwarzen Köchen und den Journalisten, die daran zu erkennen sind, dass sie ausdauernd in ihre Handys quatschen, weg von den zahllosen Gaffern, denen die Anspannung im Gesicht abzulesen ist, den Sanitätern, einer heißt Ladislaus, allein der Name, lächerlich, weg von den kreuz und quer auf dieser Hochebene aufgestellten Hütten und der sich drum herum in die Hügel erstreckenden Zeltstadt, weg von der länglichen Banderole mit der Aufschrift Kilimandscharo Benefit Run, weg von der Tribüne, vor der sich die meisten der Wartenden zusammendrängen, hin zu meinem Stein ein wenig außerhalb des Horombo Camps, auf dem ich bereits saß, bevor ich mich übergeben musste.

Was es zu sehen gibt.

Erikazeen, Senecien, Gespensterbäume. Darüber ein paar Vögel, schwarz, breit, flach in der Luft, ich tippe auf Krähen. Dahinter grauer Dunst, in dem die Usambaraberge verloren sind.

Ich setze die Brille ab.

Das will ich nicht sehen.

1

Also los. Ich singe. Unhörbar.

Das machen nur die Beine von Dolores.

Und jeder wünscht sich nur das eine.

Michael entwischt mir nicht. Schneller. Es geht. Es geht immer noch schneller. Das Handy in meiner Brusttasche wippt im Takt mit.

Stell Dir vor, wir rennen nach oben.

Außer auf Michaels Beine, die sich im regelmäßigen Rhythmus bewegen, achte ich auf nichts und niemanden. Mit meinen Blicken fessle ich mich an sie. Beschleunigen seine Beine, dann beschleunigen auch meine.

Kannst Du Dir das vorstellen? Immer weiter nach oben?

Wenn er spricht, höre ich deutlich, dass auch sein Atem schneller geht. Vielleicht einen Tick gleichmäßiger. Ich reagiere nicht auf sein Geplapper. Reden werde ich erst wieder, wenn wir angekommen sind.

Sag schon! Kannst Du?

Was für eine Frage! Michael weiß die Antwort so gut wie ich. Er will damit nur die Fesseln lockern, mit denen ich an ihm hänge, er aber auch an mich gebunden ist.

Wer als letzter dort vorne auf der Wiese ist, zahlt heute Abend die erste Runde.

Seine Beine verschwinden aus meinem Blickfeld.

Das Handy pocht schneller gegen meine Brust.

Wenn Du nicht so schöne Beine hättst.

Das machen nur die Beine.

Die Elisabeth und die Dolores werfe ich aus den Schlagern hinaus, die brauche ich nicht.

Ihre Beine können bleiben. Zwei Paar Beine, die sich unentwegt bewegen. Vier Beine, die auf und davon fliehen.

Wenn Du, wenn Du nicht.

Und jeder wünscht sich nur das eine.

Da sind sie wieder, Michaels Schenkel, Knie und Waden, Haare und Haut, Muskeln und Adern, seine Bergläuferbeine, denen jede Technik in Fleisch und Blut übergegangen ist, um Geröll oder Fels hinter sich zu lassen. Der Berg lockt und die Beine kommen. Hier im Flachland langweilen sie sich. Was sie brauchen: den Hauch eines Nervenkitzels. Eine Wette. Es geht immer noch schneller. Ich sehe auf Michaels grauweiße Wadensocken, die er mir vor dem Lauf stolz präsentierte (mit starken Zehenpolstern), die Laufschuhe (ein federndes Kissen auf jedem Untergrund), in denen seine Plattfüße Größe 44 stecken. Meiner laienhaften Ausrüstung zum Trotz bleibe ich der Wadenbeißer, ich schnappe zu, jetzt und jetzt und jetzt.

Fast gleichzeitig mit Michael komme ich am Ziel an.

Ich keuche heftiger als er.

Er will, dass ich das erste Bier zahle. Er übernimmt das zweite.

Auf der Wiese im Englischen Garten liegen einige Leichtbekleidete in der nachmittäglichen Frühlingssonne. Kurze Gymnastik, dann legen wir uns ebenfalls ins Gras, nebeneinander, mit angewinkelten Beinen, lockern durch leichte Bewegungen die Muskulatur.

Deine Atmung ist fürchterlich, die kann ich kaum mit anhören.

Michael setzt mir auseinander, dass der richtige Umgang mit der Luft für jeden Berglauf entscheidend sei.

Mein Brustkorb hebt und senkt sich. Meine Lunge: Ihre Flügel schlagen auf und zu. Kein Fliegen, allenfalls ein Flattern.

Die Art, wie Du mit den Armen hantierst, erinnert an einen Hund, der schwimmt. Du sollst die Luft nicht wegschaufeln.

Meine Arme habe ich hinter mir aufgestützt. Sie zittern. Mit ihnen komme ich nicht davon.

Er springt auf, läuft einige Male um mich herum. Ich drehe den Kopf nicht. Kurz verliere ich ihn bei jeder Runde aus den Augen.

Siehst du?

Eines aber sei mir in die Wiege gefallen. Ich hätte Beine, die nicht schlappmachen. Mit intensivem Training könnte ich es schaffen. Bis ganz oben.

Meine Beine also. Meine restless legs.

Ich lasse ihn reden, meinen Sandkastenfreund, mit dem ich rannte, seit wir das Laufen gelernt hatten, weg vom Sandkasten, hinab ins Lochbachtal, in eine andere Welt, in der mal er, mal ich Buschiri hieß und wir abwechselnd einen Stock schwangen, der sich in unseren Händen zum mächtigen Säbel verwandelte.

Der Sandkasten lag direkt hinter dem Mietshaus, in einer kleinen, umzäunten Wiese. Drei mal zwei Meter groß. Hier entstanden Berge, zuerst immer derjenige, der so leicht zu bauen war. Wenn unser Berg seine unverwechselbare Form gefunden hatte, reichte der Sand noch für einen zweiten. Dazu hoben wir den Krater des ersten so gründlich aus, dass wir um seine Wände fürchten mussten.

Um die beiden Berge herum entstand ein Graben, der war so tief, dass nur noch unsere Köpfe aus dem Holzkasten hervorschauten und natürlich die beiden Gipfel.

Wegen des Schnees kam es zum Streit. Michael hielt ihn für unnötig. Ich aber klingelte bei Nachbarn und bat um Mehl.

Einen Teil der Ebene schmückten wir mit Sandkastenförmchen. Die hohlen Sterne, Monde und Sonnen bildeten das Buschiri-Dorf, im Eimer wohnten die Gefangenen. Da wir wussten, dass die Gegend um das Dorf eine fruchtbare war, zupften wir Gras von der Wiese und legten es zwischen den Hütten aus, Kieselsteine vom Weg, der rechter Hand am Haus vorbei zu den Garagen führte, dienten uns als Lagerfeuer. Das Wasser, verbotenerweise aus einem Gartenschlauch abgezapft, versickerte immer wieder aufs Neue. Zwischen dem Dorf und den beiden Bergen musste eine Fläche liegen, die eigentlich aus einem Gebirge, bei uns aber nur aus Sand bestand. Meist saßen wir auf diesem Fleck, den mehlgekrönten Vulkan und seinen Nachbarn im Rücken, vor uns das Dorf, in dem das Geschehen spielte, dem wir als Kinder am meisten abgewinnen konnten. Weil es Mord und Totschlag gab. Wir packten die Plastikfiguren aus einer Tupperware. Cowboys und Indianer. Die Cowboys waren Forscher, die Indianer Schwarze und Araber. Michael warf einen Groschen in die Höhe. Ich sagte: Zahl. Jeder von uns wollte Cowboy sein.

In Michaels Wohnung wartet der Artikel aus der Süddeutschen Zeitung auf dem ansonsten leeren Küchentisch. Fein säuberlich ausgeschnitten liegt er in der Mitte. Michael hat ihn mit dem Datum vom vergangenen Montag versehen. Die Email-Adresse am Ende hat er eingekreist. Nicht einmal meinen Rucksack durfte ich abstellen, nachdem wir seine Wohnung betreten hatten. Sofort führte er mich in die Küche, wo der Artikel auf mich wartete. Er fuhr einige Male mit der Hand über die freie Fläche, als müsste er Staub entfernen, der sich in der Zwischenzeit angesammelt hatte, während seiner Fahrt zum Bahnhof und zurück. Jetzt stellt er sich neben den Tisch, wie ein Wächter, und fordert mich auf, Platz zu nehmen. Ich lese, er wacht.

Und?, fragt Michael, der auf jeden Fall dabei sein wird. Ich habe rastlose Träume, er hat den Willen. Damit ist mein Freund leitender Angestellter bei Siemens geworden und wird es mit Sicherheit noch zu mehr bringen. Ich dagegen ziehe nach abgebrochenem Studium mit Briefen durch Wuppertal, immerhin seit einigen Jahren durchs Briller Viertel. Ein Karrieresprung. Denn das Viertel ist ein Schlaraffenland für Postboten. Statt hinterhältigen Hunden wohnen dort fast ausschließlich Rentner mit einem locker sitzenden Portemonnaie. Sie eilen mir entgegen, im Sommer auf weithin sichtbaren, stelzendürr verschrumpelten oder aufgedunsenen oder von Krampfadern durchzogenen, auf käsigen oder sonnenstudioverwöhnten, auf enthaarten oder kräftigen Flaum tragenden Beinen mit einem kleinen gemeinsamen Nenner: das Arnika-Massageöl des Fußpflegers. Duftend stehen sie vor mir. Kurzsichtig wird vornübergebeugt nach einem angemessen großen Geldstück gesucht, und während ich nach unten an meiner ausgestreckten Hand vorbei schaue, kann ich beobachten, wie krumme Zehen, an denen die Nägel von professioneller Hand gestutzt und poliert worden sind, in Gesundheitssandalen Spalier stehen. Winters stolpern mir die vertrauten Gliedmaßen in Moonboots, Wanderstiefeln, zum Teil auf Langlaufskiern entgegen. Zwölf Kilometer absolviere ich so an jedem Arbeitstag, das ergibt im Monat, im Jahr.

Während Michael duscht, kümmere ich mich um die Usambaraveilchen auf seinem Fensterbrett. Das gehört zu meinen Pflichten, wann immer ich ihn in München besuche. Ich lockere die Erde, gieße, zupfe verwelkte Blättchen ab und nehme mir vor, ihn wie jedes Mal zu bitten, sich mehr um seine Pflanzen zu kümmern. Usambaraveilchen sind pflegeleicht, aber ganz ohne Pflege überleben selbst sie nicht.

Vorsichtshalber krame ich mein Handy aus der Brusttasche, um sicher zu sein, dass keine Nachricht aus dem Heim eingegangen ist. In der Lage, in der sich Ihre Mutter befindet, kann es sehr schnell gehen, hatte eine Pflegerin heute Morgen am Telefon gesagt, bevor ich in den Zug gestiegen war.

Und?, fragt Michael.

Ich schüttle den Kopf.

Er weiß Bescheid, er kennt Mutter fast so lange wie ich, aber er hatte das Glück, nicht mit ihr neunzehn Jahre unter einem Dach wohnen zu müssen.

Die Pflegerin hatte gesagt, sie an meiner Stelle würde nicht fahren.

Während Michael Zwiebeln schneidet, Nudelwasser aufsetzt, Salat wäscht, alles in der Ruhe, die ich von klein auf an ihm kenne, lenke ich das Gespräch auf Camilla Becker, die Chefin der vorlauten Pflegerin. Michael dreht den Kopf weg vom Herd.

Wie alt ist sie?
Wie sieht sie aus?
Stammt sie aus Solingen?

Ich sehe sie vor mir, wie sie das Pflegeheim verlässt. Das kurze, dunkle, lockige Haar. Die Jeansjacke, der rosa Rock, mit dem sie dem Frühling vorauseilt. Flache Sandalen an den Füßen. Glatt rasierte Waden. Sie springt über Regenpfützen. An der Ampel wartet sie nicht, bis das grüne Männchen leuchtet. An der Bahnhofstreppe nimmt sie zwei Stufen auf einmal. Sie dreht sich nicht um.

Michael unterbricht meinen Film. Er will, dass ich Camilla Becker ein Usambaraveilchen schenke.

Sie wird denken, was für ein Spießer, und das war's dann.

Vielleicht, aber wenn Du ihr eine Karte dazu schreibst, mit einer knappen Andeutung, dann wird sie neugierig werden.

In dem Stil etwa: In Wahrheit müsste diese Blume Hagebucheria ionantha und nicht Saintpaulia heißen. Wenn Du mehr wissen willst, melde Dich bei mir.

In etwa.

Ich sehe den Brief vor mir, geschrieben aus dem ostafrikanischen Tanga im September 1892, den der damalige Kaiserliche Bezirkshauptmann von Saint Paul an einen namenlosen Professor einer landwirtschaftlichen Hochschule schickte. Dem Brief lag ein Paket mit Bohnen, Hirse und einigen, wie von Saint Paul es nannte, Blumensämereien für seinen Vater bei. Darunter vermutlich Samen des Usambaraveilchens.

Michael, bitte! Mit so was kann ich ihr nicht kommen. Außerdem, ich glaube nicht, dass sie auf Blumen steht. Von Frau Ahrens habe ich gehört, dass sie boxt.

Oje.

Wenn ich richtig verstanden habe, fast wie ein Profi.

Du kannst ihr anbieten, einige Runden als Sparringspartner zu dienen.

Klar. Sich grün und blau schlagen lassen ist ein guter Anfang, da freut man sich gleich auf das Ende.

Oder Du gibst Dich als Experte aus. Max Schmeling und wie sie alle heißen. Gab's da nicht mal so einen Jahrhundertkampf zwischen ihm und einem Schwarzen? In New York, glaube ich.

Was weiß ich? Von Schmeling habe ich keine Ahnung. Nur, dass er bei Hitler ein- und ausgegangen und fast hundert Jahre alt geworden ist. Doch das bringt mich auch nicht weiter.

*

Bis Hagebucher auf die wunderbare Blume traf, lief er, Meile um Meile, die unruhigen Füße in rindsledernen Schnürstiefeln aus zweiter Hand. Ausgetreten waren sie, aber wasserdicht und eine Nummer zu groß, so dass die Zehen trotz der starkfädigen Wollsocken freies Spiel hatten. Der erste Ton der Trompete, die bei Tagesanbruch als Wecker diente, war noch nicht verklungen, da streifte er bereits über seine baumwollene Unterwäsche ein aus gleichem Material angefertigtes langes Beinkleid und setzte sich den eigens in England bestellten Sonnenhelm auf. Das Frühstück, meist gebratene Bananen, nahm er zu sich, während er die Träger beim Schnüren ihrer Lasten kontrollierte und wachsam ein letztes Mal den Lagerplatz abschritt. Danach lief er immer mal wieder abseits der Karawane, die sich ihren Weg über vor sich hin rottende Baumstämme, durch Morast und Sumpf, vorbei an steilen Abhängen bahnte, und sammelte, was ihm eigenartig, einzigartig vor die Augen fiel. Er kratzte schillernd farbige Schmarotzerpflanzen von den Rinden der Bäume, hortete ihm fremde Farne, Kakteen und Gräser, auch Stücke von seltsam verknoteten Lianentauen.

Er lief durch das kalte Usambara, während dessen Durchquerung sich Oscar Baumann fragte, ob es denn überhaupt der Mühe wert sei, derartiges Land zu entdecken. Er lief durch den viel versprechenden Teil des Gebirges, der von den wenigen, die ihn, wenn auch nur aus der Ferne, gesehen hatten, Ostafrikanische Schweiz genannt wurde. Er lief und wurde nicht müde.

Eine Botanisiertrommel hing über Hagebuchers Schulter; auf ihr grün lackiertes Blech klopfte er manchmal einen Takt. Damit trommelte er sich aufkeimende Ungeduld von der Seele und mischte sich ein in die Lieder oder das Jammern der Träger, Küstenbewohner vor allem und eine kleine Gruppe vom Stamm der Wasambara. Schon morgens zum Aufbruch ging es los und nach jeder Rast weiter. Von ihren Gesängen schnappte der unermüdliche Hagebucher das eine oder andere ihn besonders ansprechende Wort auf, Magila, Usambara, um eine Reise in Gedanken anzutreten.

Überhaupt, diese Namen! Die Namen der ärmlichen Dörfer mit ihren viereckigen Lehmhütten, in deren Nähe sie die Zelte aufschlugen: Ndumi, Mkalamu, Mkokola, Nkisara, Mschindi, Kasita, Uandani. Die Namen der Häuptlinge: Kibanga, Kissatu, Kiniassi, Jaschatu, denen rote Schuhe, Spieluhren und Blechteller geschenkt wurden, um an Fleisch, Eier und Honig zu kommen. In manchen Nächten träumte er von diesen Namen. Im Traum rollten sie in seinem Mund hin und her. Bis in den Tag hinein, der ihm dann auch zum Traum wurde. Dann trommelte und skandierte er nicht, er spielte mit den Silben, den einzelnen Buchstaben. Am liebsten ließ er die Konsonanten links liegen und dehnte die Vokale. Das a hatte es ihm ganz besonders angetan, das a in Mkalamu, Uandani oder Kibanga. Er öffnete den Mund und pustete die Luft aus den Lungen. Dabei vergaß er sich. Auf Usambara Sambala am ba la aaaaaaaa irrte er davon, bis Hans Meyer ihn wieder auf den Weg brachte: Hagebucher, dafür bezahl ich Sie nicht!

Richtig, er wurde nicht für das Trommeln bezahlt, nicht dafür, dass er Namen in seinem Mund rollen ließ. Seine Aufgabe war das Botanisieren. So stand es in dem Vertrag, den er mit dem Forscher einige Monate zuvor in Leipzig abgeschlossen hatte. Meyer war ein gerechter Anführer der Expedition, vielleicht der tüchtigste, den es jemals gegeben hatte, dank eines Stachels, der ihm im Fleisch steckte, seit ihm der vor kurzem verstorbene Kaiser Friedrich III. begegnet war. Der damalige Kronprinz von Preußen habe das Regiment besichtigt, erfuhr Hagebucher von Baumann hinter vorgehaltener Hand. Ihm fiel der stramme einjährige Unteroffizier auf, und er fragte ihn vor versammelter Front nach seinem Namen. Selbstverständlich lautete die Antwort: Meyer, Kaiserliche Hoheit. Da sah ihn der Kronprinz groß an, wandte sich ab und sagte laut und vernehmlich zum Oberst: Unmöglich! Dem jungen Soldaten blieb dieser an Beleidigung grenzende Ausruf unverständlich, bis ihm der Regimentskommandeur eröffnete, dass Kaiserliche Hoheit daran dachte, ihn aufzufordern, ins aktive Offizierskorps einzutreten. Aber bei dem Namen sei das ja unmöglich. Da erst habe er, Meyer, begriffen, dass sein Name den Herren vom Regiment nicht gut genug sei, um ihn ganz zu sich zu ziehen, und er habe sich in diesem Moment vorgenommen, allen zu beweisen, dass man auch mit diesem Namen etwas Tüchtiges leisten könne. Und diesem Vorsatz sei er sein ganzes Leben hindurch treu geblieben. Sie sehen's ja. Baumann hatte Recht. Die Träger rief Meyer mit Hilfe von tüchtigen Peitschenhieben zur Ordnung, bei Hagebucher genügte ihm die Ermahnung, dieser möge ebenso wie er den Schwarzen als leuchtendes Beispiel vorangehen.

Vor Meyer hatte Hagebucher Respekt, Baumann dagegen mochte er. Baumann war eher Kompagnon Meyers als sein Arbeitnehmer. Ein lustiger Zeitgenosse. Vollgepumpt mit Laudanum, Arsenik und Chinin rauschte er durch den Tag, fieberte zum nächsten Häuptling. Ziehen Sie die Spieluhr auf, Hagebucher, lallte er, laden Sie das Magazingewehr. Jetzt müssen wir Theater spielen und dann das Christkind, sonst gibt's nichts zu futtern.

Hagebucher wurde nicht oft beim Tagträumen gestört, nur selten musste er seine Finger von der Botanisiertrommel zurückpfeifen. Denn meistens ging Meyer vorneweg, neben ihm einer der eingeborenen Wegweiser samt deutscher Flagge. Nachmittags wurde die Musikdose in Gang gesetzt, die Eingeborenen schleppten Wassereimer zur Blechwanne (Wenigstens wir müssen uns sauber halten in diesem Saustall, meinte Meyer). Nach einem ansehnlichen Mahl wischte sich der Expeditionsführer über die heiße Stirn und hielt Hagebucher fest, der aufgesprungen war, um die Flora der Umgebung ein weiteres Mal zu inspizieren: Wie schaffen Sie das nur? Seit Wochen sind wir unterwegs, Baumann plagt immer etwas, mich meistens auch. Ohne unsere Medizin wären wir aufgeschmissen. Wären verreckt am Fieber oder einem faulen Zahn. Aber bei

Ihnen? Nichts, rein gar nichts. Müde werden Sie auch nicht. Rennen herum, als stecke Ihnen der Teufel im Leib. Ist mir unbegreiflich.

Ich bin eben ein Abenteurer, wie er im Buche steht.

So war es. Bakterien, Schimmelpilze, Viren und all das kleine Getier, riesengroße Ameisen ohne Ende, Wanzen, Spinnen, Flöhe, Läuse, Bienen, Stechmücken prallten an ihm ab oder erwischten ihn nicht, weil er zu schnell war. Mit Diarrhö, Hepatitis, Hämorriden, eiternden Blasen oder wunden Hintern plagten sich ausschließlich die beiden Doktoren ab. Ihm kribbelte höchstens das Reisefieber in den Füßen, das zitterte und zappelte sich nach oben, bescherte ihm Hummeln im Hintern und färbte seine Wangen rot. Anfangs hatte Meyer gehofft und Hagebucher ein Thermometer verabreicht, aber das Quecksilber wollte und wollte nicht in heiße Regionen steigen.

Afrika begann für Hagebucher überraschend. Er wusste, dass es einmal beginnen würde, aber so früh am Tag hatte er nicht damit gerechnet. Schon gar nicht nach einem so anstrengenden nächtlichen Marsch und den sich die Hand reichenden Hiobsbotschaften. Desertion einzelner Träger gehört zum Alltag von Forschungsreisenden, Meyer hatte davor gewarnt und seinen Begleitern und den Askari eingebläut, zu jeder Zeit die Augen offen zu halten. Dennoch rannten aus heiterem Himmel eine ganze Reihe Träger davon, während die Askari schliefen oder, wie sich später herausstellte, Löcher in die Luft starrten, und die Weißen ganz in ihrer Arbeit entrückt waren. Meyer, das eine Auge zugedrückt, heftete das andere auf ein Barometer; Baumann hauchte seinen Revolver an und polierte ihn mit einem Taschentuch; und Hagebucher lief gebückt durch diesen einzigartigen

Urwaldgarten, immer auf der Suche, immer bereit. An diesem Tag stieß er auf Nester, geflochten aus Erikagewächsen, er bückte sich noch tiefer, und schon schlugen sich erneut einige Schwarze in die Büsche. Da entschloss sich Meyer zu handeln. Sein Plan lautete, eine zivilisierte Gegend aufzusuchen, einen Ort, an dem die Deutsch-Ostafrikanische Gesellschaft Einfluss besaß. Die Askari wurden belastet, die Köche, auch die Weißen, trotzdem musste Wertvolles, etwa die Blechwanne und der Erikastrauß, zurückgelassen werden. Noch vor Einbruch der Nacht marschierte der verbliebene Haufen von knapp vierzig Mann in die Steppe und kam bei Morgengrauen in Mkumbara heraus.

Mkumbara: Das waren schäbige Hütten am Fuße einer Bergwand, abweisende Bewohner und ein Häuptling, der keinerlei Interesse an den Neuankömmlingen zeigte und die Tür hinter sich zuschlug. Dementsprechend fiel das Frühstück spärlich aus. Selbst an so einem wenig erfreulichen Morgen ging Hagebucher aus reinem Bewegungsdrang seiner Arbeit nach. Nie konnte er später einen triftigen Grund dafür angeben, weshalb er gerade jene Richtung einschlug, die ihn zu einem schattigen und feuchten Plätzchen am Waldrand führte. Er wusste nicht, woher die vom ersten Moment an unerschütterliche Überzeugung kam, dass die Pflanze, die dort wuchs, noch unentdeckt war, dass sie noch kein europäisches Auge gesehen, dass sie auf ihn, Leonhard Hagebucher, gewartet hatte. Er konnte auch keine plausible Erklärung dafür finden, wieso er sich so sicher war, sicher darüber, das Seine gefunden zu haben. Fest steht, die Pflanze holte ihn augenblicklich von den Beinen, es war um ihn geschehen.

Mkumbara: Das war plötzlich das Paradies auf Erden, der Garten Eden, in dem Hagebucher den Rest der Welt vergaß. Ihm war, als halte er zum ersten Mal inne, seit er von Erfurt aus in Richtung Leipzig aufgebrochen war. Stillstand und in ihm Jubel, eine unbändige, götterfunkene Freude, in hohen Wellen brandete sie an die Innenseiten seiner Haut und drohte ihn zu sprengen. Er rappelte sich auf, doch die Beine knickten erneut ein. Dann kniete er, nach vorne gebeugt, die Ellbogen aufgestützt, er sog den Duft des Gewächses vor sich ein, der ihm in jede Ritze seines Körpers vorzudringen schien. Ein mächtiges Kribbeln bahnte sich seinen Weg von den Füßen bis unter die Kopfhaut. Seine Beine sehnten sich nach kühnen Schrittfolgen, die er noch nie gewagt hatte, selbst mit seiner großen Liebe nicht. Da waren nur er und diese Pflanze, die mal einzeln, mal in kleinen Gruppen blühte und die von Ferne an die ihm vertrauten Veilchen erinnerte. Er betastete die fleischigen, mit wasserhellen Härchen überzogenen Blätter, oben dunkelgrün, auf der Unterseite schimmerten sie rötlich; er strich mit den Fingerspitzen über die fünfblättrigen, meist violetten, manchmal ins Blaue driftenden Blütenkelche, über die gelben Staubfäden.

Afrikaveilchen wollte er den Fund zunächst taufen. Oder Mkumbaraveilchen in Erinnerung an das nahe gelegene Dorf? Aber schon klang ihm Usambaraveilchen angenehmer, auch geheimnisvoller, fast wie die Beschwörung einer fernen Welt. Da sah er vor sich, was er zuvor nie erblickt hatte: den bis zu diesem Moment stets sorgfältig in Stiefeletten gepackten, den wunderbar geformten, einzigartig zierlichen, von einer samtenen, blassen, glatten Haut umspannten, den nackten Fuß seiner Freundin. Die Ferse war die Bühne, auf der die Zehen tanzten, und zwar so, dass ihm schwindlig wurde, er griff danach, ins Leere, er streichelte, küsste die Luft, und auch der Name, Maria Theresia, Theresia, ja Theresiaveilchen, tanzte aus seinem Mund heraus zu der Pflanze, in deren Blüten er sich niederließ, als sei er schon immer dort zu Hause.

Am lateinischen, am wissenschaftlichen Gattungsnamen, der ihm einen Ehrenplatz in der Geschichte der Botanik verschaffen würde, gab es seit den Zeiten in der Erfurter Volksbibliothek keinen Zweifel. Hagebucheria, Hagebucheria, Hagebucheria, er sah das Wort in großen Lettern vor sich, er drehte es im Mund hin und her, spielte mit den Silben, drückte die Konsonanten etwas zur Seite, um die Vokale, vor allem das a, zur Geltung zu bringen, er setzte Theresia daneben, hüpfte von den ees zum i zum a, ia, ia, Hagebucheria und Theresia bekamen Flügel, sie flogen in die Bäume hinein, und er sah ihnen nach, bis ihn laute Schreie in den ungewissen Alltag zurückholten. Meyer und Baumann riefen nach ihm. Schnell verstaute er einige Exemplare seiner Pflanze in der Botanisiertrommel und eilte zurück ins Lager.

*

Nach dem Essen ist Michael nicht zu bremsen. Er fährt seinen Rechner hoch, er googelt nach Max Schmeling und Berlin und Jahrhundertkampf. Der Enzianschnaps aus Berchtesgaden trägt seinen Teil dazu bei, meinen Urgroßvater in die Geschichte des Boxsports zu verwickeln.

1930 fand der Kampf statt. Am 12. Juni. Schmeling gegen Jack Sharkey, ein gebürtiger Litauer. 80 000 Zuschauer. Aber die Deutschen drüben auf der anderen

Seite des Atlantiks, die haben ihre Ohren vergeblich ans Radio gepresst, wegen atmosphärischer Störungen gab es keinen Empfang... Warte mal... vielleicht habe ich noch was Besseres... sechs Jahre später gab es einen noch größeren Kampf, wieder in New York. Schmeling gegen einen Schwarzen, Joe Louis hieß er, der braune Bomber, in der zwölften Runde landete Schmelings Rechte auf der Kinnspitze seines Gegners, ein gefundenes Fressen für Hitler und Konsorten.

Nein, ist mir zu spät. Da hat sich Schmeling doch schon den Nazis an den Hals geworfen. 1930 ist besser. Soll ich ihn mit dem Schiff nach Amerika fahren lassen? Oder haben damals schon Flugzeuge über dem Atlantik verkehrt?

Moment.

Er tippt Berlin, New York und Luftverkehr in den Computer ein.

Nein, 1930 war Fliegen noch nicht drin. Er reist mit dem Schiff. Sein Geschäft blüht, bring ihn in einer Kabine der Ersten Klasse unter.

O.k., in New York wohnt er dann in einem richtig schicken Hotel.

Klar, drunter geht's nicht.

Wir schicken ihn ins Astor auf dem Broadway. Im stattlichen Anzug betritt er die Halle, betrachtet das verschwenderisch angebrachte elektrische Licht, den blonden Portier, die weiße Büste eines unbekannten Gottes vor dem Aufgang zur Stiege und den Schwarzen, der ihm das Gepäck abnimmt. Er steigt in den Lift, betrachtet sich im Spiegel und schwebt hinauf. Ihm ist, als fahre er in den Himmel. Auf einem Teppich, der jeden Laut verschluckt, geht er durch einen langen Korridor. In seinem Zimmer tritt er sofort ans Fenster und sieht tatsächlich die Sterne zum Greifen nah. Dem Fenster gegenüber, an dem Urgroßvater lehnt, erscheint alle fünf Sekunden ein Bild der beiden Boxer, zusammengesetzt aus lauter hingesprühten Funken, überdimensional.

Ich werde ihm erst das Gesicht in Streifen schneiden und ihn dann in der siebten Runde k.o. schlagen, hört Urgroßvater Sharkey sagen und sieht, wie unbeeindruckt Schmeling die Prognose hinnimmt. Er lacht. Zuversicht begleitet meinen Verwandten bei seinen Spaziergängen durch den Central Park. Er geht allein. Maria Theresia, seine Frau, muss außer sich gewesen sein. Viel zu teuer! So ein Wahnsinn!, lassen wir sie rufen. Aber Urgroßvater hat sich nicht beirren lassen.

Schließlich sitzt er im Yankee Stadion auf Long Island und verfolgt den Kampf. Als Sharkey in der vierten Runde einen Schlag unter der Gürtellinie landet, hat sich Urgroßvater bereits heiser geschrien.

Wenn Du so weit bist, bleiben Dir zwei Möglichkeiten, je nachdem, ob die Oberpflegerin auf Schmeling steht oder nicht.

Eins. Urgroßvater feiert den Sieg, er lässt sich in der Hotelbar volllaufen. Aber so richtig freuen kann er sich nicht. Zwar ist erstmals ein Deutscher Weltmeister im Schwergewicht geworden, aber auf welche Weise, weil ihm der Gegner in die Eier gehauen hat. Unwürdig ist das. Er brüllt: Sharkey, Du Drecksau. Wenn ihm später jemand dumm kommt, Schmeling sei doch nichts als ein Champion im Liegen, dann schwingt er die Fäuste und schlägt drauflos, dann kennt er nichts.

Zwei. Urgroßvater ist sauer auf Schmeling, der nach seinem unwürdigen Sieg vor Freude ganz außer sich war. Wenn ihn später jemand auf den Kampf anspricht, hat er nichts als Spott für den deutschen Boxer übrig: Sharkey geht auf eigenen Beinen aus dem Ring, während der Sieger halb ohnmächtig abgeschleppt werden muss. Ein Foulweltmeister, das ist Schmeling, mehr nicht.

So oder so könnte es gewesen sein, meint Michael.

Das Veilchen, das im Hutband seines Kalabresers aus Seidenfilz steckt, wird als Kitt dienen zwischen dem Boxkampf, dem er als alter Mann beiwohnte, und den Reisen des jungen Erwachsenen. Irgendwann nach Mitternacht sind wir beide überzeugt von den Möglichkeiten, die sich für Urgroßvater durch unsere Internetrecherche eröffnet haben.

Er würde sich freuen, murmelt Michael schon halb im Schlaf.

Manchmal kann es schnell gehen. Der Anruf aus dem Ohligser Liebfrauenstift kommt gegen zehn Uhr am anderen Morgen. Michael und ich sitzen schweigsam beim Frühstück. Das Aspirin will und will nicht wirken. Ausgerechnet die vorlaute Pflegerin benachrichtigt mich, mit der ich gestern telefoniert hatte. Sie kann es sich nicht verkneifen: Ich hab's Ihnen gesagt. Blöde Kuh. Immerhin, wenn ich Glück habe, hat ihre Chefin heute Nachmittag Dienst. Montags war sie oft da in den letzten Monaten. Ich muss los.

Michael sieht mich an, ich brauche nichts zu sagen.

*

Als Afrika für Hagebucher begann, ahnte er nicht, dass er es nach so kurzer Zeit wieder verlieren würde. Die Expeditionsmannschaft schrumpfte bedenklich weiter, sämtliche Wasambara und selbst die Askari verdrückten sich. Mit ihnen ging der Proviant verloren, das Geschirr, ein Großteil der Waffen. Schließlich standen sie zu acht da, Hagebucher, Meyer, Baumann und fünf Afrikaner, von denen nur einer, der willige, der treue Muini Amani verlässlich war. Sie warteten in einem kleinen Dorf am Panganifluss auf ein Boot, das sie zurück an die Küste bringen sollte, um eine neue Expedition auszurüsten und dann endlich, endlich ins Kilimandscharo-Massiv vorzudringen und seinen höchsten Krater, den Kibo, zu besteigen. Um sie herum verstreut lagerte die letzte Habe, ein paar Messinstrumente, ein Elefantengewehr, ein Revolver und die Botanisiertrommel, vor allem aber eine Menge gut bewaffneter Eingeborener, deren Zahl seit einer Woche stetig angewachsen war. Aller Wahrscheinlichkeit nach handelte es sich um Räuber, vielleicht sogar um Mörder.

Aber was sollten die Entdecker tun? Wie konnten sie zu dritt, höchstens noch im Verbund mit Muini Amani, die Bande abschütteln? In den letzten Tagen waren die Eingeborenen in immer enger sich ziehenden Kreisen um den verbliebenen Rest der Expedition herumgeschlichen, vorgeblich zu deren eigenem Schutz. Daher beunruhigte die Forscher am heutigen Abend die aufdringliche Nähe der mutmaßlichen Räuber nicht über die Maßen, zumal sie mit unterwürfiger Freundlichkeit gepaart war. Das Bewusstsein drohender Gefahr dämmerte ihnen erst, als einer der Anführer dem hinter Baumann stehenden Mann ein Zeichen gab. Dieser griff unwillkürlich nach seinem Revolver, doch bevor er ihn fassen konnte, wurde er von hinten umschlungen, zwei andere prügelten von vorne auf ihn ein und würgten ihn so, dass seine vom Fieber glasigen Augen größer und größer aus ihren Höhlen heraustraten. Meyer und Hagebucher erging es nicht besser. Keine Sekunde später warf sich die Bande auch auf sie.

Während Meyer, das Geschrei der Angreifer zunächst noch mit gotteslästerlichen Flüchen übertönend, unter den Schlägen zusammensackte, versuchte Hagebucher, sich zu seiner Botanisiertrommel durchzukämpfen. Er entwickelte Bärenkräfte, schüttelte vier Gegner ab, die ihn umklammerten, rannte zwei weitere über den Haufen, schlug Haken, wich einem Messerstich aus, schließlich warf er sich von hinten auf denjenigen, der gerade seine Trommel öffnen wollte, und hieb ihm die Faust mehrfach ins Gesicht, bis dieser zu Boden ging und regungslos liegenblieb.

Obwohl bereits andere an ihm zogen und zerrten, bekam Hagebucher eine Handvoll Pflanzen zu fassen, darunter auch ein paar seiner Theresiaveilchen. Doch dann traf ihn ein mächtiger Schlag am Hinterkopf. Die letzten Worte, die er hörte, waren die seines Chefs. Aus dem Pulk heraus, der ihn begrub, kreischte Meyer seinen Begleitern zu: Jetzt geht's zu Ende mit uns.

*

Jetzt ist es so weit, sage ich mir, noch einmal und noch einmal. Du musst vorbereitet sein. Bin ich nicht vorbereitet? Seit Wochen und Monaten läuft doch alles auf diesen Augenblick zu. Alles? Dass ich nicht lache! Du hast Angst, Dir gehen die Gründe flöten, im Liebfrauenstift aufzutauchen, das ist alles.

Von Köln an eine volle Regionalbahn. Die Fenster im Abteil stehen die Fahrt über offen. Trotzdem schwitze ich, eingekeilt zwischen lärmenden Schülern, bis Solingen-Ohligs die letzten trockenen Reste meiner Kleidung durch. Jetzt ist es also so weit, hämmere ich mir in den Kopf.

Das Mädchen neben mir, klein und zierlich, ihre Füße schlenkern über dem Boden, schüttet bei einer ruckartigen Bewegung des Zuges Cola über mich. Ich fluche nicht, nass bin ich sowieso, jetzt ist es so weit, die Schülerin zieht ein Papiertaschentuch aus ihrem Rucksack, ich winke ab, ich klebe fest, beim Aufstehen ist mir, als müsste ich mich mit Gewalt aus dem roten Polster reißen. Jetzt ist es so weit. In der Bahnhofsunterführung stinkt es wie seit Jahren ununterbrochen nach Pisse. Da können sie die schwarzen Granitplatten wienern so viel sie wollen. Die ausgespuckten und platt getretenen Kaugummis kommen nun erst richtig zur Geltung. Einen aus der Putzkolonne kenne ich von früher. Ein sogenannter Klassenkamerad, der manchmal bei unseren Spielen mit dabei war. Ein-, zweimal haben wir uns ausgiebig im Lochbachtal geprügelt, weil er partout nicht die Rolle Buschiris übernehmen wollte. Wir unterhalten uns kurz. Er erkundigt sich nach meiner Mutter. Er fragt auch, ob ich zum Dürpelfest komme.

Die Fußgängerzone hinab, hindurch zwischen den eifrig Bauenden. Manche grüßen mich. Ich bin ja nicht aus der Welt. Nicht über den Tellerrand geschlittert. Wuppertal ist von Ohligs aus gesehen alles andere als aus der Welt. Schwimmt fast mittendrin in dieser Ohligssuppe, in der einmal im Jahr gedürpelt wird. Da reisen die Nachbarn aus dem Umland an. Sogar aus Düsseldorf.

Mutter musste jeden Werktag inklusive samstags den Zug ins nahe gelegene Wuppertal nehmen. Auf ihren

Blockabsätzen verließ sie zwanzig vor acht die Wohnung. An ihrer Hand rannte ich, zwei Straßen weiter wurde ich abgeliefert. Von der Mozartstraße im Spurt bis an den Haupteingang der Grundschule. Hing an der Hand, musste mich zusammenreißen, der Zug wartete nicht. Ich drehte mich nach ihr um. Wenn ich sie nicht mehr sah, hörte ich noch eine Zeitlang ihre Absätze auf dem Gehsteig, die dem Zug entgegeneilten, der nie wartete, den sie immer gerade noch erwischte, der sie ein Stück mitnahm, in das Kaufhaus nach Wuppertal.

Jetzt ist es so weit.

Einmal, sonntags, erwischte ich zusammen mit ihr den Zug. Ein Ausflug, wir flogen aus. Gemeinsam schwebten, schaukelten wir, legten uns in die Kurven. Schwindelfrei. Das waren tatsächlich wir. Frei schwindelten wir in diesen Höhen, in denen wir uns schief legten. Die Mutter mit dem Sohne. Der Regen, das war einmal, die Tränen. Die Sonne lachte heute hinein in diese Wolken, die vom Meer heranzogen, und auch wir hatten uns ein Lachen aufgesetzt.

Jetzt nur noch auf den Berg. Dazu nehmen wir die Beine in die Hand. Zwei Luftikusse schwindeln den Berg hinauf. Oben ist die Erde ein Garten, in dem hinter Zäunen Tiere spazieren gehen. Die Flamingos sehen aus wie eigens für uns frisch angemalt. Rohes Fleisch fliegt über unsere Köpfe weg und landet im gierigen Maul des Wolfs. Affen turnen sich an Strickleitern bis an unsere Hände heran, so können wir ihren Kopf tätscheln, bis der Mönchgeier mit seinem Mönchsgeierschrei nach uns verlangt. Am Schrei hängt ein Schnauben, am Schnauben ein Kreischen, am Kreischen ein Brüllen, am Brüllen ein Ziepen, am Ziepen ein Quietschen, am Quietschen ein Stöhnen, am Stöhnen der Mönchsgeier, der setzt erneut das Stimmenkarussell in Gang. Das dreht sich im Kreis, wir drehen uns mit, bis wir dort ankommen, wo wir immer schon hin wollten. Ein Zoo ohne Okapi ist kein Zoo, nicht wahr, Herr Dr. Grzimek, Onkel Fernsehtierdoktor. Ein Weiblein, ein Männlein, dazwischen was Kleines. Glückliche Okapikleinfamilie. Ich stecke meine Hand durch das Gitter. Schon spitzen sie ihre behaarten Ohren, die Adern treten hervor. Leise zittern die Härchen, mit ihnen fängt es an. Dann lassen sie die Ohren in alle Richtungen reisen, der Kopf schlägt aus, die Zunge, dieser lange Beinahrüssel, überschlägt sich, und dann schüttelt sich das ganze Weiblein, das Männlein schüttelt sich, das Kleine auch, und die Sonne lacht hinein in die Wolken, die vom Meer her heranziehen wollen, unsere Tränen, die spritzen nur so davon. Ich lehne mich an Mutter, wir sinken nieder im Gras dieses Gartens. Sie erzählt mir von den festen Pfaden, die diese Tiere in ihrer afrikanischen Heimat stets zu denselben Kotplätzen führen, von giftigen Wolfsmilchgewächsen, die sie mit ihrer Zunge umschlingen, von ihrer Vorliebe für verkohltes Holz. Dann laufen wir zum Kiosk, stoßen mit Limonade auf diesen luftigen Zoo an, und, da wir schon einmal dabei sind, auf unseren Onkel Fernsehtierdoktor.

So hätte es gewesen sein können.

Jetzt ist es so weit.

Die Hände sollten nicht leer sein. Wenigstens mit vollen Händen vor der gerade noch lebendigen Mutter erscheinen. Ich kehre um. Im Blumengeschäft stehe ich wie gebannt vor spottbilligen Usambaraveilchen in allen Farben. Ob sie Dienst hat? Ob ich ihr auch Blumen mitbringen soll? Ich kaufe weiße Rosen, denke, kaum draußen, was für ein Schwachsinn, will umkehren, gehe weiter, will immer weitergehen, die Fußgängerzone hat ein Ende, die Bonner Straße hat ein Ende, ich könnte noch in den Wald hineinrennen, in diesen Ohligserheidewald, der auch ein Ende haben wird, ich stehe vor dem Stift, jetzt hineingehen, jetzt bleibt mir nichts anderes übrig, als hineinzugehen.

Gut, dass Sie so schnell gekommen sind, sagt zum Glück eine andere Pflegerin als die, mit der ich telefoniert hatte, und nimmt mir die Rosen aus der Hand.

Lange kann es nicht mehr dauern. Reden Sie mit ihr.

Ich rede, Mutters Zimmergenossin, Frau Ahrens, hört mir zu, sie ist eine Zuhörerin, die sich einmischt. Ich sitze auf dem Lehnstuhl zwischen zwei weiß Gebetteten in einem hellen, freundlichen Raum, durch dessen offene Fenster angenehme, im nahe gelegenen Wald entstandene Gerüche dringen. Mutter liegt auf dem Rücken, sie will wie bereits seit einigen Wochen nicht reden, sie liegt da mit aufgerissenen Augen, die mir keine Aufmerksamkeit schenken, ihr Mund steht leicht offen, für mich ist nicht zu sehen, dass sie atmet. Ich greife unter die Bettdecke, nicht zu weit, um ihren Körper nicht berühren zu müssen, ziehe eine knöchrige Hand hervor und tätschle sie kurz. Sie wirkt, als sei sie eigens für die Ankunft ihres Sohns frisch gekämmt, gewaschen, eingecremt worden, die eingefallene, an manchen Stellen entzündete Haut im Gesicht glänzt. Die Decke haben sie ihr bis unters Kinn gezogen. Nur noch ein Katheter hängt über dem Bettrand, wahrscheinlich der, dessen Kanüle in ihrer Scheide endet und den Urin abführt, denn die Flüssigkeit, die in den an einem Ständer aufgehängten, durchsichtigen Beutel tropft, schimmert dunkelgelb. Im Krankenhaus, in dem sie bis vor wenigen Wochen lag, waren es mehr künstliche Ausgänge gewesen, dort hatte man sie an Apparate angeschlossen, deren Monitore ihr kleines bisschen Leben anzeigten, so lange, bis die Ärzte meinten, sie könnten nichts mehr tun. Außer ihrem Kopf und ihrer Hand sehe ich nichts von ihr, aber ich weiß ja, unter der Decke haust ein Fliegengewicht, ein Hautundknochenkörper, spielend könnte ich Mutter Huckepack nehmen und davontragen, das weiß ich.

Nachdem ich ihre Hand zurück unter die Decke gesteckt habe, greife ich nach der Schnabeltasse, die auf dem Beistellschränkchen steht und halte sie Mutter zwischen die Lippen. Sie schluckt das Wasser nicht, es läuft seitlich aus ihrem Mund heraus. Bis ich ein Taschentuch gefunden habe, ist bereits der Kragen ihres Nachthemds feucht.

Sie will nicht mehr trinken, höre ich hinter mir, kein gutes Zeichen.

Ich sage: München und Frau Ahrens fragt: Was machen Sie denn in München, jetzt wo Ihre Mutter im Sterben liegt?

Man wird doch wohl einen Freund besuchen dürfen, antworte ich, außerdem, wenn sie hört, was ich dort erfahren habe, wird sie das glücklich machen. Frau Ahrens zieht eine Augenbraue hoch, sie sagt: so, so, ich überlege, ob ich ins Detail gehen soll, unterlasse es dann aber, wechsle stattdessen zum Dürpelfest. Ich erzähle von der Bahnhofsunterführung, dem ehemaligen Klassen-kameraden, von den zusammen gezimmerten Buden, vom Hämmern, Sägen, vom bereits zu erahnenden Biergeruch.

Frau Ahrens unterbricht mich: Bitte, Herr Binder.

Sie hat die Nase voll vom Dürpelfest, jahrzehntelang hat

sie das Dürpelfest aushalten und durchleiden müssen. Ihr verstorbener Mann (Gott hab ihn selig) war ein sogenannter Vereinsmensch gewesen, der Ohligser Turnverein besaß das Glück, in ihm, einem übergewichtigen, absolut unsportlichen Menschen gefunden zu haben, der seinen Leib und seine Seele dem Turnverein verschrieb, und damit natürlich dem Dürpelfest. Sie ging nie auf dieses Fest (Gott bewahre), aber ihr Mann nutzte die Zeit davor und danach trotzdem dazu, um sie jedes Jahr aufs Neue in seine absolut identischen Planungen und Nachbereitungen einzuweihen. Frau Ahrens hat seit jeher den Verdacht, dass die Vereinsmeierei mit ihren Satzungen und Sitzungen gerade in kleineren Städten als Vorwand dafür dient, dass Männer (vor allem Männer, Herr Binder) sich volllaufen und dafür den größten Schwachsinn von sich geben können. Das eine rein, das andere raus. Frau Ahrens nennt das den Dürpelkreislauf.

Mit ihrer Mutter konnte ich, als sie noch gesprochen hat, ausgiebig sowohl über die Vereinsmeierei, als auch über das Dürpelfest herziehen. Wir zwei befanden uns da auf derselben Wellenlänge. Also bitte, Herr Binder, verschonen Sie mich mit festlichen Einzelheiten. Erzählen Sie von München.

Aber dazu komme ich nicht. Denn ich habe ihre Schuhe gehört. Keine quietschen so wie ihre auf dem Linoleumboden. Schnell stehe ich auf. Trete ans Fenster und heuchle Interesse an dem, was draußen wächst. Möchte so viel Abstand wie möglich zwischen mir und Mutter haben, wenn sie ins Zimmer kommt. Jetzt quietscht nichts mehr. Das ist ihr Klopfen. Dreimal. Zweimal schnell hintereinander, kurze Pause, noch ein Klopfen. Wie dumm ich dastehe! Wahrscheinlich stinke ich auch erbärmlich.

Immerhin bringe ich es fertig, sie zu grüßen. Dabei starre ich nach unten, auf ihre Beine, die in weißen Hosen, ihre Füße, die in weißen Socken und Birkenstocksandalen stecken. Größe 38, vermute ich. Zwei Schnallen, hinten offen. An und für sich verabscheue ich diese Latschen, die jeden Fuß in die Breite gehen lassen. Aber ihr können sie nichts anhaben. Sie redet kurz mit Frau Ahrens, dann tritt sie an Mutters Bett.

Ich wollte nur mal vorbeischauen.

Sie ist auf dem Sprung, sagt, bevor ich reagieren kann, Frau Ahrens, meine Spionin, meine Informantin. Von ihr weiß ich, dass Camilla Becker boxt und zwar gut. Dafür bin ich ihr dankbar, aber jetzt soll sie ihr Maul halten.

Schade, wir haben uns gut verstanden, sogar Freundschaft geschlossen. Ich sag Ihnen, Frau Becker, an ihrer Verfassung sind die Männer schuld. Die haben sie zum Schweigen gebracht. Mariannes Ehemann muss ein Mistkerl gewesen sein, wie kann man nur die Frau sitzen lassen, nachdem sie ein Kind geboren hat. Ihr Vater, Herr Binder, ein Dummkopf, und dieser Großvater, der war der Schlimmste von allen, mit dem fing das Unglück an, der hat ihr doch die Flausen von der Lauferei in den Kopf gesetzt mit seinen Geschichten. Der hat Ihre Mutter auf diese blödsinnigen Reisen in Gedanken geschickt, und schaute Marianne sich dann mal um, merkte sie, ich trample auf der Stelle. Damit ist sie nicht fertig geworden. Das mag bei ihrem Großvater anders gewesen sein, von mir aus, mag der doch in Siebenmeilenstiefeln auf diesen Mondberg gestürmt sein und dort sein Glück gefunden haben. Nichts für ungut, Herr Binder, Sie können ja nichts dafür, Sie sind da hineingeboren worden. Sehen Sie, ich hab' meinen Dicken auch gern gehabt. Er war nicht der Hellste, nicht der Schönste. Trotzdem. Wir sind zusammengeschweißt worden, vor Jahrzehnten, das hatte sein Gutes, und es tut weh, wenn das Zusammengeschweißte auseinandergerissen wird, so einfach ist das. Vorher kam ich nie darauf, mir irgendwelche Stiefel anzuziehen, die mich wer weiß wohin tragen sollten, Gott sei Dank. Aber danach, danach bin ich unruhig geworden. Ihrer Mutter, der ging es das ganze Leben lang so wie mir, nachdem mein Dicker weg war, Sie mögen das glauben oder nicht, Herr Binder.

Ich begleite Camilla Becker nach draußen.

Frau Ahrens mag Ihre Mutter.

Frau Ahrens hat gut reden. Die hat keine Ahnung.

Vielleicht hätte Ihre Mutter wirklich mal weiter laufen sollen. Ohne sich umzudrehen.

Hätte sie's nur getan. Ich wäre froh gewesen. Aber sie war nicht fähig dazu. Und ich war nichts als ihre falsche Entschuldigung. Ihr Klotz am Bein, das ich nicht lache. Sie war zu feige, das ist alles.

Bald werden Sie Ihre Mutter ja los sein, erwidert sie auf eine Weise, dass ich sofort bereue, so geredet zu haben. Nicht, weil es gelogen ist. Jedes Wort stimmt. Aber irgendwie hat es meine Mutter geschafft, in diesem Heim alle um ihren Finger zu wickeln.

Dann ist es schnell gegangen. Ich redete mit ihr, München Michael Kilimandscharo Zukunft, ignorierte Frau Ahrens, nickte ein, ging nach draußen, in eine angenehm warme Nacht, ging zurück, redete, hinein in die offenen Augen, aber ich denke, nicht einmal Frau Ahrens hörte mir zu. Am frühen Morgen schlich sich Mutter davon. Zunächst bemerkte ich es nicht. War aufgestanden von dem Lehnstuhl, dem einzigen Möbelstück aus ihrer Wohnung, dem Erbstück. Sämtliche Glieder taten mir vom Rumsitzen weh. In den Laufschuhen im viel zu engen Zimmer auf und ab zu gehen, half nicht; außerdem quietschten die Gummisohlen unangenehm laut auf dem Linoleumboden.

Was ist?, fragt Frau Ahrens aus dem Nachbarbett. Sie beginnt zu weinen. Ich bringe es nicht fertig, Mutters Augen zu schließen.

Dann sage ich jetzt mal Bescheid.

Die immer noch schniefende Frau Ahrens wird in einem Rollstuhl aus dem Zimmer gefahren. Ich folge ihr und der vorlauten Pflegerin.

Bleiben Sie bitte bei Ihrer Mutter.

Ich setze mich wieder, ziehe das Kinn abwechselnd in Richtung der linken und rechten Schulter, um die Spannungen in meinem Körper zu lösen. Mutters Augen sind von mir abgewandt, schauen zur Wand hin. Was war das letzte, was sie in ihrem Leben gesehen hat? Vielleicht die drei Fotos, die dort, in einen Rahmen gepackt, hängen. Vielleicht lag sie öfter so da, auf dem Rücken, die Hände an ihren Körper gebettet, den Kopf leicht schräg, den Mund ein wenig offen. Alte Menschen tapezieren die Wände mit Fotos ihrer Kinder, Enkel, Nichten, Neffen, aber meine Mutter wusste nichts Besseres zu tun, als Nabelschau zu betreiben.

Über die Fotos hatte ich mich bei meinen Besuchen immer aufs Neue gewundert, aber kein Wort darüber verloren. Ich hatte sie wenn, dann nur halbherzig betrachtet. Jetzt aber, um nicht ununterbrochen auf die Tote starren zu müssen, schaue ich sie zum ersten Mal länger an. Das den meisten Platz einnehmende Foto zeigt meine Mutter als Baby. Die Ränder deuten auf Spuren einer Schere hin, die mit unsicherer Hand geführt wurde. Auf dem linken Rand befinden sich zwei regelrechte Kerben, rechts ist der kräftig wirkende Fotokarton an mehreren Stellen ausgefranst; an einer ist die Schneidearbeit abgebrochen worden. Spuren des Stifts sind zu sehen und ein schmaler Streifen Hintergrund. Am oberen Ende hat die Schere ein Büschel Haare mitgenommen, am unteren einen Teil des linken Fußes. Jemand hat aus dem Foto einen Ort gemacht, an dem für das Kind kein Platz ist. Die Hände links und rechts der Knie, teilweise vom weißen Stoff eines Hemdchens bedeckt, drücken sich krampfhaft in die dunkle, mit lila Rosen versetzte Decke. Die Finger wollen mir einreden, dass sie allein es sind, die den in das Bild gezwängten Körper in dieser Lage halten. Die Mitte des Fotos nimmt das wie von einem starken künstlichen Licht durchsetzte weiße Kleidchen ein. Über die Ärmel laufen Spitzborten hin zum im V-Ausschnitt gehaltenen Kragen. Darüber der Babykopf, in dem die Augen auf die Kamera und den Betrachter gerichtet sind. Die nach unten gezogenen Mundwinkel verbünden sich mit den Augen immer aufs Neue gegen den, der sie ansieht, als wollten sie ihn (mich!, was für ein Gedanke!) dafür anklagen, sie für immer in diesem Moment eingesperrt zu haben. Die Klage, die aus dem leblosen Gesicht spricht, wird verstärkt durch die unnatürlich anmutende Farbigkeit. Das grelle Weiß des Kleidchens erinnert an ein Totenhemd, die wie mit Rouge geschminkten Wangen an die vergebliche Mühe eines Beerdigungsunternehmers (ich merke, wie der Augenblick meine Wahrnehmung lenkt), die Angehörigen zu täuschen. Umso auffallender sind die Farben, weil die zwei darüber angebrachten Fotos aus ihren späteren Kinderjahren und ihrem frühen Erwachsenenleben schwarzweiß gehalten sind. Das rechte zeigt meine damals ungefähr sechsjährige Mutter mit einem kleinen Jungen (aus der Nachbarschaft?) vor einem Gewächshaus. Der Junge trägt ein kurzärmeliges Hemd ohne Kragen, das ihm fast bis an die Knie reicht. Das Mädchen, das in einem hellen, bis zu den Knöcheln fallenden Kleid steckt, trägt eine überdimensional große Schleife im Haar, die über ihrem Kopf aufragt. Das Holzgewehr in den Händen des Jungen, ein kurzer Speer in denen des Mädchens und die Ungeduld in beiden Gesichtern lassen mich darauf schließen, dass sie es kaum erwarten können, loszurennen als Hermann und Buschiri (Urgroßmutter wird sie zum Stillhalten aufgefordert haben, um ihrem Mann mit dem Foto eine Freude zu machen). Die Fotografie links zeigt Mutter als junge, schwangere Frau (ich nehme an, mein Vater hat es aufgenommen, vielleicht in Erfurt, vielleicht auch schon in Solingen) auf einer Frühlingswiese. Mit leicht nach oben gerecktem Kinn, einem angedeuteten Lächeln auf den Lippen blickt sie forsch nach vorne. Man könnte meinen, sie freue sich auf die Zukunft, auf ein Leben an der Seite des Messervertreters Josef Binder und des noch ungeborenen Sohns.

Der vom Stift benachrichtigte Bestattungsunternehmer kommt mit einer Sackkarre, auf der sich eine längliche Holzkiste befindet. Noch nicht für die letzte Ruhe gedacht, wie mir der Unternehmer sogleich erklärt, Ihre Mutter wird hier nur zwischengelagert.

Er stellt sich nicht vor, vielleicht denkt er, seine Tätigkeit sage genug über ihn aus. Er hat bereits arbeiten müssen,

Mutter ist nicht sein erster Kunde heute. Ein wirklich grässlicher Unfall. Auf der A3. Da hat mal wieder einer dieser geistesgestörten Fahrer die Kontrolle über sein Fahrzeug verloren. Bei über 200 Stundenkilometern, sagt mir der Bestattungsunternehmer, sieht das Ergebnis unappetitlich aus.

Er will mir die Einzelheiten ersparen. Er hüpft vom Unappetitlichen zum Arbeitsethos. Er sagt nicht: Ich liebe meinen Beruf, er sagt: Einer muss es ja machen. Sein Müssen ist nicht an ein schlechtes Gewissen geknüpft. Früher ja, heute nein. Der Bestattungsunternehmer hat sich damit abgefunden, einer außergewöhnlichen Tätigkeit nachzugehen. Auch der Tod muss seine Ordnung haben. Es ist ihm wichtig, diesen Menschen auf der A3 wieder zusammenzuflicken, wie es sich gehört. Auch Mutter, sagt er, wird sich unter meinen Händen verwandeln. Sie wird wie früher aussehen.

Er heftet seinen Blick auf die Bilder an der Wand. Fast wie auf diesem Foto hier. Ich muss schon sagen, eine reizende Person.

Er lässt sich nicht helfen. Ich sehe also zu, wie der Bestattungsunternehmer den Behelfssarg von der Sackkarre nimmt und auf den Boden legt, den Deckel öffnet. Ich sehe also zu, wie der Bestattungsunternehmer, ein übergewichtiger Mann, ein übergewichtiger Mann im schwarzen Anzug, meine Mutter aus dem Bett hievt und in das Provisorium schafft. Er wischt sich den Schweiß von der Stirn. Sein Gesicht ist rot angelaufen.

Er fragt mich, ob Mutter in einem ihrer Kleider beerdigt werden solle. Oder in einem weißen Hemd, das er zur Verfügung stelle. Frau Ahrens will, dass ich im Schrank nachschaue. An einem Kleid mit buntem Blütenmuster hängt ein Zettel. Ich erinnere mich, sie darin gesehen zu haben, aber wann sie es zuletzt trug, weiß ich nicht mehr. Bitte. In diesem Kleid möchte ich beerdigt werden, steht darauf, in ihrer Handschrift, bereits etwas zittrig. Das Bitte ist unterstrichen.

Was soll mit der Zahnprothese Ihrer Mutter geschehen?
Lassen Sie sie ihr.
Wie Sie möchten. Aber ich kann dafür keine Haftung übernehmen.

Als ich sie abholte, vor gut zwei Jahren, saß sie am Küchentisch, zwei gepackte Koffer neben sich. Die Wohnung war bis auf einige Möbel leer geräumt. Die, sagte sie, kommen morgen weg, nur den Lehnstuhl hätte ich gerne dabei. Können wir? Sie ging an mir vorbei. Ich trug die Koffer zum Auto, kehrte noch einmal in die Wohnung zurück, um den Stuhl zu holen. Das war's.

Das Nachthemd erhalten Sie selbstverständlich zurück, sagt der Bestattungsunternehmer. Möchten Sie es abholen oder soll ich es Ihnen zuschicken?

Geben Sie es doch bitte direkt im Stift ab.

Die Beziehung zu Ihrer Mutter war nicht gerade eng.

Mir fällt es schwer zu glauben, dass Camilla Becker in den Boxring steigt und ihrer Gegnerin ins Gesicht schlägt. Sie hat mir einen detaillierten Krankheitsbericht über Mutter geliefert, mich dann einige Papiere unterschreiben lassen. Mir fällt keine Brücke ein, über die ich von hier zu einer Möglichkeit gelangen kann, mich mit ihr zu verabreden.

Frau Becker, ich danke Ihnen für alles.

Mit einem Mitarbeiter, der sich als Herr Tellering vorstellt, sitze ich in einem von sanftem Licht erhellten Zimmer des Beerdigungsinstituts. Hinter ihm befindet sich eine Wand, auf der die vier Jahreszeiten gemalt sind. Knospen, Blüten, Früchte, Schnee. Tellering, ein im dunklen Anzug steckender Mann um die zwanzig, legt mir Kataloge vor. Die Todesanzeige, die übermorgen im Solinger Tageblatt erscheinen soll. Ich muss mich für ein Format entscheiden, für oder gegen ein Kreuz und die Art und Weise seiner Verzierung, für einen tröstenden Vers, eine Aufzählung der Trauernden. Auf meine Bitte um Rat reagiert Tellering mit stoischer Zurückhaltung. Dazu sei er nicht befugt. Ich könne mir aber Zeit lassen, so viel ich wolle. Er wisse, es handle sich um schwere Entscheidungen. Er könne nur sagen, den meisten Hinterbliebenen sei es wichtig, dem Toten noch einmal die ihm gebührende Aufmerksamkeit zu schenken. Während ich, ohne zu lesen, die laminierten Seiten umblättere, beobachte ich ihn mit verstohlenen Blicken. Aufrecht sitzt er da, mit leicht erhobenem Kopf, seine Augen fixieren einen Punkt knapp unterhalb der Zimmerdecke. Seine Hände mit feingliedrigen Fingern liegen gefaltet auf dem Tisch. Vielleicht will er Priester werden und verdient sich hier das Geld für sein Studium. Schließlich suche ich die Anzeige mit Hilfe der Preisliste aus. Das kleinste Format, ein einfaches Kreuz ohne Ornamente, ein Zweizeiler von Uhland. All meine Angaben werden sorgfältig notiert. Dann muss ich über den Blumenschmuck entscheiden. Ein Kranz auf dem Sarg, ein Gesteck davor. Beides sei üblich, meint Tellering. Die Preise setzen bei 80 Euro ein.

Ich möchte zuerst einen Sarg, sage ich, und dann das weitere Zubehör aussuchen.

Tellering öffnet eine von mir nicht bemerkte, im Winter der Jahreszeitenwand angebrachte Tür und führt mich in einen Raum, in dem sich ungefähr fünfzehn Särge auf sorgfältige Weise komponiert befinden; zu Gruppen von drei oder vier geordnet, auf kleinen Sockeln aufgebahrt oder auf dem Boden, andere halten sich dank schlichter Ständer aufrecht. Sie unterscheiden sich in Material, Form und Farbe. Ich gehe auf drei sich ähnelnde Behälter aus hellem Holz zu, die mir einfach gearbeitet scheinen und daher am besten geeignet, mich vor einem Schuldenberg zu bewahren. Doch da es sich bei ihnen um Imitate der letzten Ruhestätte von Papst Johannes Paul II. handelt, sind sie sündhaft teuer, ab 8 000 Euro. Bei der nächsten Gruppe, die wie von Hundertwasser hergestellt aussehen, frage ich nur aus Neugierde nach. Um die 6 000 Euro. Die Preise purzeln bei den von robuster Hässlichkeit zusammengehaltenen Eichensärgen hinab auf 2 000 Euro.

Vor Eichen sollst Du weichen, Buchen sollst Du suchen, sage ich zu Tellering, der mit seinem Notizblock an der Tür stehen geblieben ist. Schöner als die aus Eiche sind diese Särge nicht, dafür aber nochmals um die Hälfte billiger. Vor dem günstigsten halte ich mich eine Weile auf, wiege einen der Griffe in meiner Hand, klopfe aufs Holz.

Der passt zu ihr.

Tellering schreibt meine Bestellung auf. Die Sargbegehung hat mich entscheidungsfreudiger gemacht. Der Kranz für 80 Euro eignet sich am besten als Schmuck für den Sarg, teile ich ihm mit. Auf ein Gesteck, auf Mitteilungskarten, Danksagungen und Kaffeetafel verzichte ich.

Nicht zur Last fallen. Die grauen Haare, die ich mir ihretwegen nicht wachsen zu lassen brauchte. Sie riss sich zusammen. Mir kommt es vor, als sei sie jetzt noch damit beschäftigt.

Das letzte Mal sehe ich sie aufgebahrt in der Leichenhalle des Waldfriedhofs. Sie liegt in ihrem Blumenkleid in dem von mir ausgesuchten Billigsarg. Ich muss dem Bestattungsunternehmer Recht geben. Mutter wirkt jünger. Er oder Tellering haben sie kräftig geschminkt. So, wie sie daliegt, könnte sie gleich anfangen herzuziehen über ihren Ehemann, ihren Vater oder über mich, weil ich ihr im Weg stehe oder weil ich die Geschichten von damals wieder einmal viel zu sehr aufbausche. Die Hände sind ihr über dem Bauch ineinander verschränkt worden. Ich weiß nicht, wann sie das letzte Mal gebetet hat. Ihre Hände, ihre Ohren sind verfärbt, gelblich, ledern.

Beim Verlassen der Halle treffe ich einen älteren Herrn. Es muss der sein, von dem Frau Ahrens sagte: Er hat sich bemüht um uns.

Herr Ludwig Beck. Bei meinen Besuchen habe ich ihn nie gesehen. Aber laut Mutters Zimmergenossin hat er regelmäßig bei den beiden vorbeigeschaut. Er sagte dann jedes Mal, sagte Frau Ahrens, mit einem wenn möglich selbst gepflückten Blumenstrauß in den Händen: Kann ich den Damen meine Aufwartung machen?

Ein kleiner stämmiger Mann, der mich auf kindische Weise anlächelt.

Die Beerdigung der Mutter. Es ist alles organisiert worden. Jeder weiß, was zu tun ist. Die Glocken läuten. Frau Ahrens wird von Camilla Becker geschoben. Der Pfarrer lügt das Blaue vom Himmel herunter, obwohl ich ihn aufgeklärt habe. Sein Gehilfe, ein Mesner von der Statur Quasimodos, zieht hörbar seinen Rotz hoch. Vielleicht hat Mutter doch etwas mitbekommen von dem, was ich ihr sagte am Bett. Ich stelle mir vor, wie sie den Kopf schüttelt. Angenehm kühl ist es in der Kirche. Ich wundere mich, wie viele Menschen gekommen sind. Die meisten in ihrem Alter. Mutter war keine, die auf Freundschaften aus war. Einige Gesichter erkenne ich wieder. Frau Ahrens sitzt in ihrem Rollstuhl etwas hinter uns. Ich höre sie unangenehm laut schluchzen. Herr Beck schnäuzt sich. Lieder werden gesungen. Wir sind nur Gast auf Erden. Wohin wanderst Du jetzt, Mutter? Der Bestattungsunternehmer hat Dir Hausschuhe angezogen, das habe ich in der Leichenhalle überprüft. Ich hätte Dir die anderen angezogen, die von früher. Angezogen hätte ich Dich, als wärst Du aus meiner Erinnerung gesprungen. Deine Beine. Dieses Lied hätte auch gepasst. Wenn Du nicht so schöne Beine hättst, dann hättst Du viel mehr Freud. Ich drehe leicht meinen Kopf, Camilla Becker sitzt schräg hinter mir.

Sie schaut vor sich hin, auf ihre Hände. Sie hat die Finger ineinander gelegt und reibt sich die Daumen. Sie müsste nicht hier sein. Freiwillig besucht sie die Beerdigung einer alten Frau, die sie erst seit zwei Jahren kennt. Ich habe sie noch nie sitzen gesehen. Immer stand oder ging sie. Ein Sitzriese im Unterschied zu mir. Vielleicht liegt der Eindruck an der kümmerlichen Nachbarin, die ihr kaum bis zur Schulter reicht. Sie beugt sich zu ihr hinab, legt einen Arm um sie. Frau Ahrens Kopf verschwindet. Es ist, als würde sie ein Kleinkind trösten, das aus Versehen in die falsche Kleidung gesteckt wurde.

Vorne hält der Pfarrer einen Kelch in die Höhe. Frau Ahrens schluchzt immer noch, leiser als vorhin, aber nicht zu überhören. Herr Beck sitzt in sich zusammen gesunken da. Ob Mutter diesem Ludwig Beck irgendetwas hat abgewinnen können? Frau Ahrens will sich an gemeinsame

Nachmittage erinnern, an denen viel gelacht wurde. Herr Beck sei ein vorzüglicher Unterhalter, er habe vor allem gesprochen, sie und Mutter seien bei ihm gesessen und hätten sich die Schenkel geklopft. Bis Mutter bettlägerig wurde, habe sie Herr Beck zu gemeinsamen Spaziergängen abgeholt, dabei habe er sich bei beiden untergehakt. Aber ich weiß ja, dass Frau Ahrens das Leben meiner Mutter schönreden will und ihres gleich mit. Beim besten Willen nicht kann ich mir vorstellen, dass Mutter mit diesem mickrigen Alten vergnügliche Stunden zugebracht hat. Ich kann sie mir überhaupt nicht vergnügt vorstellen.

Wir gehen hinter dem Sarg und seinen Trägern her, sechs Männer in Frack, Zylinder und weißen Handschuhen, bis zu der Stelle, an der Erde aufgeschüttet liegt. Weitere Worte des Pfarrers. Lied und Kreuzzeichen. Die weißen Handschuhe fallen hinab ins Grab, ich überlege, was sie mich kosten werden. Mir wird eine Schaufel in die Hand gedrückt, mit etwas Erde drauf, ich drehe sie um über dem Billigsarg, die Erde poltert beim Aufschlag. Ich reiche die Schaufel an Frau Ahrens weiter. Ihr Heulen ist wieder lauter geworden. Herr Beck steckt sich das voll geschnäuzte Taschentuch in die Hose, bevor er die Schaufel von Frau Ahrens übernimmt. Ich will weg von hier. Schweiß sammelt sich unter meinen Achseln, obwohl ich ein dünnes schwarzes Hemd und leichte schwarze Hosen angezogen habe. Schaufel auf Schaufel wird ins Grab geschüttet. Ich muss Hände drücken, von denen ebenfalls viele verschwitzt sind. Als Letzter verabschiedet sich der Pfarrer mit eingeübter Trauermiene von mir.

Sie können sich jederzeit bei mir melden.

Das wird wohl nicht nötig sein, sage ich.

Michael hat einen Brief geschrieben. Ich lege ihn zu den anderen, die mir heute Nachmittag überreicht oder an Mutters Adresse im Stift geschickt wurden. Nachdem ich geduscht habe, beginne ich damit, die Umschläge zu öffnen. Die ersten Beileidskarten lese ich, dann schaue ich nur noch nach, ob die Briefe Geld enthalten. Den meisten sind zehn oder zwanzig Euro beigefügt, manchmal sogar fünfzig. Es kommt einiges zusammen, aber trotz Billigbuchensarg und Streichung des Kaffeetischs, reichen für die Beerdigung wird es nicht. Zuletzt öffne ich Michaels Brief, er enthält ein Kalenderblatt vom Todestag meiner Mutter (Der Kampf gegen Gipfel vermag ein Menschenherz auszufüllen. A. Camus), zwei Zeilen (Wenn ich etwas für Dich tun kann, lass es mich wissen. Dein Erzengel) und eine Kopie des mir bereits bekannten Zeitungsartikels aus dem Sportteil der Süddeutschen Zeitung. Ich lese ihn dennoch erneut.

Kilimandscharo Benefit Run. Im Februar 2006 wird ein mehrtägiger Berglauf auf den höchsten Berg Afrikas, den Kibo im Kilimandscharo-Massiv, unter der Schirmherrschaft des ehemaligen deutschen Außenministers stattfinden. Das gab das Organisationsteam, bestehend aus Rechtsanwalt Leopold Schmolke sowie den Vorsitzenden des deutschen und englischen Leichtathletikverbands, Lukas Rippgen und Christopher Eddish, heute in Berlin bekannt. Sie betonen, dass es sich dabei um eine Benefizveranstaltung handeln wird. Der Erlös, so Rippgen, werde diesem einzigartigen afrikanischen Berg zugutekommen, vor allem seinen Gletschern. Eddish fügte hinzu, dem Besorgnis erregenden Schwund der Eisfelder auf dem Kibo müsse Einhalt geboten werden. Sonst seien sie in einigen Jahren völlig verschwunden, was dem Klimahaushalt der Erde empfindlichen Schaden zufügen würde. Der Kilimandscharo Benefit Run soll ein sportliches Fest werden, das zur Unterstützung der ökologischen und letztlich auch sozialen Belange dieser gefährdeten Region beiträgt. Teilnahmebedingungen und weitere Informationen unter www.kilibenerun.com.

Ich werde nicht mit können. Die Beerdigung allein bringt mich an den Rand meines Dispokredits.

Michael hatte später am Abend gesagt, nachdem Urgroßvater nach New York geschickt worden war: In den vergangenen Jahren hast Du bereits mehrfach Reiseprospekte gewälzt, Dich dann aber doch nicht entschließen können. Du hast gesagt, aus Geldmangel, aber das nehme ich Dir nicht ab.

Ja, schon.

Du bist zwar kein Profi, aber das macht nichts. Du läufst viel, Du hast eine gute Kondition. Wir trainieren zusammen. In Berchtesgaden kann ich die Ferienwohnung meiner Eltern bekommen. Im Juli habe ich zwei Wochen frei. Dann nisten wir uns dort ein und laufen täglich hoch zum Purtschellerhaus. Wenn das kein Trainingsziel ist.

Aber ...

Notfalls leihe ich Dir das Geld. Nun komm schon. Das ist doch Dein Berg!

Mein Berg? Na ja, ich weiß nicht.

Am Tag nach der Beerdigung, gegen Mittag, fahre ich ins Liebfrauenstift. Mutters restliches Hab und Gut werde ich dem Heim vermachen. Das Timing ist gut. Bevor ich das

Zimmer betrete, sehe ich Camilla Becker am anderen Ende des Flurs. Im fensterlosen Bad riecht es nach Penatencreme, vor der ich mich als Kind ekelte; sie wurde mir gegebenenfalls dick in den Hintern geschmiert, und verklebte unangenehm spürbar die Pofalte noch lange, nachdem mir das Zäpfchen verabreicht worden war. In der Cremedose, die ich kurz öffne, Abdrücke ihrer Finger oder die einer Schwester. Auf der Ablage die Zahnbürste mit den leicht auseinander stehenden Borsten. Die daneben liegende, von hinten sorgfältig bis zur Hälfte aufgerollte Zahnpastatube. Die Bürste, in der sich Haare von ihr verfangen haben (graue, bis zu ihrer Operation hatte sie sie in einem hellen Braunton gefärbt). Die Seife auf dem Beckenrand, der darüber hängende Waschlappen. Ich lasse alles in einer Tüte verschwinden. Ein Blick noch hinter den Duschvorhang. Auf einem Shampoo ist ein Pflaster mit ihrem Namen geklebt. Das dürfte alles sein. Kaum bin ich aus dem Bad, höre ich das Klopfen, auf das ich gewartet habe. Jetzt oder nie.

Also bis dann, am Sonntag also, ich freu mich, ja, bis dann.

An den Wänden von Mutters Zimmerhälfte hängt nichts außer dem Rahmen mit den drei Fotos, einem Kruzifix, das dem Stift gehört, und einem Kalender der hiesigen Sparkasse (der Mai zeigt eine in der Sonne glitzernde Wupper, blühende Wiesen links und rechts von ihr). Das Café Crème ist ein guter Ort. Ein Brunch geht für das erste Treffen in Ordnung. In der Tischschublade finde ich einen Block, einen Kugelschreiber, ein paar Kreidestifte (hat Mutter etwa gemalt?), einige Bonbons, ein Portemonnaie, das 180 Euro enthält, in einer kleinen Schale etwas Schmuck, auch ihren Ehering, den ich nie an ihrer Hand gesehen habe. Danach werden wir vielleicht noch spazieren gehen. Schmuck, Ehering, Geld und Geldbeutel nehme ich an mich, die Bonbons schenke ich Frau Ahrens, die restlichen Gegenstände lege ich auf den Tisch. Dort staple ich auch die Kleidungsstücke aus dem Schrank, Mutters Nachthemden, ihre wenigen Kleider, einen Hut. Sie kam in den letzten Jahren mit noch weniger aus als früher. Gezögert hat Camilla schon (so nenne ich sie für mich bereits), aber nur kurz.

Warum nicht?, hat sie gesagt.

Das Café ist ihr ein Begriff. Sie selbst wohnt in Unterbarmen.

Und Sie?

In der Nordstadt.

Hinter der Unterwäsche und den Strümpfen entdecke ich eine Pappschachtel. Nicht sehr groß. Sie enthält Familienfotos, die ich kenne, aber darunter ein Sparbuch, zwei Briefe und ein Buch. Leichtes Magengrummeln. Ich setze mich mit der Schachtel in den Lehnstuhl. Das Sparbuch verweist auf ein Guthaben von sechseinhalbtausend Euro. Unglaublich, bei der kargen Rente. Ich dachte, die wird mehr oder weniger komplett an das Heim überwiesen. Kurz überschlage ich die Beerdigungskosten und die für den Berglauf. Es könnte reichen, knapp, aber es könnte reichen.

Das Buch, 1825 erschienen, besitzt einen langen, in Fraktur gedruckten Titel. Wort für Wort entziffere ich ihn: Sammlung merkwürdiger Reisebeschreibungen für die Jugend von Joachim Heinrich Campe, Neue Ausgabe in dreizehn Theilen, Neunter Theil: Le Vaillants Reise in das Innere von Afrika, vom Vorgebirge der guten Hoffnung aus in den Jahren 1780–1785 (Beschluss).

Die Briefe sind in Deutschland abgestempelt worden. Die blauen Reichspostmarken, mit einem Adler mittendrin, kommen mir bekannt vor; wahrscheinlich kenne ich sie aus dem Michel, mit dem ich als Kind den Wert meiner Markensammlung ausrechnete. Der eine Brief ist drei, der andere vier Seiten lang, beide sind in einer kunstvollen, gleichmäßigen, aber völlig unleserlichen Schrift gehalten. Sie müssten dem Schriftzug nach an die gleiche Person adressiert sein, an Maria Theresia. Mit Mühe glaube ich den Ort lesen zu können: Leipzig, auch das Datum auf den Poststempeln, zumindest die Jahreszahl, der Rest ist verschmiert: 1888 wurde der eine Brief abgeschickt, 1889 der andere. Wann hat er sie geschrieben? Vor der ersten Reise den einen, zwischen den beiden Expeditionen den anderen, als er sich mit Botengängen für Meyers Verlag über Wasser hielt? Kam er auf die Expedition zu sprechen? Auf den Mondberg? Auf das Veilchen? Alles andere ist unvorstellbar, denn bei uns ging es doch immer nur um das eine oder das andere.

Was haben Sie denn da Schönes entdeckt?, fragt Frau Ahrens.

Ach nichts, nur altes Papier, antworte ich und überlege, wem ich die mir vorenthaltenen Urgroßvaterzeilen zum Übersetzen geben kann, aber im Moment fällt mir niemand ein.

Eines jedoch ist sicher: Meine Briefe werde ich ab sofort noch schneller austragen.

2

Als Hagebucher aufwachte, herrschten völlige Dunkelheit und eine solche Stille, dass er glaubte, die Grenze zwischen Leben und Tod überschritten zu haben. Wie lange er sich ohne Regung diesem Gedanken überließ, konnte er nicht sagen. Jedenfalls spürte er keinerlei Sehnsucht. Es war, als hätten Dunkelheit und Stille ihn vollkommen aufgesogen und ihm dadurch nicht nur Licht und jedes Geräusch genommen, sondern auch die Erinnerung daran. Kein vorher mehr, kein nachher, keine Laufbahn, die ihm vorgegeben war in der ständigen Gewissheit, den Fuß stets zu spät, immer schon in der Vergangenheit aufzusetzen. Das musste Ewigkeit sein. Und das Glück. Hagebucher hatte der Schlag auf den Hinterkopf zuerst in die Bewusstlosigkeit, dann in einen Zustand seliger Zeitlosigkeit katapultiert, aus dem ihn Minuten, Stunden oder Tage später ein leises Grunzen lockte, das sich in geradezu mechanischer Gleichmäßigkeit Gehör verschaffte. In den ersten Momenten regungslosen Zuhörens glaubte er sich im Himmel, meinte einen Engel vor sich im Dunkeln zu haben, sogar Gott; dann wieder konnte dieses Ge-räusch nur vom Teufel persönlich stammen. Erst als er sich kaum merklich in Richtung des Grunzens drehte und ihn ein stechender Schmerz überfiel, wusste er mit unwiderlegbarer Sicherheit, dass er noch am Leben war und sich in nächster Nähe ein Tier, vielleicht auch ein Mensch, befinden musste.

Langsam erwachten seine Sinne, langsam sammelte er sich ein, die Beine, die Arme, die Hände. Er lag auf dem Rücken. Hart war der Untergrund. Die Finger, sie kratzten, scharrten. Kein Stein war unter ihm, kein Holz. Erde, es war Erde, die ihm unter die Nägel drang. Die Zehen ließen sich spreizen, nach vorne, hinten, zur Seite. Hagebucher nahm das auf, verwundert darüber, wie vieles außer dem Schmerz, der ihn in mal mehr, mal weniger heftigen Wellen überfiel, zu ihm gehörte und auf seinen Befehl hin reagierte. Er blähte die Nasenflügel, bis die Haut spannte und er zu spüren glaubte, wie sich die Härchen im Innern dieses Organs der eindringenden Luft entgegenstellten. Er öffnete und schloss die Augenlider. Dann riss er sie weit nach oben, so dass sich die Stirn runzelte, zunächst aus reiner Neugier auf das, was sich darüber hinaus zu ihm gesellen würde, dann wegen des Schmerzes, schließlich ein drittes Mal, weil das Entdeckerspiel, die Reise in den Körper, stockte. An seinen Hand- und Fußgelenken hing etwas Kaltes, Schweres. Er versuchte eine Hand, ein Bein zu bewegen. Es ging nicht. Er wollte es nicht glauben. Er zog heftiger, immer heftiger.

Hagebucher, zerren Sie nicht so an mir herum!

Das war Baumanns Flüsterstimme, mit ihrem angenehmen österreichischen Tonfall.

Der Wiener bemühte sich, mit einer offenbar stundenlang vorbereiteten Rede Klarheit zu schaffen. Bei dem Kalten handle es sich um Ketten. Er, Meyer und Hagebucher seien so aneinandergekettet, dass sie sich nur gemeinsam bewegen könnten. Er liege dazwischen, in der

Mitte, gegen die er nie etwas einzuwenden gehabt habe, im Gegenteil, er liebe die Ausgewogenheit. Hier allerdings sei er durch diese Position fast verrückt geworden, sie habe ihn die Gefangenschaft bereits jetzt wie eine Ewigkeit erleben lassen, die Ewigkeit auf Erden, also die Hölle. Wie er so wach lag, den bewusstlosen Hagebucher auf der einen, den schlafenden Meyer auf der anderen Seite, ja, das Grunzen sei ein Schnarchen, es stamme von Dr. Meyer, der auf unbegreifliche Weise, trotz der Ketten, trotz der unbequemen und vor allem trotz der insgesamt wenig erfreulichen Umstände zu schlafen vermöge, habe er zumindest in Gedanken zu entfliehen versucht. Nach Wien, ins Central, um Schach zu spielen, eine Partie Schach, dazu einen Fiaker. Das habe ihm früher viel, wenn nicht alles bedeutet. Aber die Flucht dorthin, weg von dem Bewusstlosen und dem Schlafenden, sei ihm nicht gelungen. Weil ihm seine Medizin fehle (das sei das Aller-, Allerschlimmste), weil es zu eng sei hier, weil es ungemein stinke (sie lägen ja im wahrsten Sinne des Wortes in der Scheiße) und weil ihn nicht nur der ganze Körper schmerze, sondern es überall jucke, am liebsten würde er sich die Haut abziehen. Das fehlende Arsenik also, der Gestank, der Juckreiz, die Unmöglichkeit, sich zu regen, kurz die Mitte habe ihn, Oscar Baumann, Doktor der Geographie, davon abgehalten, sich in ein ansonsten mühelos abrufbares Kaffeehaus zu flüchten und seine missliche Lage etwas erträglicher zu gestalten. Das müsse sich Hagebucher einmal vorstellen. Neidisch sei er auf den Schlafenden gewesen, aber auch auf ihn, Hagebucher, der, als er seine Botanisiertrommel habe retten wollen, mit einer Keule k.o. geschlagen worden sei. Im Getümmel habe er gedacht, wie der nur so töricht sein könne, in dieser Situation an die Pflanzen zu denken, dafür sein Leben aufs Spiel zu setzen. Hier aber, eingekeilt in der Mitte, im Stockdunkeln, sei ihm Hagebuchers Aussetzer, denn um einen solchen müsse es sich gehandelt haben, wie eine grandiose, ja, bis ins Kleinste ausgeklügelte Tat erschienen, da er sich durch die anschließende Bewusstlosigkeit über viele Stunden hinweg dem Juckreiz, dem Gestank, den Schmerzen entzogen habe und nicht zuletzt dem Schnarchen von Dr. Meyer, das jeden Schlafsüchtigen, läge man auch im gemütlichsten Himmelbett, in den Wahnsinn treiben würde.

Hagebucher war zwar wieder einigermaßen bei Verstand, aber noch nicht fähig, den geflüsterten Ausführungen Baumanns zu folgen. Er vernahm dessen Stimme, gerne sogar, aber die Bedeutungen der Worte, die sein Leidensgenosse von sich gab, schwirrten schnell, zu schnell für ihn, kreuz und quer durch das Dunkel des Raums, so dass es ihm schien, als kämen die aus Baumanns Mund losgeschickten Worte vollkommen sinnentstellt in seinem Kopf an. Wieso sprach er von Wien? Wo waren sie?

Bitte, Dr. Baumann, lallte er, ich... schwer von Begriff, Sie... Geduld.

Der Wiener sprach daraufhin langsamer, auch etwas lauter. Er glaube kaum, dass die Bande eigenmächtig gehandelt habe. Die hätten uns doch schnurstracks umgebracht. Die Verbrecher handeln sicher im Auftrag von noch größeren Verbrechern. Er wusste, sie befanden sich noch in dem kleinen Dorf, im hinteren Teil einer Hütte, der keine Fenster besaß. Ob Tag oder Nacht war, konnte er nur erahnen. Er wusste nicht, was mit der Ausrüstung geschehen war. Er fürchtete um seine Aufzeichnungen, seine kartografischen Skizzen und Entwürfe.

Ihre Pflanzen jedenfalls können Sie abschreiben, Hagebucher. Auch Ihr Veilchen. Ich weiß, wie sehr Sie daran hängen. Tut mir leid. Der Schwarze, der Ihnen den Schlag versetzte, räumte die Botanisiertrommel aus und trampelte wie ein Irrer auf Ihrer Sammlung herum. Aber schauen Sie mich an! Einen Kranken ohne Medizin. Wie soll ich die nächsten Tage überleben? Wissen Sie ...

Hagebucher zuckte zusammen. Sein Theresiaveilchen war verloren, vielleicht für immer. An eine Rückkehr nach Mkumbara war nicht zu denken. Selbst wenn sie freigelassen werden sollten. Eine neue Karawane auszurüsten würde Zeit und viel Geld kosten und sein Chef investierte beides nur, sofern sich forschungswürdige Ziele boten. Das war sein Wort: forschungswürdig. Seiner Meinung nach erstrahlte ein noch so göttliches Stück Natur erst richtig, wenn es in Form von Daten, Zahlen und Karten in die zivilisierte Welt eingegangen war. Falls Baumanns Aufzeichnungen verschollen blieben, falls Meyer das Manuale mit den Messdaten nicht zurückerhalten sollte, bestand eine Chance. Dann würden sich die beiden sicherlich schnell um eine zweite Usambaraexpedition bemühen, bevor ein anderer die Lorbeeren einheimsen konnte. Eine Zierpflanze allein jedoch lieferte noch keinen ausreichenden Grund, erneut aufzubrechen. Selbst wenn sie in den weltweiten Im- und Export eingespeist, in Gärten des Deutschen Reichs und anderer europäischer Nationen ansässig werden könnte, war die Hagebucheria für sich genommen einem Wissenschaftler vom Rang Meyers nicht forschungswürdig genug. Forschungswürdig waren unentdeckte Regionen, die eine markante Stelle besaßen, um dort die deutsche Flagge wehen zu lassen, Bergmassive, an deren Spitzen sich der Mond schürfte, oder Quellen von Flüssen, mit Vorliebe von solchen, die den Überlieferungen nach im Himmel entsprangen. Für ein Pflänzchen jedoch, das im Winkel einer unentdeckten Region blühte, hatte dieser Forschergeist keinen Sinn. Darum setzte Hagebucher alle seine Hoffnung auf die Zerstörungswut der Entführer, die ihrerseits vermutlich wenig Interesse an vollgekritzeltem Papier haben würden.

Als die Tür geöffnet wurde und derart grelles Licht in die Kammer drang, dass Hagebucher sich geblendet abwenden musste, blickte er bereits wieder zuversichtlicher in die Zukunft. Er hatte sein Veilchen einmal gefunden, er würde es erneut finden. So war er eben, ein mit allen Wassern gewaschenes Stehaufmännchen, unverwüstlich.

*

Die Nachmittagssonne zaubert Schatten auf die Dielenbretter.

Camilla interessiert sich nicht für Schmeling, wahrscheinlich auch nicht für Usambaraveilchen. Aber ihre Beinarbeit ist wunderbar.

Ein Sandsack hängt von der Decke. Sie springt um ihn herum und landet Treffer nach Treffer. Unglaublich elegant sieht Camilla dabei aus. Sie springt nicht, sie tänzelt, sie tanzt. Beinparade. Schlagerparade. Und jeder wünscht sich nur das eine. Sie möcht allein für ihn sich drehn.

Ich musste bitten und betteln. Direkt, nachdem ich ihre Wohnung betrat und den Sack sah, fing ich damit an. Schließlich verschwand sie kurz und kehrte im sportlichen Dress zurück: kurze Hose, ärmelloses T-Shirt, rot glänzende Boxhandschuhe.

Ihre Beine bewegen sich im Takt. Ein Walzerschritt. Eins zwei drei. Nein, es ist eine andere, eine mir unbekannte Schrittfolge, und ihre Schläge hängen irgendwie damit zusammen.

Ich habe es mir in einem Sessel im Erker ihres Wohnzimmers bequem gemacht. Draußen, auf der gegenüberliegenden Straßenseite, befindet sich ein Spielplatz. Die Rufe der Kinder dringen durch das offene Fenster zu uns herein. Ganz in der Nähe fährt die Schwebebahn, ihr Gequietsche, Metall reibt sich an Metall, kehrt regelmäßig wieder. Über Camillas Wohnung schreit eine Frau, seit wir von unserem Spaziergang auf der Hardt zurückgekehrt sind. So laut, dass ich manche Worte verstehen kann: Du bist zu doof, um auf drei… Wenn Du so weiter … die vierte Klasse wirst Du nie… kannst Du Dich nicht mal… ich dreh' noch durch…

Das ist meine Vermieterin, sagt Camilla, die meinen fragenden Blick bemerkt haben muss, sie erzieht ihre Tochter.

Kräftige Stimme, nicht wahr?

Das Haus, in dem Camilla wohnt, ist alt. Es könnte aus der Zeit stammen, in der Urgroßvater auf Reisen war. Pflanzen stehen einige herum, aber nur Grünzeug, kaum Blühendes. Papyrus, Ficus, Bambus. Ein paar Kakteen. Veilchen kann ich mir hier nicht vorstellen. Leider.

Aber bis zur Hagebucheria bin ich vor einer Woche im Café Crème ja auch gar nicht gekommen. Danke, Michael, für Deinen tollen Tipp.

Schon als ich mich bei ihr nach Schmeling erkundigte, krachte der idiotische Plan wie ein Kartenhaus in sich zusammen.

Schmeling? Na, das ist irgend so ein Boxer. Ist er nicht vor kurzem gestorben? Mit fast hundert Jahren?

Wie findest Du ihn?
Wie soll ich ihn finden? Er ist mir vollkommen egal.
Aber... Du boxst doch?
Sie schaute mich an.
Das hast Du von Frau Ahrens.
Was sollte ich darauf erwidern?
Trau keinem über dreißig. Im Alter wird das Leben zur Märchenstunde.

Wir kamen dann statt auf Urgroßvater natürlich auf Mutter zu sprechen. Camilla meinte, ich sähe nicht so aus, als würde ich vergehen vor Trauer. Damit hatte sie vollkommen Recht.

Treibst Du keinen Sport?, fragt sie jetzt.
Doch, ich trage Briefe aus.

Camilla boxt nicht aus Leidenschaft. Der Sandsack ist ein Vermächtnis ihres Exfreundes. Er hatte beim Abschied gesagt, sie und der Sandsack würden besser zueinander passen. Auch die Boxhandschuhe ließ er zurück. Sie malte, das ist jetzt ungefähr ein halbes Jahr her, sein Gesicht mit einem dicken, schwarzen Stift auf den Sack. Die Farbe ist kaum mehr zu sehen, ich muss ganz nahe heran, um Spuren seiner Augen, seines Vollbarts zu sehen.

Tüchtig, tüchtig.
Der ist Geschichte.

Sie lässt vom Sandsack ab und kommt mit immer noch leicht tänzelnden Bewegungen auf mich zu.

Soll ich die Handschuhe anlassen oder ausziehen?

*

Nachdem sich die Augen der drei Gefangenen an das Licht gewöhnt hatten, sahen sie in der Tür die Umrisse eines ganz in weiß gekleideten Menschen, womit das Rätsel der Geiselnahme gelöst schien. Die Araber also steckten dahinter. Auf einen Wink des Neuankömmlings hin wurden die drei von sechs Entführern in den vorderen Teil der Hütte gezerrt, der von der Sonne hell erleuchtet war, und dort nebeneinander auf den Rücken gelegt. Hier hatte Hagebucher erstmals Gelegenheit, sich und seine Leidensgenossen eingehender zu betrachten. Meyer sah verschlafen aus, er kniff die Augen zusammen, wahrscheinlich, weil ihm die Brille gestohlen worden war und ihn seine extreme Kurzsichtigkeit, Helligkeit hin oder her, daran hinderte, mehr als vage Schemen wahrzunehmen. Seine Kleidung wirkte, abgesehen von den braunen Stellen am Hinterteil und den nassen im Schritt, beinahe salonfähig. Baumann dagegen, mit seinen zerfetzten, mit Schlamm, Pisse und Kot verdreckten Kleidern, seinem blutig geschlagenen Gesicht und einer mächtigen Kette um den Hals (den anderen war sie nur um Hand- und Fußgelenke gelegt worden), konnte als der Prototyp eines Raubmörders gelten, der auf seine gerechte Strafe wartete. Auch Hagebuchers Anzug war durch den Kampf wundersamerweise nicht in Mitleidenschaft gezogen worden. Die Wunde am Hinterkopf schmerzte nach wie vor, lag aber gut verborgen unter seinem dichten Haar. Er hatte zwar ebenfalls mehrfach pinkeln müssen, aber die feuchten Flecken auf seinem Beinkleid waren kaum zu sehen.

Daher wunderte es nicht, dass der Araber sich zuerst an den Gärtner wandte. Der junge, schlanke, großgewachsene, in ein einfaches Sansibar-Hemd gekleidete Mann war aller Wahrscheinlichkeit nach kein Vornehmer und handelte im Auftrag eines Höheren. Meyer belehrte ihn sofort eines Besseren. Barsch fuhr er den jungen

Mann auf Swahili an, wie man dazu käme, harmlose Entdecker in Ketten zu legen, worauf dieser antwortete: testuri, was Hagebucher, der die fremde Sprache inzwischen einigermaßen beherrschte, für sich mit Landessitte übersetzte. Meyer murmelte das Wort mehrmals kopfschüttelnd vor sich hin, ein Scherz, oder was?, dann wischte er die Landessitte mit dem Ausruf: Unsinn! beiseite und forderte a. die sofortige Freilassung, b. ein Bad, c. ein ausgiebiges Frühstück (Honig, Eier, Bananen, ein gebratenes Schaf, auf keinen Fall Hirsebrei), d. die Zurückerstattung der Ausrüstungsgegenstände, e. die Versorgung mit Proviant, Medikamenten und Trägern sowie f. die schriftliche Fixierung des Vorgefallenen mit den Unterschriften sämtlicher Beteiligter, damit er beim Sultan von Sansibar offiziell Beschwerde einlegen könne. Der Angesprochene quittierte die Aufzählung mit einem Lächeln. Dann verließ er zusammen mit den Entführern die Hütte, was aber für die Deutschen weder hieß, ein Frühstück serviert zu bekommen, noch in Ruhe gelassen zu werden.

Junge und Alte, Männer und Frauen, die, der Anzahl nach, nur zum geringsten Teil aus den umliegenden Hütten stammen konnten, suchten die Gefangenen auf und starrten sie an. Die Nachricht von der Geiselnahme musste also viele Kilometer weit gedrungen sein, was Meyer zu der (sich nicht erfüllenden) Hoffnung veranlasste, in Bälde Hilfe aus Sansibar zu erhalten. Stets betraten, ohne zu drängeln, so viele Menschen die Hütte, dass sie sich innen bequem bewegen konnten, den Gefangenen jedoch nicht zu nahe treten mussten, so als würde draußen der Besucherstrom geregelt. Hagebucher überlegte, ob die Dorfbewohner den Heranreisenden ein Eintrittsgeld abverlangten, teilte seinen Gedanken auch Meyer und Baumann mit, die ihm aber nicht viel abgewinnen konnten. Sie waren ohnehin nicht gut auf ihn zu sprechen, der trotz Ermahnungen, selbst der Androhung, nach einer möglichen Freilassung saftige Prügel zu kassieren, unaufhörlich mit den Beinen zappelte und dadurch an den Ketten zerrte. Manche, vor allem Frauen, preschten ganz nahe an die schmerzhaft Zusammengeschweißten heran, hielten aber plötzlich inne, als befände sich zwischen Betrachtern und Betrachteten ein unsichtbares Gitter. Dann spien sie aus, höhnten, nun sei ihre Zeit des Putzens, des Wassertragens und Holzhackens endlich vorbei, da die Weißen diese Arbeiten übernehmen müssten. Die meisten aber verblieben schweigend in der Nähe der Tür. Hagebucher, Meyer und Baumann bemühten sich, aus den Mienen, Gesten und Reden sichere Auskunft über ihre Zukunft zu erlangen, jedoch vergeblich. Denn die einen lachten ihnen ins Gesicht und verkündeten weitschweifig, einer baldigen Freilassung stünde nichts im Wege, das Eigentum werde zurückerstattet, sie würden mit Wohltaten überschüttet werden. Andere wiederum blickten ernst oder sogar mit Hass in den Augen, so dass Baumann an Speere dachte, die bald tief in ihrem Fleisch stecken würden. Der Meyer, fügte er hinzu, während ihr Expeditionsleiter seinen Mittagsschlaf hielt, wird bald nicht nur die ihm von Eurem letzten Kaiser zugefügte Schmach zwischen den Rippen spüren. Abends erst setzte ihnen eine Frau nach arabischer Art zubereitete Fische in Gewürzsauce vor, eine hübsche Schwarze, die Baumann sehr lichtfarbig nannte. Der Österreicher verwendete diesen Ausdruck selten, insbesondere in Kombination mit dem Beiwort sehr. Er nannte die Schwarze auch durchaus attraktiv, eine nette und angenehme Dame, lobte ihre weiche Stimme; Meyer dagegen bezeichnete sie an diesem und den folgenden Abenden, an denen sie ebenfalls das Essen servierte, immer nur als alte Negerin und beharrte auf dem nicht nur seiner extremen Kurzsichtigkeit geschuldeten Fehlurteil trotz Baumanns und Hagebuchers Protest.

*

Nur als Camilla meine Brille abnimmt, protestiere ich halbherzig. Aber sie besteht darauf. Dann reisen wir. Mit dem Mund, den Händen, den Fingernägeln. Mal hierhin, mal dorthin. Ihre Zunge reist von meinem Ohrläppchen über meine Brust in Richtung meiner Füße, verharrt jedoch auf halbem Weg und verstärkt ihre bereits zuvor intensiven Nachforschungen. Meine Fingerkuppen spüren dem mir unsichtbaren Flaum auf ihrem Hintern nach, streicheln sich dann über die Unterseiten ihrer Schenkel zu den Kniekehlen, ruhen sich dort aus, nur die Finger bleiben in Bewegung. Noch sind sie nicht am Ziel. Als meine Hände das erste Mal ihre Fersen berühren, zuckt Camilla kurz zusammen, doch sie lässt mich gewähren, und so können meine Finger jedes Stückchen Haut ihrer Füße bestaunen, sie liebkosen die Sohlen, tasten sich langsam weiter vor zu den Ballen, springen hinauf zu den Fußrücken, bis sie nach einer kleinen Ewigkeit an den Zehen ankommen. Meine Daumen, meine Zeigefinger fühlen den Lack auf den Nägeln, gleiten hinüber zur zweiten, zur Mittel-, zur vierten und schließlich zur kleinen Zehe. Erhöhen den Druck.

Camillas Füße sind so leicht.

Von ihrem Flug werde ich träumen.

*

Zwei Tage später, früh am Morgen, trat Buschiri auf. Die Entdecker waren gerade aus dem hinteren Teil der Hütte in den vorderen geschafft worden (zwei jammernde Gestalten, die sich waschen wollten, nach neuen Kleidern, nach ärztlicher Versorgung verlangten, denen die Ketten die Haut abschürfte, denen der Rücken und überhaupt sämtliche Glieder schmerzten, sowie ein Hagebucher, der nichts als Beinfreiheit verlangte); sie befürchteten, sich zum dritten Mal der Prozedur aussetzen zu müssen, von Schaulustigen begafft zu werden, als vor der Hütte Gewehre abgefeuert wurden und viele Stimmen durcheinander schrien. Wenig später erschienen zuerst ein paar Schwarze, dann einige Araber in der Hütte, unter denen einer besonders auffiel, ein bereits älterer, untersetzter Mann mit einem ansehnlichen Maskat-Turban. Über seinem weißen Sansibar-Hemd trug er einen goldbestickten, an den Rändern ausfransenden Burnus. Aus tiefschwarzen Augen blickte er ruhig und kalt auf die Geiseln, die vor ihm lagen. Bis auf eine kleine freie Fläche um Buschiri und die Gefangenen herum war das Zimmer jetzt bis zum Bersten gefüllt. Dennoch herrschte eine unglaubliche, geradezu künstliche Stille, die Hagebucher glauben ließ, er sei von einem Moment zum anderen taub geworden. Niemand rührte sich, selbst der Staub, der von den Entführern aufgewirbelt worden war und an dem sich die Sonnenstrahlen brachen, schien regungslos in der Luft zu stehen. Hagebucher beobachtete aus halb geschlossenen Augen heraus die Menge vor ihm, seine Feinde, die ihm und seinen Gefährten nach dem Leben trachteten. Die

Stille, hätte er denken müssen, ist die Ruhe vor dem Sturm, der über uns hereinbrechen wird. Eine Sache von Sekunden: Gewehre werden gespannt, Revolver und Messer aus den Gürteln gezogen. Ein kurzes, aber effektives Stechen und Schießen folgt. Danach sind drei Entdecker mehr dem fremden Land zum Opfer gefallen, nicht die ersten, nicht die letzten; Männer, die dem Land, das sie erforschten, nur Gutes bringen wollten, Idealisten, die erst im Nachruf, wenn nicht noch später oder nie, eine angemessene Würdigung erfahren würden. Aber Hagebucher dachte nicht an die Zukunft, nicht an den Tod, an seine ihm postum zuteil werdenden Würdigungen. Seine Gedanken hafteten am Nächstliegenden, an einer Reihe von Fliegen, die ohne Regung auf dem Burnus Buschiris verharrten, an Händen, die ganz locker ein Gewehr umfassten, an wie absichtlich erstellten Falten in den Sansibar-Hemden, am Duft nach gebratenem Fisch, der von draußen in die Hütte hereinzog, am Staub, der für Hagebucher die Luft sichtbar machte und, wenn er ihn lange genug ansah, doch kleine Bewegungen vollführte, leicht tanzende, fröhliche.

Als Meyer erneut begann, seinen Forderungskatalog aufzustellen (dieses Mal verhaspelte er sich und musste bei Baumann nachfragen, ob Punkt c oder schon d an der Reihe sei), verließ Buschiri noch vor dem kleinen e mit einem Inschallah den Raum. Die anderen, bis auf einen, folgten ihm. Der Zurückgebliebene, der sich bis dahin hinter dem Fürsten versteckt hatte, sah aus wie ein Araber, entpuppte sich aber als Inder, worauf sich Meyer und Baumann sichtlich entspannten. Denn sie wussten wie alle europäischen Afrikareisenden aus erster Hand: Ein Inder schreckt vor schmutzigen Geschäften nicht zurück, er betrügt, fälscht, stiehlt, quält Tiere, verkauft ihm lästig gewordene Kinder und Frauen, aber Mord gehört nicht zu seinem Metier. Hagebucher, der als einziger noch keine persönlichen Erfahrungen als Entdecker aufzuweisen hatte, erinnerte sich an eine Reihe von Faustregeln, die er in einem wenige Wochen vor der Abreise erstandenen Buch gelesen hatte: Das 1 x 1 moderner Entdeckungsreisender in Afrika. Nebst 20, meist farbigen Abbildungen, Vorschlägen zu einer praktischen Reiseausrüstung und drei gebrauchsfertigen Vertragsformularen zum Ausheben von Trägern, erschienen 1887 in der K. Krote'sche Verlagsbuchhandlung (für die damalige Zeit ein Bestseller, es wurden mehr Exemplare verkauft als von Francis Galtons Die Kunst des Reisens, oder verfügbare Dienste und Einrichtungen in wilden Ländern). 1. Der Araber ist der Vernunft zugänglich. Trotzdem mordet er aus reiner Lust, vorzugsweise nach einer guten Mahlzeit. Nachts zieht er sich in seinen Harem zurück. Um den Araber unschädlich zu machen (vorzugsweise mit einer langen Klinge aus dem Hause Zwilling: schöne Grüße aus Solingen), empfiehlt sich daher die Zeit zwischen Sonnenunter- und Sonnenaufgang. 2. Der Inder ist der Jude Afrikas. Verschlagen und heimtückisch, betrügt er alle, auch Vater und Mutter. Er macht sich überall breit und erfüllt mit seiner niederen Persönlichkeit die Verschläge von schmutzigen, übel riechenden Bazars. Mord fällt nicht in sein Ressort (siehe hierzu Punkt 1 und 3). 3. Der Neger ist das Kind unter den Bewohnern Afrikas. Für eine kleine Mahlzeit folgt er seinem Herrn wie ein Hund und führt jeden seiner Befehle aus, vom Schuhe putzen bis zum Mord. Trotzdem ist der Neger mit Vorsicht zu genießen. Denn von einem Augenblick zum nächsten kann er, wie schon der große Philosoph Hegel wusste, die gedankenloseste Unmenschlichkeit und ekelhafteste Roheit beweisen und gegen alles toben, was sich in seiner nächsten Umgebung befindet. In diesem Fall hilft nichts als zwanzig Hiebe, am besten mit einer aus Nilpferdhaut angefertigten Peitsche.

In einer umständlichen Rede versicherte der Zurückgebliebene, er hieß Abd-el-Kerim, den am Boden Liegenden zunächst, dass ihm allein schon aus geschäftlichen Gründen ihr Wohl am Herzen liege, denn zu Hause leite er eine Reiseagentur für professionelle Entdecker. Buschiri sei entschlossen gewesen, die Gefangenen umzubringen, ku tschindscha, ku piga bunduki, er habe dabei folgende Alternativen erwogen: Kopf abhacken, Haut abziehen, Vierteilen, Übergießen mit siedendem Öl oder nach und nach sämtliche Eingeweide und zu guter Letzt das Herz herauszuschneiden, im Erdboden vergraben und von Ameisen fressen lassen etc. etc., sei aber nach langen inneren Kämpfen von seinem Entschluss abgerückt (die Anwesenden wüssten ja, wie sehr Araber sich in solchen Fantasien zu Hause fühlten), weil Abd-el-Kerim ihm klarmachte, dass ein Lösegeld für die Entführten die fast leere Kriegskasse füllen würde. Nach Berechnungen, die er selbstverständlich zum Wohl der Anwesenden angestellt habe, aber sie wüssten ja mindestens genauso gut wie er über die Preise Bescheid, gerade in Kriegszeiten, ein Gewehr, ein einfacher Vorderlader, nichts Modernes ... es sei unglaublich, als er den Betrag gehört habe, den er dafür entrichten müsse, sei ihm schwindlig geworden, der Preis für ein Messer nur, sofern die Klinge auch nach zum Teil monatelanger Arbeit noch scharf sein solle, lasse jeden Kunden erbleichen (Ramsch bekäme man selbstredend auch dort, wie bei anderen Konsumgütern, regelrecht nachgeworfen, aber auf eine Mindestqualität zu achten, das sei er seinem

Ruf schuldig), und dann der Kleinkram, Tabak und Tee etwa oder die gegenwärtig für jede Kriegsführung unerlässlichen Tabletten zum Vergiften von Wasserstellen, alles in allem sei er abgerundet auf einen Betrag von 20 000 Rupien gekommen, wobei dann die Zinsen für ihn, unbedeutende 20%, hinzukämen, denn er habe eine große Familie zu ernähren, allein zehn Kinder und dann noch sonstige Verwandtschaft, ein Fluch, eine Last, es gebe Tage, da säßen Menschen am Tisch, die er noch nie in seinem Leben gesehen habe. Dabei wäre er auch gern Entdecker geworden, ehrlich, er beneide die drei um ihre außergewöhnliche Arbeit und immer an der frischen Luft. Aber wenn so viele Mäuler danach verlangten, gestopft zu werden, müsse man bei der Berufswahl seine Sehnsüchte zurückstellen und allein auf die Stimme der Vernunft hören. Daher sei er im Reisegeschäft gelandet, das derzeit floriere (sie wüssten ja, wie viele Europäer in Afrika forschen und auf den Weg gebracht werden wollten), er werde aber auch sonst, gerade bei kniffligen Vertragsabschlüssen, um Hilfe gebeten, und er helfe, wo er könne. Also 24 000 Rupien, die Übereinkunft sei bereits schriftlich ausgearbeitet worden, es fehle nur noch die Unterschrift der hier anwesenden Partei, der mächtige Buschiri bin Salim habe bereits im Vorfeld an den entsprechenden Stellen signiert.

Nachdem Meyer um das Dokument und um Bedenkzeit gebeten hatte, verneigte sich der Inder und verließ die Hütte. So fürchterlich sich der Expeditionsleiter über den Wucherzins aufregte, so sehr zeigte er sich insgesamt erleichtert über die Höhe der Lösegeldforderung, glaubte er doch, Banditen in Europa hätten eine vergleichsweise viel höhere Summe gefordert.

Ich werde wohl unterschreiben, sagte Meyer, aber nicht bevor Sie, Dr. Baumann, alles vorgelesen haben, auch das Kleingedruckte.

Der Vertrag schien in Ordnung. Meyer rief nach Abd-el-Kerim, unterzeichnete unter auf Deutsch ausgestoßenen Flüchen und Verwünschungen: Saubande, Hurensöhne, hängen wird man Euch, das ganze Pack, das ganze Lumpengesindel, und Dich, Du Krämerseele, Du Halsabschneider, Dich zuvorderst, als abschreckendes Beispiel, Du bist ja schlimmer als die Juden bei uns.

Danach wurden er und die beiden anderen Gefangenen von ihren Ketten befreit, durften sich auch, allerdings unter Bewachung, frei im Dorf bewegen. Ihr erster Gang führte sie zu einem Tümpel unweit der Hütten, wo Baumann und Meyer badeten und sich beratschlagten; Hagebucher folgte ihnen ins Wasser, nachdem er einige Male den kleinen See umrundet hatte, auch in der (vergeblichen) Hoffnung, Ersatz für die verloren gegangenen Veilchen zu entdecken. Die Lage hatte sich gebessert, war aber alles andere als rosig zu nennen. Konnten Sie Buschiri trauen? Und selbst wenn der Araber Wort hielt, hatte er denn wirklich all seine Bandenmitglieder fest im Griff? Baumann jedenfalls nannte ihn sehr lichtfarbig und sprach damit zum zweiten Mal an diesem Ort ein Lob aus, das Buschiri weit über alle seine Mitstreiter heraushob und ihn auf eine Stufe mit der Köchin stellte. Im Unterschied zu ihr allerdings stahlen beim Geiselnehmer die tiefschwarzen Adleraugen dem Lichtfarbigen viel von seiner Helligkeit. Sie erinnerten Baumann an den grausamen Blick albanesischer Bergbewohner. So war auch in diesem Punkt keine Klarheit zu erzielen.

Wir tappen nach wie vor im Dunkeln, fasste Meyer, als sie sich abtrockneten, die Lage zusammen. Das kann noch böse enden.

*

Manchmal liegen wir schwitzend nebeneinander und atmen heftig.

Wir sprechen von Runden.

Camilla ist die bessere Boxerin.

Ausdauernder.

Sie will jedes Mal bis zum Ende auskosten.

Ich muss mit einem Trick arbeiten.

Ich knie vor ihr. Einer ihrer Füße ruht auf meiner Brust, vom anderen habe ich die große Zehe im Mund.

Das beruhigt und erregt mich zugleich.

Ich versuche nun nicht mehr, nach dem Gong sofort alles zu geben, ich versuche, die Zeit ernst zu nehmen.

Ihre dunklen Locken besitzen einen leicht rötlichen Schimmer.

Sie hält meinen Blicken stand.

Ich solle ruhig knabbern, schweigt ihr Mund.

Es ist so. Mit einer Zehe im Mund, mit einem Fuß auf der Brust besitze ich ebenfalls eine große Ausdauer.

Fast wie die eines Profiboxers.

Manchmal liegen wir schwitzend nebeneinander und atmen ganz ruhig.

*

Buschiri hätte sich der Wehrlosen leicht entledigen können, in aller Ruhe, so oder so. Er hätte sie auch einfach auf der Fahrt nach Pangani ins Wasser stoßen und ersäufen oder sie in einer Kammer seines Palasts verrotten lassen können.

Er sagte zu seinen Geiseln: Mit weißen Haaren bin ich zu alt um zu lügen.

Nach einem vortrefflichen Essen beschloss Hagebucher, einen Brief an Herrn Krote in Berlin zu schreiben. Denn Buschiri erteilte nicht den Auftrag, die Satten ins Jenseits zu befördern, sondern lehnte sich gemütlich in seine Kissen zurück und fragte: Was wollen eigentlich die Deutschen in Ostafrika? Warum bleiben sie nicht daheim?

Meyer antwortete mit einer Gegenfrage: Warum sind denn Deine Väter hier einmarschiert, warum sind sie nicht in Arabien geblieben?

Buschiri beharrte nicht darauf, als erster gefragt zu haben. Wir sind zuerst eingedrungen, sagte er, vor vielen hundert Jahren.

Na und? Wir dringen dafür viel gründlicher ein.

Aber wir waren zuerst da.

Aber wir sind gründlicher.

Damit schien alles gesagt. Doch die beiden schoben, nachdem die Aber-Sätze einige Male hin- und hergegangen waren, weitere Argumente nach. Meyer warf der arabischen Kolonisierung vor, ineffektiv zu sein. Seit Jahrhunderten laboriert Ihr an diesem Kontinent herum, und was habt Ihr zuwege gebracht? Winzige, im Wüstensand versickernde Oasen des Reichtums, winzig im Vergleich zu all der Milch, die der Kontinent zu bieten hat und mit Freude liefern wird, greift man ihm ordentlich an die Zitzen. Dass Ihr dazu nicht in der Lage seid, liegt an Eurem Egoismus und Eurem Dünkel, an Eurer Unfähigkeit, die Früchte der Natur mit vereinten Kräften zu ernten.

Buschiri dagegen nannte die Deutschen ganz klein, wadogo dogo. In geringer Zahl kommt Ihr an, wehrlos, ohne Soldaten, mit nichts bewaffnet als mit einer Fahne und einem Brief des Sultans, der für uns leerer Schall ist. Hätten sich die überheblichen Trottel wenigstens freundlich verhalten, sich auf ihren Zolldienst beschränkt und etwas Mühe aufgeboten, uns, die herrschenden Araber, zu gewinnen, säßen sie jetzt noch friedlich in ihren Küstenstädten. Stattdessen benahmen sich diese schutzlosen Deutschen völlig rücksichtslos, behandelten uns, als seien wir die Sklaven und sie die Herren, rissen unsere Fahnen herunter, um ihre eigenen zu hissen. Wir werden Euch davonjagen wie dumme Jungen.

Schließlich einigten sich die beiden gütlich darauf, dass der Krieg wie zu jeder Zeit eine Klärung ihres Streits liefern würde.

Später sagte Meyer zu Baumann und Hagebucher: In einem Punkt liegt er nicht falsch, dieser Buschiri. Die Araber bilden im Innern Afrikas zweifelsohne eine große Macht. Mit Waffen wird sie schwer zu überwinden sein. Geld und gute Worte könnten da viel eher helfen. Wir sollten uns den Belgier, König Leopold, zum Vorbild nehmen. Der hat diesen kongolesischen Sklavenhändler, diesen Tippu Tip erst bekämpft, dann zum Gouverneur einer Provinz ernannt. Wieso nicht auch hier den lästigen Aufständler in einen gut gepolsterten Sessel hieven? Ich werde meine Überlegungen, sollten wir hier heil rauskommen, schriftlich bei der Ostafrikanischen Gesellschaft einreichen.

Meyers Idee war sicherlich auch dem Umstand geschuldet, dass Buschiri sich als vollendeter Gastgeber erwies. Bewirtet wurden sie vorzüglich. Der Kurzsichtige erhielt seine Brille zurück. Der Fürst versprach, Nachforschungen bezüglich Baumanns Aufzeichnungen anzustellen und den verloren gegangenen Inhalt der Botanisiertrommel zu ersetzen. Hagebucher durfte sich mit einem Sklaven an der Seite vom Dorf weg bewegen.

Auf dem Weg nach Pangani ließ Buschiri sie vorn im Kanu sitzen, sie mussten nicht rudern und konnten die Aussicht genießen. In Panganis engen und überfüllten Straßen bewahrte er sie davor, von der gegen die Deutschen aufgebrachten Menge zerrissen zu werden. Dennoch: Sicher fühlten sich die drei nie. Hagebuchers Plan, Krote eine Überarbeitung von Das 1 x 1 des modernen Entdeckungsreisenden vorzuschlagen, nannten die anderen beiden voreilig, standen ihnen doch noch einige Mahlzeiten bevor. Das besonders üppig ausfallende Abschiedsessen fand in Buschiris Haus statt, einem stattlichen Gebäude mit dicken Steinmauern. Danach führte sie der Gastgeber nicht nach draußen, sondern durch die Vorhalle, in der mindestens vierzig gut gekleidete arabische Soldaten saßen, über eine enge Wendeltreppe nach oben, wo sie sich noch ein wenig ausruhen sollten. Im ersten Stock befand sich eine Halle mit kahlen schmutzigen Mauern, durch ein flackerndes Lämpchen düster beleuchtet. Meyer sprach von einer Henkersmahlzeit, Baumann von einer richtigen Räuberhöhle, nein, er korrigierte sich, wir sitzen in der Höhle des Löwen, unser letztes Stündchen hat geschlagen. Erneut sah er Speere vor sich, die sich auf dem Weg in sein Fleisch befanden. Die Angst wuchs, auch Hagebucher schlug sie in ihren Bann, wie ein Tier im Käfig lief er in der Halle auf und ab.

Es ging gut. Denn tatsächlich hatte Buschiri dringende, aber im Vergleich zu Krieg und Geiselnahme alltägliche Geschäfte zu erledigen, von denen er seinen Gefangenen auf dem Weg zum Haus Abd-el-Kerims berichtete, Streitereien unter Soldaten und Sklaven, die er zu schlichten hatte. Er wiederholte sein Versprechen, das im Trubel der Geiselnahme Verlorengegangene aufzuspüren. Zum

Abschied reichte er zuerst Meyer, dann Baumann und schließlich Hagebucher die Hand, als ob sie seit jeher gute Freunde gewesen wären.

Allah kherim.

Hagebucher schüttelte die Hand so lange, bis sein Arbeitgeber ihn unwirsch mit sich zog.

*

Zuerst sehen wir uns manchmal.

Dann öfter.

Schließlich täglich, mal in ihrer, mal in meiner Wohnung.

Sie macht sich auf eine Weise über meinen zu kurz geratenen Oberkörper lustig, dass ich mitlachen kann.

Camilla kauert, nur mit einem T-Shirt von mir bekleidet, im Lehnstuhl, den ich in mein Schlafzimmer geschafft habe. Sie fährt mit zwei Fingern Strähnen ihrer vom Duschen glänzend feuchten Haare ab, ihr Blick geht schräg nach oben.

Das ist also alles, was von Deiner Familie übrig ist, dieser Stuhl hier, drei Fotos und Pappschachtel, die Du im Schreibtisch deponiert hast.

Ganz genau.

Mich wundert, dass Du den Stuhl nicht dem Stift überlassen hast.

Er ist ein Erbstück meines Urgroßvaters. Darin ist er kurz vor Kriegsende während eines Bombenangriffs gestorben.

Ich will ihr sagen, wie er darin gefunden wurde, nachdem der Schutt beiseite geschafft worden war, wie seine

Haut unter dem Ansturm der Decke aufplatzte, seine Knochen brachen, der Sessel aber, ein Wunder, den Einsturz überstand und nach geringfügiger Restaurierung aussah wie immer, doch sie stemmt sich hoch, überbrückt mit einem Satz den Graben zwischen Sessel und Bett.

Ich will ihr gestehen, dass ich ihn mir als Kind wie einen Viehtreiber vorstellte. Hut, Lederweste, Hemd, spitz zulaufende Stiefel, am Absatz mit glänzenden Sporen. Immer trug er ein Gewehr, eine Winchester, in der Hand und einen Revolver im Gürtel, nur einen, denn wer zwei trug, der bewies nur, dass er nicht schießen konnte. Das Gesicht holte ich mir von Trampas, meinem Sonntagvorabend-Helden. Sogar ein Pferd gab ich ihm mit auf den Weg durch die afrikanische Wildnis.

Ich will ihr von dem Foto erzählen, das es nur in meinem Kopf gibt. Darauf hebt sich vor dem unscharfen gräulich-weißen Hintergrund, der ebenso ein Studio wie die Wildnis darstellen könnte, Hagebuchers Gestalt ab. Das Papier fleckig, um das Abgelichtete ein weißer, gezackter Rand. Sein Gesicht verwegen und nach wie vor wie eine Kopie des Cowboys von der Shiloh Ranch, den Tropenhelm keck darüber, wie es sich gehört für seine 19 Jahre; der viel zu kurze Oberkörper, die Beine so lang, dass es den Anschein hat, als ginge er auf Stelzen. Unpassend nur, dass seine Füße in altbackenen Plüschpantoffeln stecken, die er damals nicht trug (weder gelingt es mir, sie aus dem Bild zu löschen, noch, sie gegen seine Schnürstiefel einzutauschen), erst später, als er das Haus, unter dem er schließlich auch begraben wurde, nicht mehr verlassen wollte. Bei seinen Entdeckungsreisen war er um einiges jünger als ich heute, der in seine Fußstapfen treten wird, um das, was er erlebt hatte, selbst in den Beinen zu spüren.

Mein Blick gleitet hinab an seinem Anzug, der festlich wirkt und ungeeignet für strapaziöse Märsche durch unwegsames, stellenweise kaum passierbares Gelände, ich hüpfe hinein in seine Jacketttasche, in der bereits seine Hand steckt, deren Furchen und Fältchen ganz der meinen ähneln, ich hangle mich zwischen seinen Fingern hindurch, deren Spitzen schmutzig sind, obwohl er sich jeden Abend von seinem schwarzen Diener eine Schüssel mit Wasser bringen lässt, mit einer Bürste die Hände schrubbt und anschließend mit einem Messer den letzten Dreck unter den Nägeln herauskerbt, ich hangle mich hindurch und befühle wie er die fleischigen, klebrigen, mit hellen Härchen überzogenen Blätter.

Später, sagt Camilla.

Also gut, später.

Sie ist eine wunderbare Boxerin, sage ich Michael am Telefon, Schmeling ist ein Dreck dagegen.

Sie weiß nicht einmal den Namen von einem ihrer Urgroßväter.

Stammbäume sind nicht ihr Ding.

Sie ist neugierig, aber ihre Neugierde auf meine Vorfahren und die anderen Entdecker ist begrenzt.

Bei Kilimandscharo fällt ihr nicht Hemingway ein, sondern Monty Python.

Sie zieht eine Augenbraue hoch, als sie auf den Fensterbänken meiner Wohnung Usambaraveilchen entdeckt.

Sie schlüpft in die gelbblaue Jacke mit dem Posthorn auf dem Rücken, die ihr etwas zu groß ist.

Sie will wissen, ob ich mit meiner Arbeit zufrieden bin. Ob ich mir vorstellen kann, bis zu meiner Pensionierung als Postbote zu arbeiten.

Sie will wissen, ob es eine Versuchung gebe, die Briefe von Unbekannten zu öffnen.

Ich zeige ihr die Briefe, die ich in Mutters Zimmer fand.

Auch Camilla kann die Schrift nicht lesen. Sieht wunderschön aus. Wieso lässt Du die Briefe nicht übersetzen?

Das will ich. Ich ... ich gebe sie jemandem, sobald ich vom Berglauf zurück bin.

Das Buch von Le Vaillant habe ich mühsam zu Ende gelesen. Auf dem Titelblatt steht etwas in der Schrift, die ich für Urgroßvaters halte. Von Mutter, könnte es heißen. Camilla erkundigt sich nach dem ersten Teil vom Reisebericht des Franzosen.

Ich habe keine Ahnung, ob er den jemals besaß.

Vielleicht hat mit diesem Buch alles angefangen.

Ja, vielleicht.

Sie fragt nach meiner Mutter. Sie will mehr über meinen Vater erfahren.

Die Erinnerung schummelt.

Sie kommt durcheinander mit den Fakten und Namen. Willentlich.

Das Gedächtnis trügt.

Ich muss tricksen.

Nein, Baumann sei nicht 1889 dabei gewesen, sondern 1888. Mit Purtscheller seien Meyer und Hagebucher auf dem Kibo gewesen. Der Araberaufstand habe 1888 stattgefunden. Genau, zweimal sei Hagebucher nach Deutsch-Ostafrika gereist. Der Berg habe ihn eigentlich überhaupt nicht interessiert. Ihm sei es nur um das Veilchen gegangen, aber dann sei alles anders gekommen.

Ab und zu fragt sie nach.

Von Baumanns Drogenabhängigkeit will sie mehr wissen. Sicher habe der sich auch Morphium gespritzt. Sie stellt sich vor, wie der zugedröhnte Entdecker in einem Dorf auftaucht, um seinen Kram gegen Essen einzutauschen. Ich muss zugeben, dass die Quellen hinsichtlich Baumanns Medikamentenabhängigkeit widersprüchlich sind. Aber die Quellen … na ja. Was an denen dran ist, davon hätte mein Urgroßvater ein Lied singen können.

Und Meyer? War der vielleicht ein kleiner Dicker, gutmütig bis zum geht nicht mehr?

Ich verschwinde kurz, kehre mit kopierten Blättern zurück.

Schau Dir das mal an.

Hans Meyers Arbeiten, liest Camilla, war ein solides, konsequentes, unbeirrbares Vorwärtsschreiten nach gesetztem Ziel. Er dachte zunächst daran, ein Pionier der Erdentdeckung zu werden. Es entsprach aber der Solidität seines Wesens, der dem Fantastischen abgeneigten Nüchternheit seines Tatsachensinns, dass sich sehr rasch jugendlicher Entdeckerehrgeiz in wissenschaftlichen Forschertrieb entwickelte. Jedenfalls hat seine ganze Liebe in erster Linie der Wissenschaft gegolten. Sein Stolz und sein Ehrgeiz, die ihm dabei zugute kamen, waren aber überdeckt durch ein hohes Maß an Selbstzucht (der stand wahrscheinlich morgens im Bad und hat sich mit einer Wurzelbürste abgeschrubbt) und eine keusche männliche Verschlossenheit, die der Außenwelt nicht gern die Tiefe und Weisheit des eigenen Gefühls enthüllt. Hört sich tatsächlich an wie ein richtiges Arschloch. Woher hast Du das?

Ich blättre, suche, aber finde nicht.

Aus Petermanns Mitteilungen vielleicht oder aus der Zeitschrift für allgemeine Erdkunde. Das hier ist auch nicht schlecht, das stammt aus einem Vortrag, den Meyer in Berlin gehalten hat.

Unsre Vorstellungen von Menschenwürde dürfen wir beim Neger nicht voraussetzen; er sieht in seinem Sklavenverhältnis durchaus nichts Schimpfliches.

Du kennst das Zeug auswendig?

Mehr oder weniger.

Was wir in tausendjähriger ...

Bei Meyer heißt es langjähriger.

Ist doch fast dasselbe. Was wir in tausendjähriger Kulturarbeit errungen haben, bis es ganz unser geistiges und ethisches Eigentum geworden ist, das können wir dem Neger nicht von heute auf morgen anziehen wollen wie ein neues Kleid, das sofort passen soll.

Dieser Vergleich steht hier nicht. Hier steht: das können wir dem Neger nicht von heute auf morgen aufdrücken.

Aber meine Version hört sich besser an. Jetzt unterbrich mich doch nicht immer.

Gewiss ist der Neger ein Kind, und zwar ein Kind von sanguinischem Temperament und ganz unfertigem Charakter. Aber erstens werden Kinder nicht allein durch gutes Beispiel und schöne Reden erzogen, sondern sie müssen arbeiten lernen und zur Arbeit angehalten werden; und zweitens handelt es sich in unserem Fall nicht um die Erziehung der einzelnen Individuen, unter welchen sich wohl besonders begabte Naturen in einem kurzen Menschenleben europäische Gesittung und Gesinnung aneignen können, sondern um die Erziehung der ganzen Negerrasse, die nur in generationsweiser geistiger und ethischer Verelendung ...

Nein, Veredelung.

Sorry, blöder Scherz, natürlich in Veredelung einem höheren Ziel zugeführt werden kann. Wir müssen arbeiten, soll es der Neger nicht auch? Nicht in den verborgenen Mineralschätzen des Erdbodens, nicht in den freien Erzeugnissen des Pflanzen- und Tierreiches, sondern in der latenten Arbeitskraft des Negers liegen die ungeheuren Reichtümer ...

Danke ... das reicht. Und Dein Urgroßvater, das war also ein ganz anderer? Nur auf Bewegung aus und auf seine Blume?

Irgendwie schon. Aber zugegeben: Ein Engel war er auch nicht.

Und Maria Theresia?

Sie müssen sich geliebt haben, am Anfang jedenfalls, darin waren Mutter und ich uns einig. Maria Theresia hatte ihr erzählt, was für ein toller Tänzer Hagebucher gewesen war. Abends haben sie sich manchmal davongeschlichen und sich so lange im Walzerschritt gedreht, bis alle anderen Tanzenden aus dem Saal verschwunden waren. Die Welt, das waren dann sie und er.

Buschiri bin Salim kann Camilla ins Staunen bringen. Der Krieg der Araber gegen die Deutschen. Da fällt es ihr leicht, die Vergangenheit neben sich im Sessel sitzen zu lassen.

Ich verstehe nicht, wieso sie nicht verstehen kann, dass sich Araber und Europäer bereits damals gegenseitig massakriert haben.

Heute seien an die Stelle der Europäer die Amerikaner getreten, so what?

Nach dieser Bemerkung will ich zurückkehren zu Urgroßvaters Tanzkünsten, aber sie lässt es nicht zu.

Sie will mehr über Buschiri erfahren.

Von Wissmann, seinem Gegner, gibt es, soweit ich weiß, die ausführlichste Beschreibung. Ein Halbblutaraber war Buschiri, der Vater stammte aus Südarabien, die Mutter aus Nordafrika. Was schreibt der Deutsche noch gleich über sein Äußeres? Gedrungen, ja, der Mann sei gedrungen gebaut und neige zur Fettleibigkeit. Hört sich nicht an wie ein Kriegsherr, oder? Alter: damals so um die sechzig Jahre. Trotz Fett und Alter jedoch bewege sich Buschiri geschmeidig, wie eine Katze, einmal schreibt Wissmann auch, wie ein Panther. Er bewege sich aber nicht nur wie dieses Tier, sondern handle auch genauso grausam. Ich glaube, sonst spricht Wissmann noch von Raubzügen, die den Araberfürsten mehrfach ins Gefängnis des Sultans von Sansibar brachten und einmal fast unters Beil des Henkers.

Und dieser Wissmann hat ihn hinrichten lassen?

Kurz nach seiner Gefangennahme hat er Buschiri in Pangani ohne Gerichtsverfahren zum Tode verurteilt. Er wurde direkt hinter dem Steinhaus (an einem Baum? an einem eigens für ihn errichteten Galgen?) aufgehängt, in dem Meyer, Baumann und Hagebucher gut ein Jahr zuvor gefangen gehalten worden waren. Hans Meyer segelte an diesem Sonntag gemeinsam mit Ludwig Purtscheller und Hagebucher vom afrikanischen Festland aufs offene Meer hinaus. Die Zeit auf dem arabischen Segelboot war für sie die mit Abstand schlimmste der insgesamt so erfolgreichen Expedition. Das lag an dem penetranten Schweißgeruch, am Gestank des faulenden Kielwassers, am Mangel jeglichen Schutzes gegen Sonne und Regen, für Urgroßvater vor allem aber daran, dass er sich auf dem mit Menschen voll gestopften Boot kaum bewegen konnte. Von Buschiris Hinrichtung erfuhren die Entdecker wenige Tage später, nachdem sie auf der Reede von Sansibar Anker geworfen hatten.

Camilla wundert sich, wieso ich meinem Urgroßvater so viel Platz einräume in meinem Leben und so wenig meiner Mutter und gar keinen meinem Vater.

Das Beste an meiner Mutter waren die Geschichten über Hagebucher.

*

Hagebucher bohrte nach, aber der auf der gesamten Rückfahrt miesepetrige Meyer wollte sich nicht festlegen. Generell sei er natürlich daran interessiert, das Usambaragebirge noch einmal zu erkunden. Das sei noch lange nicht ausgeforscht. Doch der Kilimandscharo sei wichtiger, das müsse Hagebucher verstehen.

Er sprach von Mut. Zuverlässigkeit. Auch Heldentum. Davon, die Hoffnung nie aufzugeben.

Und schließlich, glauben Sie mir, Ihr Ehrgeiz in allen Ehren. Aber manchmal müssen Sie ihn auch auf andere Ziele lenken.

*

Ich liebe Dich.

Es ist ein sonniger Julitag. Camilla und ich sind auf den Bismarckturm gestiegen. 22 Meter ragt er seit 1907 über die Hardt hinaus. 50 Cent haben die drei Alten, die vor dem Eingang sitzen, von uns verlangt. Außer uns will niemand die Aussicht genießen. Ein leichter Wind geht. Wir sehen unter uns auf den Wiesen Familien, die picknicken, Federball oder Fußball spielen. Hauptsächlich türkische. Grillgeruch steigt bis zu uns hinauf. Kindergeschrei. Morgen werde ich nach München fahren. Von da geht es gemeinsam mit Michael zum Training nach Berchtesgaden.

Sie sagt es auch.

3

Oberau, O-ber-au, o e au a, ja, Herr Lehrer, das tut weh, morgen komm ich nimmermehr, höchstens mit dem Meyerlein, dem Meyerlein, dem Meyerlein, dem tret ich, mach Platz, Platz da, da ist es, mein Herz, da ist sie, meine Herzfrequenz, piep piep macht sie, schnell die Gebote aufsagen, das ABC, der Atem, Berchtesgaden, der Berg kreischt und mir ist zum, Enzianhütte, Enzianschnaps, Schnaps in der Hütte, halt den Mund, Michael, und Du erst recht, Mutter, ich bausche auf, wann ich will, ich blase hinein, wann ich will, in den Urgroßvaterballon und dann komm ich, dann komm ich mit der Nadel, und dann piekse ich, piekse, damit die Luft zischt, eine frische Brise, zisch, ins Gesicht, das tut gut, liebste Camilla, ich liebeliebe Dich wie Hagebucher die Seine, zeigt her Eure Füße, er macht ihr ein Geschenk, Maria Theresia, auch ich schenk Dir was, ein Veilchen, das kommt von weit her, weit her, das hat viel erlebt, eine lange Geschichte und immer der nächste Schritt, der muss sein, immer ein nächster, bis zur Kuhtränke, zum Badewasser, lass mich Dein Badewasser schlürfen, ja schlürfen, ich fall um, ich fall weich, hinein in den Mist, den ganzen

Mist, Michael, Kreuze, Wiesen, Wälder und Berge, alles wirbelt durcheinander, oder alles steht still und ich werde herumgewirbelt. Mein Herz, das galoppiert davon. Ich bücke mich. Stütze die Hände auf die Oberschenkel. Stiere auf den Boden. Dort tauchen in regelmäßigen Abständen seine Laufschuhe und Waden auf. Mir zittern die Knie. Das Zittern überträgt sich auf die Handflächen. Die Arme. Auch der Kopf vibriert. Nicht heftig, aber immerhin. Sagen kann ich nichts. Mir schwirren noch immer die Worte durch den Kopf, die ich während des Aufstiegs vor mich hin dachte. Als ich auf halber Höhe zwischen Enzianhütte, bei der wir heute auch die Fahrräder zurückließen, und dem Eckersattel an der rostigen Badewannen-Kuhtränke anlangte. Kurzerhand tauchte ich meinen Kopf in die braune Brühe. Ohne auf die wiederkäuenden Tiere zu achten.

Erst danach stelle ich fest, dass Michael mich nicht nur umkreist, sondern ununterbrochen auf mich einredet. Außerdem piepst das Herzfrequenz-Messgerät, das er mir geliehen hat. Langsam richte ich mich auf. Ich schalte das Gerät ab und verspreche Michael, um ihn loszuwerden, dass ich heute wirklich nachkommen werde. Ja, ich werde sorgfältig auf meine Atmung achten, ja, wenn ich schon nicht laufe, seine zehn Gebote vor mich hin murmeln, das ABC des Berglaufs. Danach verschwindet er zwischen den Bäumen, durch die sich der Weg hinauf zum Purtschellerhaus schlängelt.

Ich glotze auf das Kreuz vor mir, das mit einem verdorrten Kranz geschmückt ist, in dessen Mitte ein kleineres Kreuz hängt. Auch hier hilft Gott, verkünden die zusammengenagelten Hölzer, mechanisch, zweistimmig, Doppelt hält besser, In diesem Zeichen wirst Du siegen, Amen. Ich bettle um die Überzeugung, dass ich es schaffen werde. Mein Weg führt nach oben. Glaube. Hoffnung. Liebe versetzt Berge. Ganz oben stehen. Neben dem senkrecht stehenden Holzpfahl ragt ein weiterer, dünner in die Höhe, der zu seinem Schutz mit Draht an den dicken gefesselt ist und an dessen oberem Ende ein Schild schwarz auf weiß Vorschläge macht. Der lächerliche Versuch einer Verführung. Ich soll mich zum nahe gelegenen Ahornkaser statt zum Purtschellerhaus schleppen. Aber nicht mit mir! Als ich hinter mein Doppelkreuz und in die Höhe blicke, sehe ich nicht nur die in den letzten drei Tagen in Wolken verschwundene Bergwelt, sondern auch erstmals das eigentliche, von mir bislang nicht erreichte Ziel unserer Trainingsläufe.

Der Name des Hauses war schon von den oberen Zehntausend des Alpenvereins im österreichischen Sowieso ausgehandelt worden, vor gut hundert Jahren, als der Bau fast abgeschlossen war und der in Salzburg als Turnlehrer beschäftigte Ludwig Purtscheller, der zum engeren Kreis der Organisatoren gehörte, der Einweihungsfeier entgegenfieberte. Auf Hütte am Hohen Göll sollte der mittlerweile durch willkürliche Anbauten in die Breite gezogene Kasten getauft werden. Urgroßvater wusste davon nichts, der war mit seiner Gärtnerei vollauf beschäftigt. Außerdem hatte Purtscheller, wie Mutter sagte, nach den Ereignissen auf dem Kibo nicht nur jeglichen Kontakt zu ihm abgebrochen, sondern meinen Urgroßvater aus seinem Expeditionsbericht für die Mitteilungen des Österreichischen Alpenvereins hinausgeschmissen. Völlig unbegreiflich war ihr das, da doch der Bergführer sich dort oben mit ihm gegen Meyer verschworen hatte. Wenn ich mir Purtschellers Gesicht ins Gedächtnis rufe, fällt mir kein besseres Wort als züchtig ein. Es passt zu den zierlich in die Stirn fallenden Haarsträhnen, den Brauen, die eine Barrikade für die Augen sind, den brav abstehenden

Ohren, der akkurat geradeaus gefeilten Nase, dem gestriegelten Busch von Schnauzer, hinter dem sich der Mund versteckt wie ein Schulmädchen hinter dem Rock der Mutter. Dieser züchtige Purtscheller kletterte, während Urgroßvater in Erfurt Usambaraveilchen züchtete und in Österreich Details für die Hütteneinweihung geplant wurden, weiter in den Bergen herum, fatalerweise. Denn er stürzte, mit dem Kopf voraus, stelle ich mir vor, im Montblanc-Gebiet in eine Gletscherspalte. Er brach sich den Arm. Beim nachfolgenden Rekonvaleszenzaufenthalt erlitt er eine Influenza mit anschließender Lungenentzündung. Der Tod trat nicht überraschend ein. Beigesetzt wurde er in Salzburg. Zum Gedenken dienen ein Ehrenmal auf seinem Grab und die fertige Hütte, die Anfang Juli 1900, drei Monate nach Purtschellers Ableben, auf seinen Namen getauft wurde.

Ich gehe hinauf, den Kasten vor Augen. Kaum, dass ich einen Fuß vor den anderen setze. Die Sohlen wollen sich nur mit Mühe vom Boden lösen, von diesem matschigen Boden, in dem das Wasser nicht versickert. Mein Puls hat sich etwas beruhigt, das Stechen in der Lunge nachgelassen. Ich trete in eine Pfütze. Den Weg nehme ich, wie er kommt und verstoße damit gegen mehrere von Michaels zehn Geboten für Anfänger. Gleichzeitig. Nummer Zwei, ich muss nach unten gucken, in keinem Fall nach oben oder zur Seite, ich muss die zwei drei Meter Wegstrecke vor mir genau unter die Lupe nehmen, sehen, entscheiden, handeln, Nummer Drei, Wurzeln vermeiden, Pfützen überspringen, Nummer Vier, die richtige Schrittlänge, Nummer Fünf, der richtige Absprung, der richtige Auftritt, notfalls einen Ausfallschritt. Ja, morgen halte ich mich dran, auf jeden Fall, ich versprech's, morgen werde ich mich zusammenreißen.

Jetzt achte ich auf die Wiese links und rechts vom Weg, diese in allen Farben schreiende Bergwiese. Ich sollte die Sonnenbrille abziehen, und mir dieses Stück Erde in aller Ruhe zu Gemüte führen. Nein, ich sollte mich einfach fallenlassen, mit über dem Kopf ausgestreckten Armen. Die Augen geschlossen, nur kurz blinzeln sie gegen das grelle Licht. Während ich weitergehe, meinen Blick starr auf das langsam größer werdende Purtschellerhaus gerichtet, sehe ich jemanden im Gras liegen. Furchtbar nass ist die Wiese vom Regen der letzten Tage. Kaum habe ich mich hineingeworfen, ist die Nässe durch meine Funktionswäsche, deren Farben noch lauter schreien als die der Blumenwiese, an die Haut gedrungen. Ich beginne mich herumzuwälzen, linksherum, rechtsherum. Die Pflänzchen werden platt gedrückt. Womöglich befinden sich seltene darunter. Gar nicht zu einer Alpenbergwiese passende. Womöglich haben hier vor einiger Zeit Kühe gegrast und ihre Fladen hinterlassen; und ihre Kacke vermischt sich nun mit den Blümchen und dem Schlamm; und schon hat die Natur meine vom Verkäufer in den höchsten Tönen gelobte Bergläuferkleidung völlig versaut.

Michaels Silhouette auf der Terrasse des Purtschellerhauses. Er sitzt nicht allein am Tisch. Gleich werde ich bei ihnen sein.

Noch fünfzig Meter.

Es geht voran.

Mein Freund hat Recht. Heute gelang es mir zum ersten Mal, abgesehen von der kurzen Pause an der Kuhtränke, das Wegkreuz auf dem Eckersattel im Laufschritt zu erreichen, wie in den vergangenen Tagen mit Michael im Nacken, der mich anfeuerte, pausenlos, es geht voran, während für mich das siebte Gebot galt und gilt: Du sollst nicht reden beim Laufen. Er meint es gut. Er will mir nur helfen. Er geht mir auf die Nerven mit seiner Besserwisserei. Manchmal. Was für ein Wetter! Heute Morgen fluchte Michael, als er nach dem Aufstehen durch das Dachfenster den blauen Himmel sah, das lenke nur ab, meinte er. Mir tropft der Schweiß vom Kinn, obwohl ich so bedächtig einen Schritt vor den anderen setze, als sei ich auf dem Weg zur Bergmesse und würde mich schon mal in Andacht üben. Dabei findet die erst übermorgen statt.

Noch dreißig Meter.

Jetzt hat auch Michael mich gesehen, er winkt mir zu, dann beugt er sich hinüber zu der Person, die mit ihm am Tisch sitzt, eine Frau, graues Haar, so um die sechzig, breit und stabil, wahrscheinlich weil sie seit Jahr und Tag von der Bergluft verhätschelt worden ist. Sie lacht mich an und geht dabei noch ein paar Zentimeter in die Breite.

Übermorgen, am Sonntag, will Michael tatsächlich zur Bergmesse inklusive Kreuzeinweihung. Mit mir und Camilla, die heute Abend eintreffen wird. Nicht schlichtweg wegen des Events, nein, aus Überzeugung. Ich bin mir nicht sicher, ob ihr das gefallen wird. Ich bin mir nicht sicher, ob es ihr hier überhaupt gefallen wird.

Die letzten zehn Meter. Ich passiere die Terrasse, eine ganze Reihe stämmiger Waden.

Michael ruft mir zu: Wie siehst denn Du aus?

Ich bin gestürzt.

Furchtbar. Und, wie lautet das erste Gebot?

Jogger und Hundebesitzer werden nicht gegrüßt.

Siehst Du, Marlies, sagt er zu der Frau neben sich, es geht voran. Er wird bissig. Er nennt mir das letzte Gebot, wenn ich ihn nach dem ersten frage.

Fürsorglich, wie er ist, hat Michael mir bereits eine Apfelsaftschorle besorgt. Ich trinke das Glas trotz Warnungen von zwei Seiten in einem Zug leer. Marlies ist die Hüttenwirtin, sie kennt Michael von Kindesbeinen an. 'A liaba bua. Sie hat Mitleid mit mir, sie besorgt mir am Ausschankfenster ein neues Getränk. Als sie zurückkommt, streichelt sie Michael mit der freien Hand über den Kopf. Während die beiden weiter plaudern, über gemeinsame Freunde, seine Eltern, Michaels Arbeit, mache ich es mir, so gut es geht, in meinem Stuhl bequem und genieße die Sonne. Neben uns sitzt ein Paar, das sich durch seine Kleidung als professionelle Bergsteiger zu erkennen geben möchte. Sie sprechen den Weg durch, den sie gekommen sind, vom super gelegenen Kehlsteinhaus (da ging's zu wie am Königssee), über den Mannlsteig zum Hohen Göll (ich hab's mir schlimmer vorgestellt, war alles gut gesichert, bei dem Wetter), und den Weg, den sie noch gehen möchten (es ist ja noch früh), hinab zum Obersalzberg, wo das Museum bis um siebzehn Uhr geöffnet hat (der Hitler-Bunker, das muss spannend sein, und wenn wir schon mal vor Ort sind).

Es ist wirklich herrlich hier oben, sage ich unvermittelt, mit geschlossenen Augen und strecke mich.

Do kunnst recht hom.

Wach werde ich von Camillas Kichern. Sie scheint sich gut mit Michael im Neuhäusl amüsiert zu haben. Sie flüstern eine Weile miteinander, was, kann ich hinten in der Kammer nicht verstehen. Schließlich kommt sie, zieht sich aus und legt sich neben mich. Michael schläft im vorderen Teil der Ferienwohnung; vom ersten Tag an, weil er mir sein Schnarchen ersparen will. Zwar befindet sich zwischen den Zimmern ein Bad, sonst aber nur ein schmaler Flur, mit nichts als einem Vorhang an jedem Ende. Dank Michael kann ich noch besser nachempfinden, wie Baumann gelitten haben musste.

So froh bin ich, dass Camilla gekommen ist, ich hatte bis zuletzt nicht damit gerechnet. Michael und ich holten sie vom Berchtesgadener Bahnhof ab, fuhren mit ihr direkt nach Oberau. Sie war gut gelaunt, erkundigte sich nach den Nachbarn. Michael wusste wenig von ihnen, sie waren erst vor kurzem eingezogen. Die Frau hatte uns auf der Treppe begrüßt, man müsse schließlich schauen, wer ins Haus kommt, es gäbe so viele Verbrecher, Russen vor allem, Russen, die vorgäben, sie seien Deutsche. Ihr Mann blieb unsichtbar. Er spielt von morgens bis abends Akkordeon, immer dieselben drei Lieder.

So froh war ich, als sich Michael anbot, mit Camilla auszugehen, die noch etwas sehen wollte von diesem Stückchen Erde, ich wollte nur schlafen. Doch sie scheint immer noch nicht müde zu sein, drückt sich von hinten an mich und flüstert in mein Ohr: Na, hast Du Lust?

So froh ich sonst bin, wenn Camilla diese Frage stellt, heute reagiere ich nicht. Ich kann mich kaum bewegen, jeder Muskel tut weh. Nur die schwache Hoffnung regt sich, in dieser Nacht von einem Wadenkrampf verschont zu werden, der mich bereits zweimal nach dem Training gepeinigt hat. Allerdings spüre ich schon, wie es in meinem Unterschenkel pocht.

Camilla lässt sich nicht beirren, sie reibt zärtlich mein Glied, was sonst immer, immer und immer bewirkte, dass es über sich hinauswuchs, sich mit Freude reckte und streckte. Aber heute...

Ach, Camilla, ich bin total kaputt. Und Michael hört doch auch alles.

Was ist denn mit Dir los? Dir sind wohl die Berge zu Kopf gestiegen.

Darauf zeigt sich immerhin mein Kopf willig. Ich strenge mich an, versuche, mich ganz auf dieses eine Körperteil zu konzentrieren, auf die Streicheleinheiten, die ihm geschenkt werden, und alles andere an mir, was entzündet ist, was pocht und zieht, zu verdrängen. Wie behutsam, wie bemüht sie ist. Als sei sie professionell ausgebildet worden und habe sich auf aussichtslose Fälle wie mich spezialisiert. Reiß Dich zusammen, sage ich mir, jetzt wirst Du belohnt für Deine Schinderei.

Doch nach einer Weile gibt Camilla auf.

Ich bin geschlagen. K.o. vor der ersten Runde. Höchststrafe.

Sie wendet sich ab. Wenig später höre ich, wie ihr Schlafsack durch Rascheln anzeigt, dass in ihm noch kein Schlaf eingekehrt ist. In sein Rascheln hinein mischt sich Camillas Atem, der unregelmäßiger wird, heftiger. Er geht langsam, aber sicher in einen regelrechten Hechelatem über, den auch ich heute drauf hatte, kurz bevor ich mich in die Kuhtränke stürzte, schließlich folgt ein so in die Länge gestreckter Seufzer, dass ich mich frage, wo sie dafür noch die Luft hernimmt.

Als sich wenig später mein Unterschenkel bemerkbar macht, schläft Camilla bereits. Mit einem Ruck setze ich mich auf, greife nach meinen Zehen und ziehe heftig daran. Nichts entspannt sich. Also springe ich aus dem Bett, stampfe mit dem Bein auf, dessen Wade sich verkrampft hat. Viel zu langsam lässt der Schmerz nach. Camilla hat von alldem nichts mitbekommen. Michael schon.

Du warst ja ganz schön in Form letzte Nacht, sagt er zu mir, als ich am nächsten Morgen in den vorderen Teil der

Ferienwohnung komme. Ich denke wirklich, dass es mit Dir vorangeht.

Kennst Du überhaupt die Geschichte von Fritz' Urgroßvater? So richtig, von Anfang bis Ende? Nein? Wieso das denn? Dann wird's aber höchste Zeit. Denn dann würdest Du nicht so spotten, Camilla. Ich kann den Alten jedenfalls verstehen.
 Er hätte nur weiterlaufen sollen. Immer weiter. Die Mutter von Fritz übrigens auch.
 Quatsch. Das geht nicht. Du kannst nicht aus der Welt hinauslaufen. Irgendwann musst Du umkehren. Sonst fällst Du runter.

Ich soll erzählen. Nicht Camilla, Marlies, die Hüttenwirtin, drängt mich. Michael nickt; er weiß, dass ich seit einigen Jahren nur allzu gerne jede Gelegenheit ergreife, um das Usambaraveilchen und den Kilimandscharo ins Spiel zu bringen. Ich sehe Camilla an, die ungeniert die Gaststube der Hütte inspiziert, sich dabei an den gut besetzten Tischen vorbeidrückt, um die Fotos an den Wänden betrachten zu können. Laut geht es zu hier, und warm ist es, tierisch warm. Der Geruch feucht streng, ein paar haben sich mit kaltem Wasser den Schweiß von den Füßen und den Achseln gerubbelt, aber eben nur ein paar. Für die Füße ist Einheitskleidung angesagt, graue Filzpantoffeln; ansonsten dominiert schreiendes Orange, da liege ich voll im Trend. Viele der Gäste wollen morgen sicher auch zur Messe auf dem Hohen Göll. Die vier Männer auf jeden Fall, die wir heute Nachmittag überholten. Wegen einer verlorenen Wette zerrte jeder von ihnen ein ziemlich schwer aussehendes Holzkreuz den Berg hinauf. Heute zur Hütte, morgen zum Gipfel.

Wos moanst Du?
Na klar doch.
Donn kumm. D' Fotos konnst da a speda no oschaugn.
Camilla verharrt vor einem Schwarzweißfoto, auf dem, soweit ich es von meinem Platz aus erkennen kann, drei Männer unter einem Gipfelkreuz posieren.
Kummsch?
Wer ist das, Marlies? Die drei Bergsteiger?
Jo, wos woas i. Des Foto is vor meina Zeit onighängt woan.
Camilla rutscht zu ihr in die Bank. Michael und ich sitzen ihnen gegenüber, mit der obligatorischen Apfelsaftschorle vor uns. Die beiden Frauen trinken Bier. Wegen des Lärms lehne ich mich über den Tisch, Michael rückt nahe an mich heran.
Ich beginne so, wie es meine Zuhörer lieben, ein Erfahrungswert, mitten in Afrika, im faszinierenden Regenwald des Usambaragebirges und dort mit Urgroßvaters Wunsch, etwas zu finden, für das es sich lohnt, den weiten Weg gereist zu sein. Sein Herzenswunsch richtete sich auf eine Pflanze, auf was sonst, er war Gärtner durch und durch. Dass später ein Berg an ihre Stelle rücken könnte, darauf wäre er zu diesem Zeitpunkt nie gekommen. Schicksal ist unausweichlich, aber es entsteht vom Ende her.
Mein Publikum: Michael stützt sein Kinn in eine Hand, die Augen sind geschlossen, was seinem Gesicht keinen genießerischen, eher einen dümmlichen Ausdruck gibt. Marlies lehnt mit dem Rücken an der Bank, sie schaut nach unten auf ihre gefalteten Hände, als lausche sie bereits der Bergpredigt. Nur Camilla erwidert meinen Blick, aber rollt sofort die Augen, als ich das Veilchen erwähne.

Doch dieses Mal lasse ich mich nicht beirren, bin ganz in meinem Element. Selten nur schlage ich den Bogen zu Urgroßvaters Jugend, zu seinen restless legs, die ihm Schläge des Vaters und das Misstrauen der Nachbarn einbrachten (so rennt doch höchstens einer, der was ausgefressen hat), sein Jugendtraum, ein Pflanzenjäger zu werden. Selten nur bringe ich ein, wie gut er, der in der Erfurter Volksbibliothek stets die neue Ausgabe von Petermanns Mitteilungen las, über Meyers ersten Versuch unterrichtet war, den Kibo zu besteigen oder wie er im Frühjahr 1888 den Forscher auf offener Straße in Leipzig ansprach und nicht locker ließ.

Dennoch ging es schief. Ich hätte schon Camillas skeptische Blicke ganz am Anfang als Zeichen dafür nehmen müssen, dass am heutigen Abend nicht mit ihr zu spaßen ist, sage ich mir später, als ich in unserer Kammer im Purtschellerhaus liege, ohne einschlafen zu können. Trotz der Schnäpse, die ich hatte zu mir nehmen müssen, und obwohl die Tür gut verriegelt ist. Völlig unmotiviert war sie vorhin in meine ansonsten immer wegen ihrer Anschaulichkeit gelobte Erzählung hinein gefahren, als die Aufständischen Meyer, Baumann und Hagebucher überwältigt hatten.
 Und? War's das?
 Wie? War's das?
 Die stehen doch nicht mehr auf.
 Quatsch! Jetzt wart doch mal ab.
 Ach so. Du machst einen auf Hollywood.
 Aber, mischte sich Michael ein, ohne die Augen zu öffnen, wenn's nun mal so passiert ist.

Effekthascherei nenne ich das.

Na und? Wieso soll so eine Geschichte nicht auch spannend sein?

Krampfhaft versuchte ich, trotz ihres Widerstands dem Überfall auf Meyer, Baumann und Hagebucher Leben einzuhauchen, und stellte mir Urgroßvater vor, wie er, bevor er im Sessel versumpfte und auf die für ihn bestimmte Bombe wartete, von der immer noch spürbaren Wucht der dramatischen Ereignisse so überwältigt war, dass er bis auf den fetten Schwiegersohn alle mitriss, Maria Theresia, seine Kinder und Enkel. Selbst Mutters Augen wurden feucht, wenn sie den endgültigen Verlust des Veilchens Revue passieren ließ.

Doch Camilla ließ nicht locker. Immer aufs Neue hatte sie etwas einzuwenden und als ich schließlich zumindest die Usambaraexpedition halbwegs zu Ende gebracht hatte, nannte sie meine ganze Geschichte lachhaft.

Lachhaft?, fragte ich.

Ja, lachhaft, lachhaft, lachhaft.

Ring frei zur nächsten Runde.

Das sei doch völliger Unsinn, eiferte sie sich, wenn sich das wirklich so ereignet habe, fresse sie einen Besen, überhaupt handle es sich bei dem, was ich erzähle, um krasse Schönfärberei, die Weißen hätten die Schwarzen abgeschlachtet, das müsse doch wenigstens mal erwähnt werden. Außerdem denunzierte sie meine Geschichte als Stille Post: Vom Urgroßvater zu Mutter zu mir zu ihnen. Urgroßvater kenne sie nicht, da wolle sie sich kein Urteil erlauben, Frau Binder, die übertreibe oder lüge nicht, da sei sie sich ziemlich sicher, aber mir traue sie derart mutwillige Korrekturen zu, dass es sie gar nicht wundern würde, wenn dieser Leonhard Hagebucher am Ende nur den Watzmann bestiegen hätte, wenn überhaupt.

Sie hatte es, warum auch immer, geschafft. Ich wurde angezählt, gab mich aber noch nicht auf. Als ich so tat, als wolle ich das Handtuch werfen, Michael aber heftig dagegen protestierte und Marlies auf die Zeit verwies (Um zene is Schluss, do moch i s'Liacht aus, Kilimandscharo hin oder her), lenkte Camilla ein.

Na, von mir aus, dann tu, was Du nicht lassen kannst, ich bin jetzt still.

Sie lehnte sich wie Marlies an die Bank, schloss die Augen wie Michael, und ich setzte mich erneut in Bewegung, wollte auf jeden Fall noch auf den Kibo kommen, nach ganz oben.

Jetzt, hatte ich gedacht, kommt mir nichts und niemand mehr in die Quere.

*

Die Aufregung viel schlimmer als beim ersten Mal. Plötzlich lag er, der auszog, eine Blume zu finden, wie vom Schlag getroffen da. Was war passiert?

Hagebucher hatte wieder und wieder das Deck in seiner ganzen Länge abgemessen. Meyerlein, Meyerlein, ich tret Dir in die Eierlein. Kilometer um Kilometer war er während der Fahrt gelaufen, versunken in unermüdliches Grübeln, auf und ab im engen Abteil des Gotthardzugs, der die Abenteurer nach Italien brachte, dann im mondänen Genueser Hôtel du Parc. Derweil zitterte Meyer um seine Waffen. Zu Recht. Denn sie wurden in Bremen zurückgehalten, weil wegen des über Ostafrika verhängten Kriegszustands die Einfuhr von Waffen und Munition verboten war. Die Grübeleien ließen Hagebucher auch auf dem Dampfer Preußen, einem Juwel der Norddeutschen Lloydwerke, keinen Augenblick zur Ruhe kommen. Matrosen, Offiziere, Nonnen, Beamte, Meyer und Purtscheller schwitzten im Schatten, während Hagebucher das Deck abmaß. Eine Runde. Port Said. Und noch eine. Suez Kanal. Und noch. Suez. Und. Im auf vegetationsloser Lava gebauten Aden, einem, wie Meyer nicht müde wurde zu wiederholen, grausigen Nest, irrte Hagebucher durch die engen Gassen. Meyer schloss auf dem Deutschen Konsulat mit Somali-Soldaten, darunter seinem Liebling Amani aus dem vorigen Jahr, Verträge ab, und Purtscheller döste mal fluchend, mal sich den Schweiß abwischend auf einer Pritsche vor sich hin. Meyerlein, Meyerlein ich tret Dir.

Weiter, weiter, die Beine Hagebuchers gaben den Takt vor, die Sekunden verschwanden in Minuten, diese in Stunden und Tagen und Wochen, das Grübeln immer hinterher, und schon schritt der Unermüdliche über einen Adener Steg zu einem Ruderboot, das sie über die Wellen des Indischen Ozeans zum französischen Dampfer Mendoza hinaustrug. Hagebucher saß eingeklemmt zwischen Meyer und Purtscheller, ihm war, als laufe ihm die Zeit davon, er musste um jeden Preis zu einem Ergebnis kommen, doch die Mendoza bot ihm Raum, ticktack ticktack ging er tief in Gedanken versunken an den Mitreisenden vorbei, Beamte der Ostafrikanischen Gesellschaft, eine Abteilung freiwilliger Krankenpfleger für die Schutztruppe, einige Handwerker, zwei Barmherzige Schwestern. Alle sahen ihm in den ersten Stunden verwundert hinterher, eine Nonne schlug ein Kreuzzeichen. Dann gewöhnten sie sich an den Anblick des Gehenden, und sie nahmen ihn wie das Auf und Ab der Wellen, mit dem sie, die Insel Pemba hinter sich lassend, ihrem Ziel immer näher kamen. Dazwischen wurde es heißer und noch heißer. Die Laken, die Schiffswände, die Kleider, die Hände, die Hintern, alles war heiß und feucht. Ein ewiges Fieber. Alle suchten Zuflucht an der Bar. Ausschließlich dort gab es etwas Kühles. Die Eiswürfel, die der Kellner in den Whisky fallen ließ. Sie tranken und tranken, dann aßen sie etwas, egal was, Hauptsache, es war mit Chinin gewürzt, dann starrten sie benebelt nach draußen. Manchen gelang es, über den gehenden Hagebucher den Kopf zu schütteln. Meyerlein, Meyerlein ich.

Zunächst hatte Meyer Hagebuchers Hoffnungen geschürt. Das mit dem Abstecher ins Usambaragebirge wolle gründlich überlegt sein, aber vielleicht ließe sich da was machen. Denn der Expeditionsleiter war darauf erpicht, den Unverwüstlichen dabei zu haben, den er eingeplant hatte als verlässlichen Träger beim letzten Anstieg. Darum die Vielleichts, der Konjunktiv und die Dehnung von Vokalen, mit denen er die Wahrscheinlichkeit eines Umwegs größer werden ließ. Erst kurz vor der Abreise, am Leipziger Bahnhof, sprach er Tacheles: Es sei nicht die Zeit für Blumen, das sei sein letztes Wort. Hagebucher vor dem Zugabteil. Sein offener Mund. Die aufgerissenen Augen. Aber es gab kein Zurück mehr, nur ein Weiter. Meyer hatte richtig kalkuliert. Kurz bevor der Zug anfuhr, war Hagebucher mit Grummeln im Bauch eingestiegen. Als Grübler. Als Wütender. Hatte unmögliche Pläne geschmiedet, in denen er abseits von Meyer und Purtscheller als einsamer Veilchensucher die Hauptrolle spielte. Denn die Sehnsucht blieb, da war kein Kraut gegen gewachsen, da half auch die ganze Lauferei nichts. Meyerlein, Meyerlein.

Das Meer verhielt sich ruhig, nur leicht kräuselte es sich, als sie Sansibar ansteuerten. Die Araber priesen die

Insel als das irdische Paradies, gerieten ins Schwärmen ebenso wie die Franzosen, wenn sie vor fremden Augen Paris entstehen ließen, und die Portugiesen, die Lissabon als die Stadt aller Städte rühmten. Hagebucher, der sein Swahili das Jahr in Deutschland über weiter trainiert hatte, schnappte bei einer seiner letzten Runden die Geschichte eines arabischen Passagiers auf, der die Perlenkette der Königin von Saba ins Spiel brachte. An einem Strand in Ostafrika warf sie ihre Kette ins Meer. Die Perlen verwandelten sich in Inseln. Die schönste davon ist Sansibar. Auf ihr wächst und gedeiht seit nicht einmal hundert Jahren die Stadt gleichen Namens, die Perle in der Perle.

Die Schwärmerei des mit Chinin und Whisky vollgepumpten Meyers brauchte sich hinter derjenigen des Arabers nicht zu verstecken. Tief sog er die Luft durch die Nase ein, die ihm schon einige Kilometer vor dem Hafen vom Duft der Gewürznelken geschwängert zu sein schien; einen Duft, für den, wie er beim Einatmen von sich gab, Sultane ihren Harem hergaben, um ihre Nasen tausend Nächte und noch eine in dem Gewürzaroma zu vergraben, das sie eines aus dem Himmel nannten, obwohl sie wussten, dass die Pflanze aus Mauritius stammte und vor nicht einmal hundert Jahren eingeführt worden war. Als Kind hatte er so lange gebettelt, bis ihm ein zweites Stück von dem mit Nelken gebackenen Kuchen abgeschnitten wurde, und wenn ihn die Mutter in den nahe gelegenen Kolonialwarenladen schickte, vertrödelte er darin so viel Zeit, dass er zu Hause strenge Worte über sich ergehen lassen musste. Während dieses für den Expeditionsleiter ungewöhnlichen Ausflugs in die Welt der Gewürze schweifte sein Blick über die leicht gekräuselte See hinauf in den tropisch-grauen Himmel, kletterte von da wieder hinab zu dem am Mast gehissten Postwimpel, wanderte hinüber zum Leuchtturm, der auf den Wimpel mit Signalen reagierte, und weiter zum Sultansturm, denn dort wurde ebenfalls eine Flagge in die Höhe gezogen, die für alle in Sansibar wohnenden Europäer die sehnlich erwartete Post ankündigte. Daher entging ihm, dass Hagebucher plötzlich, wie vom Schlag getroffen, zu Boden ging, und erst, nachdem ihn Purtscheller darauf aufmerksam gemacht hatte, wandte er sich ab von der Stadt, den Signalen und den Flaggen. Er bückte sich, fasste dem Zusammengebrochenen auf die heiße Stirn: Das fängt ja gut an.

Derweil Hagebucher lag, zuerst auf dem Deck der Mendoza, dann auf einer Bahre, auf der er, ohne großes Aufsehen zu erregen, mit den beiden Barmherzigen Schwestern an der Seite ins Krankenhaus der Schutztruppe geschafft wurde, ging das Leben seinen Gang. Um den Dampfer herum schaukelten Dutzende von Booten im Takt der Wellen, Schwarze, Inder, europäische Kaufleute, Vertreter des Konsulats saßen winkend und Begrüßungen rufend darin, dahinter kreuzten kleine Segler und arabische Dhaus, überragt von deutschen, englischen, italienischen und portugiesischen Kriegsschiffen, die an der offenen Reede lagen. Über das heruntergelassene Fallreep stieg Vizekonsul Steifensand als erster, schüttelte seinem Freund Meyer die Hand und lud ihn und Purtscheller ein, im deutschen Konsulat zu wohnen. Kaum eine halbe Stunde später befanden sie sich in luftigen, behaglichen Zimmern des arabischen Gebäudes. Dort besprachen sie die in den nächsten Tagen und Wochen anstehenden

Arbeiten, für die der Vizekonsul seine tatkräftige Hilfe zusagte. Er versprach auch, sich um die Versorgung Hagebuchers zu kümmern.

Das Einzelzimmer im Krankenhaus war kleiner und spartanischer eingerichtet als die Räumlichkeiten Purtschellers und Meyers, ansonsten aber nicht weniger behaglich. Ein mit weißen Leinen bezogenes Bett, darüber ein einfaches Holzkreuz, an der Wand gegenüber ein Schrank mit den wenigen Habseligkeiten des Kranken. Durch das Fenster drangen Gewürznelkenduft und exotische Pfiffe von Vögeln, die in den Gärten um das Konsulatsviertel herum heimisch waren. Von alldem bekam Hagebucher nichts mit. Eine Stunde, nachdem ihn zwei Schwarze ins Bett gelegt hatten, fing er an zu fantasieren, in einer für die am Bett wachenden Schwester unverständlichen Sprache, stoßweise drangen Laute aus seinem Mund und dann Schreie, die begleitet wurden von wilden Bewegungen der Arme und Beine. Die Schwester, unterstützt von zwei Pflegern, band den um sich Schlagenden mit Ledergurten ans Bett. Die engen Fesseln ließen Hagebucher nur noch Raum für unkontrolliertes Zucken. Aber seine lang gezogenen Silben und Vokale waren noch lange zu hören und mischten sich in den Gärten mit dem Gesang der Vögel.

Wochenlang schwebte Hagebucher zwischen Leben und Tod. Sein Körper, der immer mehr zusammenschrumpfte, behielt nichts bei sich. Das Krankenhauspersonal beschränkte sich darauf, ihm die rissigen Lippen mit Wasser zu beträufeln. Minutenlanger Schüttelfrost wurde abgelöst durch Schweißausbrüche. Obwohl er nichts essen konnte und kaum etwas trank, flossen Urin und dünner schwarzer Kot in unregelmäßigen Abständen aus ihm heraus. Er würgte und erbrach Blut. Gefesselt wurde er von den Pflegern nur dann, wenn er von Tobsuchtsanfällen heimgesucht wurde, häufig in den ersten Tagen seiner Krankheit, dann seltener. Schließlich lag er nur noch da, stumm und kraftlos, meist mit geschlossenen Augen. Mit kaum spürbarem Atem. Das Leben, das noch in ihm steckte, machte sich bemerkbar in den erbärmlich stinkenden Flüssigkeiten, die aus ihm heraus sickerten. Mehrfach wurden die Nonnen ohnmächtig, wenn sie seine Laken wechselten.

Meyer ging indessen durch ein Wechselbad der Gefühle. Zur Sorge um den Schwerkranken gesellten sich weitere. Wenn auch der Aufstand, der seiner letzten Expedition ein unrühmliches Ende bereitet hatte, dank Wissmanns Truppen unter Kontrolle gebracht worden war, so hatten die kurzzeitigen Erfolge der Araber und der mit ihnen verbündeten Schwarzen eine provozierende Widerspenstigkeit aufleben lassen. Zwischen den weißgetünchten Häuserwürfeln mit den glaslosen Fenstern und flachen Dächern, in den engen und schattigen Gassen, zwischen den vielen in sich zerfallenden Häuserruinen und riesigen Schutthaufen, dem Gewirr von Inder- und Schwarzenhütten musste sich Meyer gefallen lassen, entweder gar nicht gegrüßt zu werden oder allenfalls ein spöttisch klingendes Jambo hingeworfen zu bekommen. Viel lauter als beim letzten Besuch lärmten die Einwohner Sansibars, vor allem die Frauen. Dazu fühlte sich Meyer durch ihren, wie er sagte, bunten Aufputz mehr als belästigt. Selbst mit einem kecken Bagamoyo bum bum, einer Anspielung auf die Belagerung dieses Orts durch Buschiris Truppen, musste er leben. So wurde Meyer in den vier Wochen seines Sansibarer Aufenthalts gleichsam auf Schritt und Tritt an die Ereignisse vor neun Monaten erinnert, und es gab Nächte in dieser Zeit, in denen er aufschreckte aus Träumen, durch die der renitente Araberfürst mit ausgestreckter, fordernder Hand geisterte.

Meyer erfuhr jedoch neben dem für ihn demütigenden Verhalten der Sansibarer auch herzliches Entgegenkommen nicht allein von Seiten der Schutztruppe, sondern auch, dank eines Empfehlungsschreibens der englischen Regierung, von Konteradmiral Fremantle. Diesem war es zu verdanken, dass eine Mauser-Repetierbüchse, Meyers ganzer Stolz, wieder in dessen Besitz gelangte. Sie hatte ihn bereits auf der ersten Kilimandscharo-Expedition begleitet und war im Jahr darauf in die Hände Buschiris gefallen, der das Gewehr, jedenfalls Zeugen zufolge, die Meyer für absolut zuverlässig hielt, während des gesamten weiteren Aufstands benutzt hatte, mit fatalen Folgen für deutsche Schutztruppler und Hilfssoldaten. Doch jetzt plagten Meyer ganz andere Probleme. Die in Bremen zurückgehaltenen Waffen mussten ersetzt, weitere Askari angeheuert und neue Zelte beschafft werden, da seine in Aden auf den falschen Dampfer verladen worden waren.

Da Purtscheller kein Swahili sprach, konnte er eine vergleichsweise ruhige Kugel schieben. Seine einzige Pflicht bestand darin, dem Kranken Besuche abzustatten. Anfangs ging der Bergführer Tag für Tag seinem Amt nach, steckte für einen Augenblick seinen Kopf in das Zimmer des Fiebernden, hörte sich den Bericht einer der Barmherzigen Schwestern über die unverändert erbärmliche Lage Hagebuchers an und erstattete abends Bericht: Der Arme scheißt sich die Seele aus dem Leib. Meyer, der gewöhnlich von Einkäufen und Vertragsverhandlungen zurückkehrte, konnte gut zuhören, wenn er tagsüber den

Preis für Träger oder Proviant gegen den zähen Widerstand seines Verhandlungspartners um einige Rupien geprellt hatte. Doch wenn er meinte, von einem Inder übers Ohr gehauen worden zu sein, verscheuchte er Purtscheller nach kurzer Zeit: Ist schon gut. Der wird schon wieder, sagte er und dachte sich seinen Teil.

Die vielen nach eigenem Gutdünken zu füllenden Stunden verbrachte Purtscheller immer häufiger außerhalb seines luftigen Zimmers, in den Gassen der Stadt, durch die ihn ein Schwarzer führte, der einige Brocken Deutsch sprach. Er, der absolut pflichtbewusste, um nicht zu sagen, züchtige österreichische Staatsbürger schien in dieser ihm an und für sich völlig feindlichen Atmosphäre aufzugehen. Jedenfalls trieb er sich bis zum frühen Morgen, wie dem Vizekonsul Steifensand überbracht wurde, in zwielichtigen Etablissements herum. Die Laudanumtinktur wurde durch eine Opiumpfeife ersetzt. Er trank ungeheure Mengen eines aus Bananen gebrauten, mit Gewürznelken versetzten Biers, was ihn nicht davon abhielt, seine Beine ekstatisch zur Musik der Schwarzen in die Luft zu werfen oder selbst gar nicht untalentiert auf eine Trommel einzuschlagen. Danach schmuggelte er heimlich eine, wenn nicht zwei Prostituierte in das herrschaftliche Gebäude, um sich mit ihnen bis in den Morgen hinein zu vergnügen. Die nächtlichen Exzesse fesselten Purtscheller tagsüber zusehends an sein Bett, und tauchte er dann doch einmal wieder im Krankenhaus auf, unrasiert, mit stark geröteten Augen, saß er, ohne sich um den Gestank zu kümmern, auf einem Stuhl neben Hagebucher und schlief. Meyers Angebot, ihn nach Bagamoyo zu begleiten, um dem Reichskommissar Hermann von Wissmann einen Besuch abzustatten, musste der Bergführer grässlicher Kopfschmerzen wegen ausschlagen.

Daher fuhr Meyer ohne Begleitung im kleinen Dampfer Harmonie zum Festland hinüber. Die Freude über das Wiedersehen mit seinem Freund Wissmann wurde getrübt durch den Anblick der einst so verkehrsreichen Handelsstadt. Die Kanonen der deutschen Kriegsschiffe hatten die meisten Steinhäuser in Schutt und Asche gelegt. Statt vieler Schiffe befand sich nur eine Dhau an der Küste vor Anker. Rings um Bagamoyo waren Schützengräben ausgehoben und ein Zaun aus Stacheldraht gezogen worden. An dessen vier offenen Stellen standen Askari auf Posten. Gefangene, Araber und Schwarze in Ketten, waren damit beschäftigt, im näheren Umkreis des Zauns sämtliche Kokospalmen zu fällen; die mussten weg, um früh einen weiteren Angriff ausmachen zu können. Wissmann hatte die Vorsichtsmaßnahmen angeordnet, hielt sie aber letztendlich für überflüssig, denn Buschiri befand sich mit seinem kläglichen Rest an Kriegern auf der Flucht. Die übrig gebliebene Bevölkerung sei derart eingeschüchtert, dass sie beim Anblick eines Deutschen, Soldat oder nicht, strammstehe und salutiere, weil der Reichskommissar seinem Grundsatz treu geblieben sei: Der Terror der Aufständischen wird mit noch gründlicherem Terror beantwortet.

Wir haben aufgeräumt, um das Übel an der Wurzel zu packen.

Meyer stimmte den Ausführungen seines Freundes zu, der Krieg fordere eben Opfer. Was seinen Entführer anbelangte, hoffte Meyer, so sehr er ihm auch als Kriegsherr Respekt zollte, auf ein rasches Ende. Denn er wurde die Vorstellung nicht los, Buschiri könnte es erneut auf ihn abgesehen haben. Wissmann beruhigte: Ich garantiere Ihnen, noch vor Jahresende wird der Araber ganz ordentlich an einem Baum hängen.

Nach seiner Rückkehr erhielt Meyer von Purtscheller die Nachricht, Hagebucher befinde sich auf dem Weg der Besserung. Die Schweißausbrüche seien seltener geworden, der Durchfall habe nachgelassen, er schlafe tief und ruhig, das Fieber sinke.

Vierzehn Tage später war es so weit. Über sechzig Angestellte, Träger mit je gut fünfzig englischen Pfund auf ihren Köpfen, Ersatzträger, Askari und Köche, versammelten sich am Hafen von Sansibar. Vor dem Abmarsch hielt Meyer einen Großteil der Truppe auf einem Foto fest, das erhalten geblieben ist. Zwei Reihen von schwarzen Männern, die vordere kniet, viele halten ein Gewehr in Händen. Einige tragen Turbane, andere eng anliegende Mützen. Manche Oberkörper sind frei. Kein Blick ist abgewendet, alle schauen nach vorn in das Auge, das den einen Moment in die Länge zieht. Keiner lacht. Vielleicht ist es Stolz, der aus ihren Gesichtern spricht, vielleicht Würde, vielleicht verhaltene Wut. Hagebucher und Purtscheller sind darauf nicht abgebildet, sie standen neben dem Fotografen oder zu weit links oder rechts, so dass sie aus dem Bildausschnitt herausfielen. Dann kletterte Meyer mit einem: Der Berg ruft, an Bord, sekundiert vom kräftigen: Jawoll, Ludwig Purtschellers, und einem nicht ganz so lauten, aber deutlich zu hörenden: Ja, er ruft, Leonhard Hagebuchers.

In den kommenden drei Wochen marschierte die Karawane ohne große Verzögerungen Richtung Nordosten. Die Tage gewannen eine an Monotonie grenzende Routine. Auf den Weckruf bei Morgengrauen, der die Schwarzen von ihren Schlafmatten holte, folgte die stets gleiche Prozedur des Verpackens von Zelten, Betten und Tischen sowie ein Frühstück, das Morgen für Morgen aus einer

Tasse Kakao plus kaltem Fleisch bestand. Nach dem Vermerk der Uhrzeit, des Barometer- und Thermometerstands ließ Meyer es sich nicht nehmen, dem ersten Schritt der Karawane täglich ein Kommando (Vorwärts!) vorauszuschicken, und den letzten, der gegen Mittag getan wurde, mit einem Befehl (Halt!) anzukündigen. Auspacken, fotografieren, sammeln, messen, ungehorsame Schwarze zur Räson rufen, das nachmittägliche Einerlei wurde kurz vor Sonnenuntergang mit einem Abendessen beendet, das dem Speiseplan jedes Gourmetrestaurants und dem eintönigen Alltag Paroli bot: Wildsuppe, Milchsuppe, Fleischbrühe mit Ochsenzunge, Perlhuhn mit Reis, Antilopenrücken mit wildem Spinat, Zebrakeule, Rinderbraten mit frischem Gemüse, Hammelkotelett mit Tomaten, Hühnerragout mit gebratenen Bataten, Ziegenkeule mit Bohnen, geröstete Bananen mit Honig gehörten zu den Speisen, auf die sich die Weißen mit heftigem Appetit stürzten. Abgeschlossen wurde der Tag mit einem Plauderstündchen, zu dem sich Hagebucher, Meyer und Purtscheller ihre Pfeifen anzündeten.

Zwischen dem Vorwärts und dem Halt lagen regennasse Pfade durch ein mit einem Hauch von Frühling überzogenen Gelände. Sacht keimende Blätter an gewöhnlich staubtrockenen Weißdornbüschen, Blütenknospen an Erdorchideen, Liliaceen und Sukkulenten, von denen Hagebucher eine Auswahl in seiner Botanisiertrommel hortete. Die Krankheit hatte ihn noch hagerer werden lassen, das Gewand schlotterte um seinen Leib, aus dem eingefallenen Gesicht traten die Knochen hervor. Er war bedächtiger geworden, trommelte keinen Takt auf seine Botanisiertrommel, skandierte keine Namen, beließ die Vokale dort, wo sie hingehörten. Aber er erfüllte seine

Pflichten wie auf der ersten Expedition. Von Meyers Vorschlag, er solle sich in den ersten Tagen schonen, wollte Hagebucher nichts wissen. Eine extra Portion beim Abendessen war das einzige Privileg, dem er sich nicht verweigerte.

Auffällig am Expeditionsleiter war, dass er sein in Sansibar wieder gefundenes Repetiergewehr während des gesamten Marschs nicht aus der Hand legte, obwohl es ihn bei seinen Messungen erheblich behinderte, und nie zog er sich ohne die Waffe in sein Zelt zurück. Purtscheller, verwundert über das Bedürfnis einer solchen Nähe, erkundigte sich eines Abends beim gemütlichen Beisammensein.

Ich habe Ihnen bereits von Buschiri erzählt, dem Araber, der Baumann, Hagebucher und mich im vergangenen Jahr entführte und nur gegen die Zahlung eines hohen Lösegelds freiließ. Sein Kriegsglück hat ihn in der Zwischenzeit verlassen, er befindet sich auf der Flucht, Wissmann hat sich an seine Fersen geheftet. Der Reichskommissar hat mir zugesichert, es sei nur eine Frage der Zeit, bis der Aufständische seiner gerechten Strafe zugeführt werde. Aber solange ich nicht aus verlässlicher Quelle von seiner Gefangennahme gehört habe, muss ich vorsichtig bleiben. Denn ich traue Buschiri zu, sich erneut an mich zu halten, um unerlässliche Ausgaben für den Widerstand über eine erneute Entführung zu decken. Er mag ein umsichtiger, ja, großartiger Feldherr sein, aber er ist und bleibt auch ein Terrorist, der vor unlauterer Kriegsführung nicht zurückschreckt.

Nachdem Purtscheller sich eingehend nach der Lage erkundigt hatte, konnte er nicht umhin, den Araberfürsten (Ich bitte um Verzeihung, Dr. Meyer) ein Hirngespinst zu nennen. Aber weil Meyer gegen diesen Vorwurf aufbrauste: Sie kennen diesen Menschen nicht, ich aber weiß, von wem ich rede, daher verbitte ich mir jedwede weitere üble Nachrede gegenüber meinen Maßnahmen, die Sie nicht verstehen können, hütete sich der Bergführer vor weiteren Kommentaren. Wenn jedoch, was nicht selten vorkam, Meyer wegen eines Geräuschs von seinem Platz aufsprang und mit dem Gewehr im Anschlag die Umgebung absuchte, wandte sich Purtscheller dem wie gewöhnlich schweigenden Hagebucher zu und tippte mit einem Finger gegen die Stirn.

Hagebucher nutzte die abendlichen Unterhaltungen vor allem dazu, sich über die Zeit seiner Krankheit zu informieren, die keinerlei Eindruck in seinem Gedächtnis hinterlassen hatte. Er erfuhr einiges über die bewegenden Wochen in Sansibar, die, wie Meyer mit einem vieldeutigen Blick auf Hagebucher ebenso wie auf Purtscheller feststellte, aus verschiedenen Gründen riskanteste Phase ihrer Expedition. Meyer ließ das spöttische Jambo, den aufdringlichen Putz der Sansibar-Frauen, seinen Besuch in Bagamoyo vor Hagebucher Revue passieren, der sich alles ruhig anhörte und dabei seine Pfeife rauchte. Selbst als die Rede auf Buschiri kam, blieb Hagebucher regungslos sitzen, als habe er über seiner Krankheit auch das Versprechen des Arabers vergessen. Purtschellers Nachtleben auf Sansibar wurde dem Genesenden, ohne dass er den Wunsch geäußert hätte, tagsüber in Varianten mit wechselnden Schwerpunkten von Muini Amani hinterbracht. Dabei sprach Meyers Liebling von dessen kunstvollen Sexpraktiken in einem feierlichen Ernst, die von einer tiefen, dem Bergsteiger sonst nie bekundeten Hochachtung zeugten.

Meyers Sorge über das apathische Verhalten Hagebuchers, die vor allem eine über dessen Belastbarkeit war, verflüchtigte sich, da er beobachten konnte, wie sein Botaniker nach und nach wieder zu Kräften kam.

Die vielen Tage wie einer und doch endlos. Die Blasen der Träger, die sich entzündeten und aus denen Hagebucher längliche, helle Würmer zog. Beim ersten Schluck Wasser wurde der Durst, den man stundenlang mit sich herumtrug, bedeutungslos, nicht weil es nichts zu trinken gegeben hätte, sondern weil Meyer aus übertriebener Vorsicht heraus die Rationen sehr knapp bemaß. Der Vollmond, der auftauchte und dann bereits wieder vergessen war. Die morgendliche Aufstellung der Karawane in einer Kolonne, einer hinter dem anderen und ihre vollkommene Auflösung nach spätestens einer Stunde. Ein Datum und dann das nächste. Die erste Antilopenherde, die zweite, bald hörte Hagebucher auf, sie zu zählen. Selbst die Pflanzen wiederholten sich; es bestand keine Veranlassung mehr, sie in der Botanisiertrommel zu horten.

Eines Morgens kam die Sintflut. Sie hatte sich angekündigt, indem der anbrechende Tag zur Nacht wurde, der schwache Wind zu Böen auffrischte, die Äste von Eiben und Feigenbäumen knickten. Sie waren weiter gezogen wie jeden Tag. Ertrinken ist besser als verdursten, hatte Meyer seine Karawane aufzumuntern versucht.

Sie wühlten sich durch meterdicken Schlamm, kämpften gegen Regenwände und wateten durch Sturzbäche. Der Wald zerfloss zu einem klumpigen Brei, in dem sich Baumstämme, Tiere und Menschen verloren. Auch Meyer war plötzlich verschwunden. Purtscheller strampelte sich in Hagebuchers Nähe ab. Er zeterte, fluchte, wünschte sich eine Arche Noah herbei. Ach, Blödsinn, hier in dieser schmierigen Pampe, da kommt nichts, nichts, nichts. Hagebucher zog ein Bein aus dem Morast. Trotz des Lärms um ihn herum war es ihm, als könnte er das schmatzende Geräusch hören, mit dem es erneut im zähen Matsch versank. Das andere Bein. Erneut das Schmatzen. Ein gieriger, lüsterner Schlund öffnete sich unter ihm. Doch dann hörte der Regen so schnell auf, wie er über die Expeditionsmannschaft hereingebrochen war. Nur die Stechmücken blieben.

Vor dem Endspurt wurde eine längere Rast beim Fürsten Mareale in Marangu eingelegt. Endlich, rief Purtscheller, als sie von einer Anhöhe aus in einen mehrere Quadratkilometer großen Bananengarten blickten, der sich in sanften Wellen vom Regenwald in die Ebene hinabsenkte und von Bächen durchzogen war. Im Hintergrund konnte man bereits das Haus Mareales erkennen, auf dessen Dach eine weiße Fahne wehte. Meyer schickte zwei Schwarze voraus, die dem Fürsten seine Ankunft ankündigen sollten. Den anderen befahl er, die Gewehre zu laden, um den Gastgeber mit Salutschüssen würdig zu begrüßen. Gemeinsam mit Purtscheller und Hagebucher schritt er die gesamte Karawane ab, rückte hier einen Turban zurecht, zupfte dort an einem Hemd und ermahnte jeden, sich in Marangu anständig zu benehmen. Denn Mareale sei sein Freund (vor zwei Jahren hatten sie sich kennen gelernt, als Meyer erstmals im jugendlichen Leichtsinn und daher vergeblich versuchte, auf den Schneeberg zu gelangen) und zudem für die Besteigung des Kibo von unschätzbarer Bedeutung.

In Reih und Glied zog die Truppe mit den drei Weißen an der Spitze ins Dorf, dessen Bewohner ihnen freundlich grüßend entgegen liefen. Aus einem Gewehr löste sich, wahrscheinlich aus reinem Übermut, ein Schuss, den alle als Aufforderung nahmen, und so begann ein wildes Schießen, das einen Verletzten forderte und das Mareale, der in seinem Haus damit beschäftigt war, sich ein festliches Gewand für die Gäste anzulegen, nur aus der Ferne zu hören bekam. Durch den Tumult, der aufgrund des Saluts unter der Karawane entstand, gelang es Meyer mit seinen Begleitern erst zu spät, ihre Mannschaft wieder einigermaßen zufriedenstellend zu ordnen, obwohl sie die Träger und Hilfssoldaten mit ihren Nilpferdpeitschen bearbeiteten. Denn in seinem Eifer bemerkte der Expeditionsleiter nicht, dass Mareale mit seinem Gefolge inzwischen eingetroffen war und im Rücken der Prügelnden Aufstellung genommen hatte.

Die Begrüßung fiel dennoch sehr herzlich aus. Meyer blieb trotz der kleinen Panne bei bester Laune. Er schüttelte dem Fürsten immer wieder die Hand und versicherte, wie sehr er sich freue, seinen besten Freund endlich wiederzusehen. Aus großen Kübeln wurde Bananenbier an alle Anwesenden verteilt. Der Expeditionsleiter stellte Purtscheller Mareale vor, dann Hagebucher und Amani, die, wie Meyer betonte, Eckpfeiler für den Erfolg seines Vorhabens. Hagebucher ließ sich von seinem Chef ins Blickfeld Mareales schieben, er reichte ihm die Hand, sagte auch Jambo, Jambo, aber das Lachen seines Gegenübers erwiderte er nicht. Er sah durch den ihn um mindestens einen Kopf überragenden, kräftigen jungen Mann hindurch, nahm auch kaum den Trubel wahr, der um ihn herum herrschte. Er wunderte sich nicht über den ausgelassenen Meyer, der plötzlich voll des Lobes über alle Mitglieder seiner Karawane war. Jetzt war er hier und bald würde es weitergehen.

Zur Freude aller überreichte Mareale den Neuankömmlingen einige Begrüßungsziegen, die sofort unters Messer kamen. Aus Bananenblattbündeln wurde auf einer nahe gelegenen Wiese ein Zeltdorf errichtet und ein Zaun, der die Behausungen der Weißen von den Dorfbewohnern abtrennte. Nachmittags begannen sich Meyer, Purtscheller und Hagebucher für ihren Gegenbesuch im Hause des Fürsten zu rüsten. Noch nachts, im Schein der Laternen, kramten sie in ihrem Gepäck nach den Spielzeugtelefonen, den Uhren und Taschenmessern, den Uniformknöpfen, Regenschirmen und Glasperlen, den Steinschlossflinten. Sie montierten die Nähmaschine zusammen und fertigten probeweise mit unbeholfenen Stichen eine Decke an. Die Steppstiche Meyers konnten sich dank nächtlicher Übung sehen lassen. Maschine und Decke sorgten denn auch, wie erhofft, für die größte Bewunderung, nicht nur beim Fürsten selbst, auch bei seinen Frauen. Mareale spendierte drei weitere Runden Bananenbier, das in einer Kürbisschale herumging und ließ sofort eine fette Kuh ins Lager der Expedition abführen.

Das Gespräch nach der Bescherung drehte sich selbstverständlich um das Ziel der Expedition. Die Ratschläge des Gastgebers, dessen Männer regelmäßig in den Hochtälern unterhalb der Schneegrenze jagten, wehrte Meyer nicht direkt ab, sondern ließ sie abperlen an ausufernden Ausführungen über seine alpine Ausrüstung und seine dem modernsten Stand entsprechenden technischen Geräte, mit deren Hilfe er dem Berg noch das kleinste Geheimnis entreißen würde. Selbst Hagebucher, der die Details dieser anstehenden Arbeit mehrfach zu hören bekommen hatte, konnte den Erklärungen seines Arbeitgebers nur bedingt folgen, der aus dem Stand, ausgehend von genagelten Bergschuhen oder Wollsocken, eine Hymne auf den Fortschritt abzuliefern imstande war und diese dann in Beziehung setzte mit den Einheiten auf seinem Maximum-Minimum-Thermometer und dem Helm seines Kaisers. Aber jetzt war es nicht an ihm, Meyer auf seinen stets logischen und zugleich verschlungenen Wegen zu folgen. Langsam gewöhnten sich seine Augen an den fensterlosen, nur durch ein Feuer erhellten Raum, an dem Meyer und Mareale saßen. Außer Purtscheller und ihm lehnten ausschließlich Frauen unterschiedlichen Alters an den Wänden. Bis auf eine, die im Augenblick wahrscheinlich im Haushalt Mareales das Regiment führte und die beiden am Feuer bediente, kümmerten sie sich nicht weiter um die Anwesenheit der Gäste, sondern schwatzten ungeniert quer durch den Raum miteinander in einer Hagebucher unverständlichen Sprache. Er suchte nach etwas Vertrautem in ihren Stimmen, nach einem a oder o, doch er konnte nichts finden. Angestrengt sah er in ihre Gesichter, die in unregelmäßigen Abständen kurz von den Flammen beleuchtet wurden.

In den fünf Tagen danach, die sich die Karawane in Mareales Dorf aufhielt, brachte er keine der Frauen, die ihm über den Weg liefen, mit denen im Haus in Verbindung. Nie sprach Hagebucher später von der stickigen Luft, die mit Sicherheit die Augen zum Tränen brachte und sich schmerzhaft in der Kehle festsetzte, nie von der Ignoranz, die Mareales Frauen und Sklavinnen ihm gegenüber an den Tag legten, stets betonte er, wie ihn die Stimmen und ihre einander zugewandten, immer mal wieder vom Feuerschein erhellten Gesichter aufmerksam und ruhig zugleich werden ließen. Er hatte gelauscht, ohne zu verstehen, er hatte gesehen, um zu vergessen.

Die Tage vergingen mit Vorbereitungsarbeiten und Plauderstündchen. Das eine war so wichtig wie das andere. Denn das Dorf war Meyers Basis, von der aus er sich in den kommenden Wochen mit Nahrung versorgen lassen wollte. Seine Befürchtungen, von Buschiri entführt zu werden, schwanden. Denn noch weniger als den Einheimischen traute er den Arabern zu, ihm in schneebesetzte Höhen zu folgen. Dafür hielt er sie für zu schlecht ausgerüstet, vor allem aber für zu faul. Umso größer wurden seine Ängste um die ohne Aufsicht zurückbleibenden Schwarzen. Desertion von Trägern in Marangu würde wahrscheinlich eine Kettenreaktion auslösen. Die Angestellten im Mittellager, knapp oberhalb der Regenwaldgrenze, blieben unversorgt und damit auch er, Purtscheller, Hagebucher und Amani, oben auf über 4000 Metern Höhe. Schlimmer noch, auch die im mittleren Lager könnten sich entschließen, davonzulaufen. Dann säßen sie oben am Gletscher, abgeschnitten von allem und ohne Aussicht, ihr Ziel zu erreichen.

Nur noch wenige Stunden trennten die Reisenden von ihrer letzten großen Anstrengung. Meyer zeigte sich bei den Mess- und Sammelarbeiten von seiner besten Seite. Wie der Zeiger einer Briefwaage, der auf die kleinste Berührung hin ausschlägt, hatte er in den vergangenen Tagen getobt, gelacht und angespornt, dann wieder auf einem Stein gekauert, versunken in die trübsinnigsten Betrachtungen. Jetzt aber war nichts mehr zu ändern. Er hatte getan, was er konnte. Der Nachschub war organisiert, und wenn ihm seine Angestellten keinen Streich spielten, würde er es schaffen. Bis auf Amani war kein Schwarzer mehr bei ihnen. Wenn ein paar von ihnen morgen Nachmittag in ihrem Lager auftauchten mit frischer Nahrung, würde er ihnen erzählen, was vor ihm kein Mensch hatte erzählen können. Ihre Unempfindlichkeit, ihre Gleichgültigkeit gegenüber dem Alpinen und der Wissenschaft würden ihn nicht abhalten. Kein Wenn und Aber mehr, rief Hagebuchers Chef laut in das Geröll hinein, jetzt gilt's.

*

Aber ich hatte falsch gedacht. Camilla unterbrach meinen Redefluss erneut, als die drei Entdecker sich in ihrem Lager auf gut 4 300 Metern Höhe eingerichtet hatten.

Tut mir leid, Fritz, ich kann nicht mehr. Ich muss ins Bett.

Jetzt?!, riefen Marlies und Michael.

Die Bergluft. Das Wandern. Das alles hat mich einfach geschafft. Und morgen müssen wir früh raus. Wir wollen doch zur Messe.

Vielleicht war sie wirklich müde. Aber wieso musste sie dann auf dem Weg aus der Hüttenstube nochmal stehen bleiben?

Was ist das denn?

Alle Gäste drehten sich wie auf Kommando nach Camilla um. Biergläser schwebten in der Luft, Karten wurden nicht auf den Tisch geklopft, Sätze nicht zu Ende gesprochen. Sie hatte aber auch wirklich ziemlich laut gefragt.

Irgendwos über d' Purtscheller, sagte Marlies. Frog mi ned. S'is vo main Vuagänga. Glesen hob i des ned.

Keiner rührte sich. Als hätte jemand auf die Pausetaste gedrückt, um die Szene anzuhalten. Nur die dadurch noch lauter wirkende Stimme Camillas lief weiter.

Am 6. Oktober 1939 waren es genau 40 Jahre, seit der höchste Gipfel des Deutschen Reiches zum ersten Mal von eines Menschen Fuß betreten wurde. Dieser höchste Berg war damals nicht in unseren Alpen zu finden, sondern er lag in Deutsch-Ostafrika. Aber wer bei dieser Besteigung maßgebend beteiligt war, ist uns heute noch nahe: Ludwig Purtscheller. Blablabla, ein Nazischwachsinnssatz jagt den nächsten. Es gibt hier im deutschen Berchtesgadener Land keinen Gebirgsstock von Bedeutung, in dem nicht die große, schlanke Gestalt Ludwig Purtschellers aufgetreten wäre, in dem er nicht seinen Fuß als Erster aufgesetzt hätte. Wie kann man diesen Mist nur an der Wand hängen lassen?

Moch ned so a Gschiss, Mädl, unterbrach sie ein Mann. Er gehörte zu den Kreuzträgern, die wir am Nachmittag getroffen hatten. Von Marlies erfuhr ich später, dass er nicht nur ein begnadeter Bergsteiger, sondern auch Mesner der Oberauer Kirche ist. Des woa hoit amoi a pfundiga Bergführer.

Ich rede nicht von Purtscheller. Den Artikel meine ich. Den hat ein beknackter Nazi geschrieben.

De spinnt. Er tippte mit dem Finger gegen die Stirn, seine drei Kollegen lachten, die anderen an den Tischen wandten sich um.

Wer das nicht erkennt, der spinnt.

Werd jetzt ned no frech. Sunst kriagst a Watschn.

Anstatt zu antworten, nahm Camilla das Passepartout von der Wand und warf es mit solcher Wucht auf den Boden, dass es in tausend Stücke zerbrach. Der Mesner sprang von seinem Stuhl auf, und ging mit erhobenem Arm auf Camilla zu. Ich denke jetzt, dass er nicht nur wegen seines Idols verärgert war, sondern auch schon wegen des kurzen Wortwechsels am Nachmittag. Als Camilla ihn überholt und er: Do schaugst fei scho gesagt hatte, hatte sie sich zu ihm ungedreht: Ja, Sie haben Recht, über soviel Dummheit staune ich. Dem anderen war darauf nichts eingefallen. Jedem sein Kreuz, hatte Camilla noch nachgeschoben und war weitergegangen.

Bevor der Mesner in der Hüttenstube seine Drohung in die Tat umsetzen konnte, hatte ihm Camilla ihre rechte Faust so in den Magen gerammt, dass er mit einem kleinen Schrei, der eher Erstaunen als Schmerz ausdrückte, in die Knie ging. Die anderen drei Kreuzträger sprangen auf, einer wagte sich an Camilla heran, erhielt aber einen Schlag gegen sein Kinn, der ihn neben dem Mesner zusammensacken ließ. Die übrigen zwei flüchten, hielten aber Abstand. Während Michael und ich vor Schreck wie festgezurrt sitzen blieben, rettete Marlies geistesgegenwärtig die Situation. Sie half den beiden vom Boden auf und setzte sie auf ihre Stühle.

Ihr hockts eich wida hi, oba gschwind. Und jeder kriagt iazat an Schnops fo mia. An guadn.

Camilla schaute, wie mir schien, ruhig in die Runde, wünschte allen eine Gute Nacht und verschwand. Marlies brachte das Tablett mit den Schnäpsen. Berglauftraining, Alkoholverbot hin oder her, ich trank mit, ein Gläschen reichte nicht.

Guad, daß da Pfara erst muagn kummt. Sunst hättns den a no zammgschlogn, sagte Marlies und prostete mir zu.

Die Bergmesse können wir streichen, denke ich jetzt in unserem Zimmer. Mir ist übel. Michael schnarcht nicht, also wird auch er wach liegen. Camillas Atem geht ruhig und gleichmäßig.

Ich glaube, sie wollte, dass wir uns einmischen.

Aber es ging alles so schnell. Außerdem hat sie keine Hilfe benötigt.

Trotzdem. Wir hätten zumindest... aufstehen können.

Michael dreht sacht an dem Kleiderbügel, den er als Antenne benutzt. Er fleht, er bittet. Aber das Schwarzweißbild lässt sich nicht bequatschen. Wir müssen das Aktuelle Sportstudio flimmernd und rauschend ansehen, denn Michael hat im Netz gelesen, dass es dort heute etwas für uns zu holen gibt. Tatsächlich, aus dem Fußballsommerloch steigen drei Berglaufexperten, die mit Applaus und einem kräftigen Händedruck des Moderators empfangen werden: Wir begrüßen Leopold Schmolke, den Ideenspender und Organisator des KBR, Konrad Färber, den mehrfachen deutschen Meister (ein arrogantes Arschloch, kommentiert Michael) und den Inhaber des Sauerstoff-Therapiezentrums namens Gutluft in Düsseldorf, Dr. Henrik Löffler. Klar, ein solcher Lauf auf den Kilimandscharo sei machbar, verkünden Ideenspender und Bergläufer unisono, lassen sich davon weder von den Nachfragen des Moderators noch von den Warnungen des Arztes abbringen. Färber und Schmolke sind sich lediglich in einem Punkt uneins. Der Profiläufer kann sich nur schwer damit abfinden, dass beim KBR auch Frauen zugelassen sind. Unverantwortlich nennt er das, ein weiblicher Körper sei solch extremen Belastungen nicht gewachsen. Seinetwegen könnten Frauen als Begleitpersonal beschäftigt werden, aber mehr nicht. Der Fachmann widerspricht. Das Problem seien nicht die weiblichen oder männlichen Körper, sondern die dünne Luft. Die Höhenkrankheit könne jeden treffen, Kettenraucher ebenso wie Leistungssportler. Der Lauf würde Todesopfer fordern, verkündet er. Sie könnten allenfalls durch ausgefeilte Akklimatisierungsmaßnahmen gering gehalten werden. Löffler fordert, die Sportler nicht nur zu impfen, sondern sie auch auf eine Überprüfung ihrer Leistungsfähigkeit in dünner Luft zu verpflichten. Das könne nirgends besser. Schmolke fällt ihm ins Wort. Das sei Schleichwerbung. Der Arzt verbittet sich diesen Vorwurf, ihm sei ausschließlich an den Patienten, er meine, Sportlern, gelegen. Wenn jemand auf ein Geschäft aus sei, dann die Organisatoren. Wer glaube denn schon, dass die aus reiner Nächsten- und Gletscherliebe handeln. Er hebt die Hand hoch und reibt Daumen und Zeigefinger aneinander. Färber lacht lauthals heraus. Schmolke ruft: Noch ein Wort, und ich... Der Moderator hebt begütigend die Hände.

Den eskalierenden Disput unterbricht Michael mit der Fernbedienung: Oje, was für ein Kindergarten. Das reicht. Aber an Deiner Stelle würde ich trotzdem nach Düsseldorf gehen. Man soll das Schicksal nicht zu sehr herausfordern.

Seit wir die Berge hoch- und runterrennen, redet Michael andauernd vom Schicksal. Für ihn ist es Schicksal, dass meine Mutter ein Dreivierteljahr vor dem Kilimandscharo-Lauf das Zeitliche gesegnet und mich mit dem nötigen Geld ausgestattet hat. Für ihn ist es vorbestimmt, dass wir gemeinsam oben ankommen werden. Manchmal denke ich, er ist verantwortlich für all das, was im Moment geschieht. Er lenkt das Schicksal nicht, aber er umgarnt es.

Und wenn wir nun nicht vom Schicksal geschlagen wären, sondern es herbeigeredet, beschworen hätten? Wenn sich die unentzifferbaren Hagebucher-Briefe, seine

Geschichten vom Usambaraveilchen und vom Kilimandscharo als große Lüge entlarven, wenn seine Reisen von ihm erst im Nachhinein, von seinem Sessel aus, oder noch später, von Mutter, zu meinem Schicksal gemacht worden wären?

Unsinn!

Davon will Michael nichts wissen. Für ihn ist alles klar. Das war Hagebuchers Leben: Der dreimalige Stillstand als die Höhepunkte, die Bergspitzen. Vom Anblick des Usambaraveilchens ist er überwältigt worden, die Krankheit in Sansibar hat ihn bedächtig werden lassen, und vom Kilimandscharo kam er zurück als Stoiker. Nichts hat ihn mehr erschüttern können. Außer vielleicht sein Nazischwiegersohn. Dem hat er auch, da lässt sich Michael durch die damals im Sande verlaufenen Nachforschungen der Polizei nicht beirren, einen Tritt versetzt. Einen kleinen, aber wirksamen Tritt gegen den Lauf der Welt. Sein letzter. Danach ging das Leben weiter, aber ohne ihn. So erklärt sich Michael auch den, wie er es nennt, Sitzstreik Urgroßvaters. Keine Frage, er ist freiwillig den Weg von der Gärtnerei in den Lehnstuhl gegangen. Das blumengeschmückte Gipfelkreuz trotz geschlossener Augen fest im Blick.

Ich will ihm so gerne glauben.

Aber ich höre verschiedene Stimmen, mindestens zwei.

Zwei Wochen später, an unserem letzten Tag in Berchtesgaden, stehen wir auf dem Hohen Göll. Oben bekomme ich statt einer Predigt einen Vortrag von Michael serviert, dem ich nur mit halbem Ohr zuhöre. Er zeigt mit dem Finger in alle Richtungen, er sagt: Watzmann, er sagt: Steinernes Meer, er sagt: Dachstein, er sagt noch vieles mehr. Ich stehe ganz oben, glücklich darüber, wie leicht mir der Aufstieg fiel. Im Morgengrauen sind wir vom Purtschellerhaus losgelaufen, Michael vorneweg, ich direkt hinter ihm, im lockeren Trab durch feuchtes Gras bis zur Gedenktafel eines abgestürzten Bergsteigers, danach sind wir durch den sogenannten Kamin weiter gekraxelt.

Zurück in der Hütte spendiert uns Marlies eine letzte Brotzeit. Sie bedankt sich erneut dafür, dass ich gestern Abend Urgroßvaters zweite Ostafrika-Reise doch noch zu einem guten Ende brachte. A Pfundskerl, da Hagebucher, so Leit gibt's! Und sein Ausruf auf der Spitze sei für sie ein Zeichen seines Muts. Er woa hoid da Easchte obn. Dei Urgroßvotta hod ned nua Mut ghobt, er woa a im Recht.

Ob Camilla auch einmal so reden wird, bezweifle ich. Unsere Telefonate in den letzten Tagen sprachen jedenfalls eine ganz andere Sprache; da ging es weniger um Urgroßvater, da ging es vor allem um mich.

4

Es geht voran. Als ich nach Wuppertal zurückkomme, liegt im Briefkasten die schriftliche Bestätigung meiner Teilnahme am KBR, die ich telefonisch bereits vor meiner Reise in die Alpen erhalten hatte. Dem von Schmolke, Rippgen und Eddish unterschriebenen Brief sind Unterlagen zur weiteren Vorbereitung beigefügt. Sie enthalten Tipps zur Visabeschaffung, einen Impfplan, gesundheitliche Vorsorgemaßnahmen (das Gutluft-Therapiezentrum wird mit keinem Wort erwähnt), eine Liste mit Medikamenten für die Reiseapotheke, eine mit Empfehlungen für die Ausrüstung, ein Faltblatt über den Besorgnis erregenden Schwund des Kilimandscharo-Gletschers, ein Überweisungsformular und eine detaillierte Aufschlüsselung des zu überweisenden Betrags (die Teilnahmegebühren liegen um einiges höher als die Flugkosten); außerdem Informationen über den Ablauf des Rennens und über die Ergebnisberechnung. Vor allem für diejenigen, die den Lauf vorzeitig abbrechen müssen, erscheint mir dieses Verfahren recht kompliziert. Ein Beispiel packt Zahlen in Zeilen sprengende Gleichungen. Kaum habe ich am Telefon davon angefangen, fällt mir Michael ins Wort: Das interessiert mich nicht. Wir rennen bis zum Gilman's Point. Nach ganz oben also.

Es geht voran. Nach Düsseldorf zu Gutluft. Löffler ist ein untersetzter Mann in den Fünfzigern, der mich zum Entschluss beglückwünscht, meine Höhentauglichkeit zu überprüfen: Sie ersparen sich viel Ärger damit.

Die Hände sind die Helfer seiner Worte. Unberingte Finger, die Nägel nachlässig geschnitten oder abgekaut. Seine kleinen Propheten unterstreichen die Gefahren, setzen Ausrufezeichen, weisen mir den Weg. Bevor ich in die Horizontale gewedelt werde, sitze ich auf einer Liege mit nacktem Oberkörper, lasse mich abklopfen und abhorchen. Löfflers Kopf nickt, seine Hände verschwinden in den Taschen des Kittels. Seine Mitarbeiterin schließt mich an das EKG an. Ich drehe meinen Kopf und beobachte, wie sie auf einem Bildschirm mir völlig unbegreifliche Linien verfolgt, die mein Herz zeichnet. Ihr Gesicht verrät mir, dass auch sie vor einem Rätsel steht. Es ist nichts, sagt sie und verschwindet nach draußen, um wenig später mit ihrem Chef zurückzukehren. Die Kabel an meinen Fuß- und Handgelenken, auf meinem Brustkorb werden neu verlegt. Gemeinsam verfolgen sie die Tätigkeit meines Herzens, kurz darauf wird ein dritter Mitarbeiter dazu gerufen. Es ist so still wie in einem vollbesetzten Kino, in dem alle den Atem anhalten, weil auf der Leinwand ein Mörder ums Haus schleicht. Alle Zuschauer wissen, gleich, gleich wird es passieren, nur derjenige, der im Haus sitzt, weiß von nichts. Ich schaue mir meinen eigenen Film an: Ein Bergläufer betritt ein Therapiezentrum und verlässt es als Schwerkranker.

Ich merke, wie sich mein Nacken verspannt.

Es ist nichts, sagt Löffler. Unter uns befindet sich ein Keller mit Waschmaschinen. Wenn eine von ihnen schleudert, spielen hier die Instrumente verrückt.

In meiner Lage beruhigt jede Erklärung.

Es geht voran. In die erste Kammerstunde. Männer und Frauen mit chronischer Bronchitis, mit Asthma. Kein zweiter Bergläufer. Ich überprüfe meinen Herzschlag, mit dem, wie mir versichert wurde, alles in bester Ordnung ist. Ich studiere den Atem der Lungenkranken und vergleiche ihn mit meinem. Auch nach zehn Minuten, in denen künstlich ein Unterdruck hergestellt wurde, der etwa dem auf Höhe des Horombo-Camps entspricht, kann ich keine Veränderung feststellen. Die anderen sitzen ebenfalls ruhig da, hören über einen Kopfhörer Musik, lesen in einer Illustrierten, ab und zu aber vernehme ich ein leises Röcheln, das mir den Unterschied zwischen ihnen und mir ins Gedächtnis ruft. In unregelmäßigen Abständen taucht im Bullauge der Eingangstür Löffler oder einer seiner beiden Mitarbeiter auf. Ihre Gesichter passen genau in das kreisrunde Fenster. Sämtliche Augenpaare sind blau, das kann ich, der ich unseren Beobachtern am nächsten sitze, bestens erkennen. Immer wenn ich meinen Kopf in Richtung Eingangstür drehe, sind zwei Augen starr auf mich gerichtet. Ich bemühe mich dennoch, entspannt auszusehen, rutsche tiefer in den Sessel hinein, lege meine Hände auf die Lehnen, strecke die Beine aus. Bis drei zähle ich, während ich die Luft einsauge, bis drei, während ich sie aus mir herauslasse.

Ihr Blutdruck weist Unregelmäßigkeiten auf. Löffler stützt während seiner Diagnose die Ellbogen auf dem Schreibtisch auf und reibt seine Hände.

Das liegt nicht am Unterdruck.

Woran sonst?

Daran, dass ich beobachtet werde.

Das ist Vorschrift.
Aber mich regt es auf. Ich komme mir vor wie ein Patient.
Streng genommen sind Sie auch einer.
Ich bin hier, um meine Höhentauglichkeit zu testen.
Sicher bin ich mir nicht, ob die Unregelmäßigkeiten ausschließlich psychischer Natur sind.

Es geht voran. Gegen die sich reibenden Hände von Dr. Löffler. Meine Kunden wundern sich, dass ihre Post eine halbe Stunde früher in ihrem Kasten liegt, und fragen: Was gibt's Neues?

Später, sage ich und schnappe Trinkgeld oder eine Nase voll Massageöl auf, werfe einen Blick auf die krummen, professionell gepflegten Zehen und eile weiter. Genau kann ich den Tag nicht angeben, an dem ich wieder Feuer fing für die Geschichte des Stammbaums, in dessen Ästen ich jetzt herumklettere, es kann mit dem unverdrossen zuhörwilligen Michael zu tun haben, damit, dass ich zwischen Mutter und mir, zwischen Wuppertal und Ohligs über Jahre hinweg einen Graben schaufelte, den ich erst, kurz bevor sie ins Liebfrauenstift eingeliefert worden war, widerwillig zuschüttete; aber ganz sicher hängt es auch mit den in diesem Viertel ansässigen, nach jedem Wort gierenden Neu- und Altreichen zusammen, von denen die meisten putzmunter das Rentenalter erreicht haben und für die der Fußpfleger, der Friseur und der Zusteller einen Fixstern in ihrem Sonnensystem bilden.

Camillas Rad steht plattfüßig im Schuppen ihrer Vermieterin, nicht ahnend, dass es mir Dienste leisten soll auf dem Weg zum Kilimandscharo. Aufgepumpt und geölt läuft es im dritten Gang locker die Loher Straße hinab.

Miles Davis sitzt mir im Ohr, darin bleibt er bis auf weiteres. An der Kreuzung laufen seine Finger ungehindert weiter über die Ventile seiner Trompete. Ich aber muss warten vor dem Rot der Ampel, sammle mich, sammle die Kräfte, die ich benötige, sobald das grüne Männchen kommt. Hinter der Friedrich-Engels-Allee schalte ich in den ersten Gang. Jetzt heißt es in die Pedale treten. Warm ist es noch. Spätsommerlich. Und mir wird noch wärmer, während ich dem Kothener Busch entgegenfahre und die rauchige Stimme Pascal Danels höre. Il n'ira pas beaucoup plus loin La nuit viendra bientôt Il voit là-bas dans le lointain Les neiges du Kilimandjaro. Wenn ich die Kolonie erreicht habe, weiß ich, gleich liegt die erste Runde hinter mir. Die Schrebergärtner sehen mich schwitzen. Die letzte Steigung hat es in sich. Die will. Alles. Von. Mir. Aber da. Das Ziel. Ich sehe es. Schon bin ich da, schon lehnt das Rad am Zaun, wer es klauen möchte, bitte schön. Von da an geht's im Kreis und im Kreis und im Kreis und im Kreis. Kein Pieps würde ein Herzfrequenz-Messgerät von sich geben, wenn ich eins hätte. Rundherum. Es geht besser.

Ich laufe alleine, ohne Camilla, die ich am Nachmittag besuche. Sie will nach Berchtesgaden plötzlich doch mehr über meine Vorfahren wissen.
 Erzählst Du mir das Ende von Hagebuchers Reise?
 Zum ersten Mal fordert sie mich dazu auf.
 Purtscheller soll ein geiler Bock gewesen sein? Nie und nimmer!
 Michael am Telefon findet das nicht weiter tragisch.
 Sie hat es auf Purtscheller abgesehen. Sie sieht in ihm einen Wegbereiter für den Faschismus. Und von Meyer denkt sie nicht viel besser.

Michael hält das durchaus für überlegenswert. Man könne aus jeder Suppe ein Haar fischen, es senkrecht stellen und daran hinaufklettern.
Ich glaube, sie will nicht, dass ich auf den Kilimandscharo renne.
Quatsch! Hat sie das gesagt?
Nein, aber ...

Bestimmungen zur Erlangung eines Visums: Für die Einreise in die Republik Tansania besteht für alle Ausländer eine generelle Visumspflicht. Ausgenommen sind Staatsbürger von der Republik Irland, Ruanda, Rumänien und Commonwealth Ländern mit Ausnahme von Großbritannien, Indien, Kanada, Nigeria, Pakistan, Australien, Neuseeland, Bangladesch und Sri Lanka. Für die Antragstellung sind pro Person folgende Unterlagen erforderlich: 1 Antragsformular, 1 Passfoto, Reisepass (keine Kopie) mit mindestens 6 Monaten Gültigkeit ab Einreisedatum, Buchungsbestätigung für den Rückflug, Visagebühren nach Vorschrift. Bei einer postalischen Antragstellung sollte ein adressierter Rückumschlag per Einschreiben und ausreichend frankiert beigefügt werden.
Meyer und seine Begleiter mussten weder 1888 noch 1889 ein Visum beantragen.

Die zweite Stunde in der Kammer.
Löffler ist sich nicht sicher. Ich will, dass er mich unbeobachtet atmen lässt. Meinen Verdacht, dass er und seine Mitarbeiter ausschließlich mich ins Visier nehmen, tut er mit einer Handbewegung ab. Kontrolle ist Pflicht.

Es geht voran. Bergauf und bergab. Ich renne gegen die sich im Kittel versteckenden Hände von Dr. Löffler an.

Meine Kunden staunen, dass ihre Post eine Dreiviertelstunde früher im Briefkasten liegt. Sie hetzen ans Gartentor, um mir schnell noch das wohlverdiente Trinkgeld zuzustecken.

Was treibt Sie an?

Später, sage ich.

Ihr Keuchen bleibt mir eine ganze Weile im Ohr. Ich renne die Loher Straße hinab, Camillas Rad ist mir tatsächlich von einem Idioten geklaut worden, die erste Runde, schon liegt sie hinter, viele weitere Runden vor mir. Rundherum. Der Puls, eine mathematische Aufgabe, subtrahieren, multiplizieren, dividieren, den Soll- mit dem Ist-Zustand vergleichen, nachdem zwei Finger zehn Sekunden lang die Halsschlagader drückten. Eine Technik. Tiefes Atmen ist die erste Pflicht. In die Brust und in den Bauch hinein. Kein oberflächliches Ausatmen. Damit sich nicht zu viel Restluft mit dem nächsten Atemzug mischt und der Sauerstoffgehalt abfällt. Gleichmäßiges Atmen ist die zweite Pflicht. In der Ebene drei Schritte lang einatmen, drei Schritte lang ausatmen. Bei leichtem Anstieg wird das Verhältnis auf 2:2 eingestellt. Für gerölligen Untergrund hat sich ein Mischrhythmus bewährt, 1:2 oder 2:1. In besonders steilem Gelände Hechelatmung anwenden, ebenfalls im Takt, etwa einmal einatmen, einmal ausatmen pro Schritt. Richtige Beinarbeit ist das A und O. Der Laufrhythmus hängt vom Steigungsgrad der Strecke ab. Aufsetzen mit der Ferse, abrollen, abstoßen gilt für die Ebene. Beim Aufwärtslaufen die Schrittlänge kürzen. Bei mittleren Aufstiegen trete ich plattfüßig auf, in noch steilerem Gelände berühre ich den Boden nur noch mit meinen Zehen. Fast wie Ballett. Ein monotoner Tanz über die Erde. Symmetrisch wann immer möglich. Nur wenn es das Gelände erfordert, kommen zum Zuge: übertreten, seitlicher Ausfallschritt. Beim Absprung geschieht vieles fast gleichzeitig. Das Sprunggelenk arbeitet kräftig, das Kniegelenk streckt sich, die Ferse drückt nach unten, der Körperschwerpunkt hebt sich zugleich nach oben und nach vorne. Flugphase heißt das bei den Bergläufern. Die Arme. Schwingen lassen. Parallel zur Laufrichtung. Der Oberkörper. Leicht nach vorne gebeugt. Der Kopf. Ebenso. Die Augen. Eilen automatisch ein bis zwei Schritte voraus und suchen nach dem nächsten Tritt.

Ich renne an gegen Camillas Verdacht, der Urgroßvater gilt, unausgesprochen aber auch mir. Sie sagt nicht: Urgroßvater war ein Mitläufer, aber wenn ich ihr Gesicht sehe, ahne ich, dass sie seinem Leben eine andere Deutung gibt als Michael.

Sie sagt: Du machst Dir etwas vor.

Zugegeben: Das Ende habe ich leicht variiert, um ihr irgendwann damit zu imponieren, aber das kann sie noch gar nicht wissen.

Sie sagt: Du läufst vor Dir selbst davon. Versuch' s doch erst einmal mit einem Anlauf in Sachen Fritz-Binder-Berg.

Wir sitzen uns gegenüber an ihrem Küchentisch, zwischen uns in einer hohen, durchsichtigen Vase die rote Rose, die ich am Hauptbahnhof für sie gekauft, vor ihr ein ganzer Stapel Blätter, den ich mitgebracht habe. Mit der rechten Hand streicht sie sanft über die Kopie, die zuoberst liegt, als befürchte sie, zu starker Druck könnte das Geschriebene verwischen. Die Linke stützt den nach vorn gebeugten Kopf, die Finger massieren mit kreisenden Bewegungen das Minzöl in die immer noch leicht glänzende Stirn, sonst helfe es, aber heute, obwohl sie es schon mehrfach benutzt habe, aus irgendeinem Grund nicht. Sie leidet oft unter Kopfschmerzen in letzter Zeit. Die Zeilen, die Camilla laut vorliest, handeln von der Anzeige in Petermanns Mitteilungen im Frühjahr 1888: Meyer befindet sich auf der Suche nach einem Botaniker, der ihn und Baumann auf seiner Expedition durchs Usambaragebirge und zum Kilimandscharo begleitet.

Dein Urgroßvater wird in keinem Reisebericht Meyers erwähnt?

Ich schüttle den Kopf.

Bei Baumann und bei Purtscheller auch nicht?

Nein, aber das ist doch klar, das waren Meyers Lakaien. Eins sag ich Dir: Auf diese sogenannten Zeugnisse ist kein Verlass. Die wurden geschrieben, um das Ego zu streicheln. Größenwahn spornte die Autoren an. Und sie wollten damit die Karriereleiter hinauf. Das gelang auch, weil sie sich in Abenteuern schön redeten.

Dieser Meyer muss aber schon extrem wütend gewesen sein.

Aber klar doch. Immerhin hat ihm Hagebucher, ob absichtlich oder unabsichtlich, seinen Plan zerstört.

Die ganze Wut wegen eines Namens?

Eine Landschaft mit Deinem Namen zu überschreiben und ihn dann auf offiziellen Karten wiederzufinden, das war praktisch genau so, als hättest Du den See, den Fluss oder den Berg gekauft. Außerdem saß Meyer der Stachel im Fleisch, den ihm Friedrich III. hineingesteckt hat. Der muss einem Preußen verdammt wehgetan haben.

Während Camilla mit beiden Händen ihre Schläfen massiert, sieht sie an mir vorbei zum Fenster hinaus. Dort könnte sie verfallende Schuppen mit flachen Wellblechdächern sehen, in deren Rillen sich Laub sammelt, dahinter ziegelsteinerne Fabrikgebäude, von denen fast alle leer stehen, nur in einem scheint nach wie vor gearbeitet zu werden. Dafür jedenfalls spricht das Logo A. Mohr, das nachts eine rot blinkende Betriebsamkeit zur Schau stellt.

Aber wenn ich es mir recht überlege. Es ist mir im Grunde völlig egal, was wahr ist und was nicht. Dein Urgroßvater mag dort oben ein Stoiker geworden sein. Oder er wurde danach ein stinknormaler Gärtner, der sich seinen Alltagstrott mit Abenteuern verklärte. Selbst wenn die zwei Briefe, wenn Du sie endlich mal übersetzen ließest, ergäben, dass Hagebucher nie in Ostafrika gewesen ist. Was soll's. Sein Ding. Aber Du, was ist mit Dir? Was wärst Du ohne Deine Geschichten?

Michael, der ein Wochenende lang zu Besuch ist, lädt uns in Camillas Lieblingsrestaurant La Mama ein. Mit dem Wirt, einem drahtigen Mann um die sechzig, und der Bedienung tauscht sie Küsschen aus, verschwindet kurz in der Küche, kehrt mit Bruscetta zurück. Ohne Gegenstimme setzen wir das Diätprogramm außer Kraft. Wir lachen viel, bei der dritten Flasche Chianti selbst über die Camilla und mir unverständlichen Insidergeschichten Michaels von Siemens. Nachdem wir mit Grappa angestoßen und die Reste aus einer großen Schüssel mit Zabaione gelöffelt haben, überreicht Michael mir feierlich ein Messgerät, das der Wirt bei einem Besuch an unserem Tisch an sich nimmt. Er zieht sich das Gerät über, verlangt eine genaue Bedienungsanleitung, und schon ist er damit in der Küche verschwunden. Wir hören nicht, was er sagt, aber wir hören sein Lachen, das das Küchenpersonal, die Bedienung und alle Gäste ansteckt. Auch ich schüttle mich, bis mir schwindlig wird und sich alles dreht. Oder ich drehe mich. Bis nach draußen in den Regen. Die ersten Meter torkle ich als Gene Kelly durch ihn hindurch, dann aber hänge ich mich dankbar an die Schultern meiner Begleiter.

Anderntags warten im Briller Viertel meine Rentner mit kummervollem Blick auf ihre kostbaren Armbanduhren über eine Stunde auf die Post. Ich hetze mit pochenden Kopfschmerzen an ihnen vorbei, schiebe die Verzögerung im Betriebsablauf auf eine leichte Unpässlichkeit. Für einen Bergischen Wald- und Rundlauf bin ich heute nicht zu gewinnen. Dafür muss ich mich Michaels sentimentalem Wunsch beugen.

Das erste Mal, seit Mutter gestorben ist, fahre ich nach Ohligs. Zum ersten Mal seit noch längerer Zeit nehme ich den hinteren Ausgang am Bahnhof, Treppe hoch, hinein in das Land unserer Kindheit, das in der Sauerbreystraße beginnt. Neu sind zwei um die Mittagszeit gut besuchte türkische Sportkneipen und eine Änderungsschneiderei. Die Jahre überstanden haben ein Laden für Vereinsbedarf und einer, der uns täglich aufs Neue fasziniert hatte, als wir auf Kindesbeinen standen (Michael wollte im Zug mit mir wetten, aber ich habe nicht eingeschlagen, denn wie er wusste ich, wenn es da noch ein Geschäft von früher gibt, dann dieses). Ein Kramladen der dritten Art, dessen Geschäftsphilosophie noch nie auf Verkauf ausgerichtet sein konnte. Schon deshalb, weil an der Eingangstür ein Hinweis hing, den wir entziffern, aber nicht verstehen konnten: Jugendlichen unter 18 Jahren ist der Zutritt untersagt. Wir jedenfalls hätten eisern gespart und dann ohne mit der Wimper zu zucken hier unser Taschengeld in Ware umgesetzt. Mehrfach drückte ich trotz des Verbots die Klinke, aber die Tür blieb zu jeder Tageszeit verschlossen. Obwohl wir uns auch heute die Kostbarkeiten im Schaufenster der Reihe nach vornehmen, taucht kein Verkäufer, geschweige denn ein Käufer auf. Wir stellen fest:

Der Kramladen verweigert sich nach wie vor seinen Kunden. Zum ewigen Repertoire gehören wie bereits damals ausgestopfte Tiere, Waffen aller Art und Goldpokale, außerdem: Bierkrüge, Kupferstiche, Wandteller, Taschenlampen, Feuerzeuge. Das ausgestopfte Tier ist ein in unseren Breiten nicht beheimateter Fuchs, eher scheint er einst durch Polargebiete geschlichen zu sein mit seinem hellen Fell, die Schnauze witternd nach oben gestreckt. Die Waffen: ein Gewehr mit Zielfernrohr, außerdem eine Pistole, klein und handlich. Und vor über dreißig Jahren? Michael erinnert sich an einen bunten Vogel, der auf einem Stück Ast die Flügel spreizte, und an eine Schlange, die aus ihrem ineinander geringelten Körper den Kopf nach oben reckte, eine Königskobra, davon war Michael nicht abzubringen. Ich weiß nur noch, mit halber Kraft wünschte ich mir ein Okapi herbei. Damals, vor oder nach den Kriegen Hermann von Wissmanns gegen Buschiri, vor oder nach unseren Reisen im Sandkasten, träumten wir hier weiter, vergaßen die Pfennige in unseren Hosentaschen, die wir nicht zu sparen brauchten und daher direkt auf der anderen Seite des Bahnhofs in ein Eis verwandeln konnten. Zu guter Letzt finden wir das Ölgemälde. Es ist umgehängt worden, von der linken an die hintere Wand des Geschäfts. Ein kleiner Mann hat darauf seinen Kopf in den Nacken gelegt. In seinem markant geschnittenen Gesicht thront eine dicke, runde Nase. Aus seinem aufgerissenen Mund dringt ein brauner Strahl. Der ergießt sich auf eine Landschaft. Pferde, Wagen, Menschen werden davon in die Luft geschleudert. Die Fältchen neben den Augen des kleinen Mannes, die sind vom Lachen. Er lacht, während das braune Zeug aus seinem Mund spritzt.

Knapp hinter dem Geschäft haben wir die Qual der Wahl, entweder nach links abbiegen oder weiter der

Sauerbreystraße die Ehre geben, um nach weiteren zwei- bis dreihundert Metern in der Suppenheide einzukehren. Wir entscheiden uns für die erste Linkskurve, die vorbeiführt an einem großen Lagerplatz, auf dem, so lange wir denken können, Schutt von großen Baggern umgeschichtet wird, und einem Unternehmen, das von Ohligs hinausfährt in alle Erdteile. Direkt vor dieser weltmännischen Spedition geht es rechts ab. Linker Hand liegt ein abgezäuntes Niemandsland, dem die Nachbarschaft ihr herbstliches Laub, ihre Küchenabfälle, abgefahrenen Reifen, abgewirtschafteten Kühlschränke anvertraute, ein Brauch, der nicht in Vergessenheit geraten ist; rechter Hand der Spielplatz, den Michael und ich aufsuchten, um Mitstreiter für die Abenteuer im Lochbachtal zu rekrutieren. Den restlichen Gehweg über stechen uns formvollendete Hundehaufen ins Auge, die wir mit Bravour überspringen, und schon stehen wir vor den beiden Mehrfamilienhäusern, in denen Michael und ich aufgewachsen sind, er im linken, ich im rechten.

Keinen einzigen Namen auf den Klingelschildern können wir mit Leben füllen, und der Kiesweg, der früher schnurstracks in den Sandkasten führte, endet an einem mannshohen gusseisernen Gartentor, an das wir unsere Köpfe drücken: weit und breit kein Sand, aus dem der Kilimandscharo emporwachsen kann, sondern Zierrasen und neu angelegte Blumenbeete.

Michael will weiter, unbedingt, hinab, immer schneller wird er, obwohl ich ihn bitte, auf meine Verfassung Rücksicht zu nehmen.

Das Lochbachtal, früher so groß wie Afrika, ist auf ein Drecksloch mit Rinnsaal geschrumpft.

Zu ertragen sind für Michael die Hunde, die zuerst ein paar Straßen weiter oben ihr Geschäft erledigen und sich dann hier austoben dürfen. Wir beobachten einen sabbernden Dobermann, der einem Eichhörnchen nachbellt, einen Schäferhund und einen Neufundländer, die nach einem Stück Holz in der Hand ihres Herrchens schnappen, eine geile Dogge, die einem ängstlichen Dackel den Arsch leckt.

Zu viel für meinen Freund sind die Jogger, die sich hier ebenfalls überall tummeln, von Arabern oder deutschen Soldaten keine Spur. Keine Schüsse aus Schreckschusspistolen, nur das Quietschen nagelneuer Laufschuhe. Verärgert über das Schrumpfen der Welt auf einen Auslauf für Fußkranke, wird er ausfallend: Fette Leberwurst, ruft er einem hinterher, der, in ein lila Kostüm gepresst, weniger läuft als vielmehr sich spazieren führt. Was hast Du gesagt?, schallt es bedrohlich zurück. Der Angepöbelte sieht kräftiger aus als wir beide zusammen, aber wir sind schneller, nehmen die Beine in die Hand und fliegen heraus aus dem Lochbachtal bis zum Kramladen. Dort stemmen wir die Hände in die Seiten, legen den Kopf in den Nacken. Ich fühle meinen jagenden Puls, aber, sage ich mir, das liegt einzig und allein am gestrigen Abend. Alles wird gut.

Die dritte Stunde in der Kammer.

Mit einer Augenbinde bringe ich die Gesichter meiner Wächter zum Verschwinden. Ich sehe nichts und niemanden, ich spüre mein Herz, das normale Zeichen sendet, wenn die Waschmaschinen im Keller nicht die Technik durcheinander bringen, mein Puls ist stabil, dem können viertausend Meter nichts anhaben, der Atem geht gleichmäßig, absolut gleichmäßig.

Löffler will mich nicht auf den Berg, sondern noch einige Male in die Kammer schicken. Zu meiner Sicherheit.

Wie oft noch?
Das kann ich nicht sagen. Das hängt von Ihnen ab.
Ich kann es mir nicht mehr leisten zu kommen.
Qualität hat ihren Preis.

Es geht voran. Auch wenn ich das Sauerstoff-Therapiezentrum nicht mehr aufsuche, renne ich gegen die sich reibenden Hände von Dr. Löffler an. Meine Kunden bleiben an ihrer Haustür stehen. In hohem Bogen fliegt mir das Trinkgeld entgegen. Fast platzen sie vor Neugierde. Beim Weglaufen rufe ich über die Schulter zurück: Ich nehme an einem Berglauf teil.
Wohin soll's denn gehen?
Auf den Kilimandscharo.
Jeder Alt- und Neureiche kennt jemanden, der bereits oben war. Mir werden Namen hinterher gerufen, von Söhnen und Töchtern, Nichten und Neffen, von Bekannten und Freunden.
Hinab, hinauf, das Messgerät ersetzt den MP3-Player, ich kontrolliere, ich bewache mich, das Messgerät piept, sobald die Pulsfrequenz die Skala des Normalen in die eine oder andere Richtung verlässt, es geschieht ab und zu, es geschieht immer seltener.

Der Impfplan: Tetanusimpfung: o.k.; Diphterieimpfung: die erste (eine zweite ist erforderlich); Polio: o.k.; Typhusimpfung: o.k.; Hepatitis A: die erste (zwei weitere sind erforderlich); Hepatitis B: wie Hepatitis A; Gelbfieber: o.k.; Malaria-Prophylaxe: Die Tabletten sind einzunehmen in der Zeit von einer Woche vor der Einreise in das Malariagebiet bis vier Wochen nach Ausreise aus dem Malariagebiet.
Zu Urgroßvaters Zeiten gab es keinen Impfplan und dementsprechend auch keine Impfungen.

Camilla und ich sehen uns nicht mehr täglich.
Wir steigen seltener in den Ring.
Die Kämpfe haben sich auf eine andere Bühne verschoben.
Es ist nicht aus zwischen uns, aber es ist anders geworden.
Sehr schnell ist sie, bin ich eingeschnappt.
Die Wohnung wird zu eng. Wir gehen lieber aus, mit ihren Freunden, mit Freunden von mir. Sie lacht gerne, sie verschwindet ohne mich auf der Tanzfläche, sie trinkt so viel, dass ich sie auf dem Heimweg stützen muss.
Ich träume nach wie vor von ihren Füßen und begleite sie ins Liebfrauenstift. Mutters Platz hat eine rüstige Frau eingenommen, die uns mit: Ich muss zum Maler, begrüßt, und dann unseren Besuch über verschwunden bleibt. Ihr Kurs hat Spuren hinterlassen. An der Wand über ihrem Bett hängen Sonnenuntergänge und Stillleben dicht gedrängt. Frau Ahrens sieht uns lächelnd an. In das Lächeln hinein erzählt vor allem Camilla, vom schmuddligen Dezemberwetter, von alten Zeiten, auch von uns, davon, dass ich bald aufbrechen werde zum Kilimandscharo. Frau Ahrens spricht wenig, sie zieht nicht über das Dürpelfest her, kein böses Wort über die Männer in meiner Familie. Oft sagt sie nur: Ich hab's gewusst, wir wissen nicht, was sie damit meint, unsere Beziehung, das Wetter oder dass sie Mutter nicht lange überleben wird.

Die von den Organisatoren vorgeschlagene Reiseapotheke: Venalitan Salbe (gegen Blutergüsse), Paracetamol (gegen Fieber), schmerzstillende Lutschtabletten (gegen Halsweh), Soventol-Gel (gegen Insektenstiche), Diclofenac-Salbe (gegen Prellungen), Loperamid (gegen Diarrhö), Mobilat (gegen Muskelkater), Schere, Pinzette, Wundstreifen, Pflaster, Mullverbände, elastische Binden,

Hansamed-Spray, Betaisodana-Salbe, Fieberthermometer, Sonnencreme, Mittel gegen Sonnenbrand.

Meyer rüstete sich in der Berliner Simonsapotheke aus, die seine Reisemedizin nach Doktor Falkensteins Angaben für Tropenreisen zusammenstellte. Morphium (plus Spritzen), Laudanum, eine alkoholhaltige Opiumtinktur, Arsenikpulver und das bitter schmeckende Chinin standen ganz oben auf Falkensteins Checkliste. Der Forschungsreisende verlangte, die übrigen Medikamente wie Brechwurz, Spanische Fliegen, Epsomer Bittersalz, Rhabarber, Aloe oder Benzin so weit möglich in bereits dosierter Form in Ampullen abzufüllen und in einem Blechkoffer zu verstauen.

Ich ergänze meine Reiseapotheke um Schlaftabletten, zögere nicht, sie sofort zu benutzen, ich träume mich hinauf, an einem Morgen, nach einer betäubten Nacht, erinnere ich mich, wie Michael mir um den Hals fiel und immer wieder ausrief: Du hast es geschafft! Du bist ganz oben! Auf dem Kibo! Ob ich mich danach wirklich traue, Urgroßvaters Briefe übersetzen zu lassen? Weiter geht's. Briefe sortieren, in die Tasche, in den Schlitz, einige Rentner fächern mir mit einem Deutschlandfähnchen Luft zu, hinab die Loher Straße, hinauf in den Kothener Busch, erste Runde vorbei, seine wunderschöne Handschrift, die zweite Runde, ich schwitze die zehn Gebote des Berglaufs aus, die Jogger werden von der Überholspur aus gegrüßt, ich sauge die zehn Gebote ein, laufen, rundherum, die Atmung, laufen und einer reibt sich die Hände, die Beine, laufen und eine sagt: Ich hab's gewusst, die Arme, laufen und eine denkt: Ein Mitläufer, ich hab's gewusst, der Kopf, laufen und eine sieht mich an, die Augen, laufen, ohne Messgerät, ich weiß, wann ich in die Nähe meiner maximalen Frequenz gerate und auf kürzere Schritte umschalten muss, auch, wann ich einen Zahn zulegen kann, laufend bringe ich Weihnachten und Neujahr hinter mich, schwitze mit Camilla in der Bergischen Sonne, ich muss weiter, laufend durch den Kothener Busch, ein Familienausflug im Kettenkarussell, immer rundherum, mit einem Gesicht vor mir, in dem ich einen gezielten Schlag nach dem anderen lande, auf die Augen, die groß und blau werden, auf die Nase, die bricht, auf das Kinn. Knockout. Nun mal langsam.

Michaels Checkliste: Flug-Ticket, Pass (Visum), Impfpass, Kreditkarte, US-Dollar in kleinen Scheinen (für Trinkgeld usw.), Ohrenstöpsel/Schlafmaske (für Flug und Hütten), Sonnenbrille (am besten Gletscherbrille), Windstopper-Hose, Windstopper-Anorak, Fleece-Jacke, Laufschuhe, Socken, Unterhosen, lange Unterhose (Empfehlung: Funktionswäsche für den Gipfellauf), Kurzarm-Shirts, Sweat-Shirts (Empfehlung: Funktionswäsche), Pullover (bei Fleece-Jacke nicht notwendig), Stirnbänder (damit der Schweiß nicht in die Augen rinnt), Kappen mit Ohrenschutz, Spezial-Handschuhe, Schal, Wasserflaschen für mindestens 3 Liter aus Plastik, Thermoskanne, Taschentücher, Seesack (Gewicht berücksichtigen: Die Träger können mit maximal 15kg belastet werden), Gamaschen, Regenmantel, Biwaksack (hilft auch gegen Kälte, wenn der Schlafsack zu dünn ist), Schlafsack, Stirnlampe, Messgerät, Pedometer (wird gestellt).

Meyers Checkliste, für die er nebst eigenen Erfahrungen zurückgreift auf Galtons Longseller Kunst des Reisens: baumwollene Unterhosen und Hemden (möglichst von Lahmann), Beinkleider aus demselben Material, Wollsocken, Schnürstiefel, englischer Sonnenhelm (von der Londoner Firma Silver & Company), schirmlose Mütze, Edgingtons double-roof ridge tents, portable camp bedsteads von derselben Firma aus grünem, imprägniertem Segelleinen mit Eschenstäben und einem Sonnensegel, Rosshaarkissen, dünne Decke aus Florettseide für warme Nächte, dicke Kamelhaarschlafsäcke für kühle Nächte, Klapptische und -stühle, Zeltlaternen, Tisch- und Küchengeräte aus emailliertem Eisen, Expressbüchse 450, Zentralfeuer-Doppelflinte Kaliber 12, Revolver, Etheodolite, Taschenchronometer, Barometer, Thermometer, Aneroide, Kompasse, Geschenke für die Häuptlinge in Dschagga: 25 kaputte Uhren, 18 kleine Spielzeugtelefone, 43 Taschenmesser mit abgebrochenen Klingen, Uniformknöpfe, 13 bunte Regenschirme, 300 Pfund verschiedene Glasperlen, 19 Steinschlossflinten, 150 Pfund Salz plus eine Nähmaschine für Mareale.

Am Nachmittag, bevor ich nach Amsterdam aufbreche, sagt Camilla unser erstes Treffen nach dem Saunabesuch (ich hatte darum betteln müssen) mit einer SMS ab: Muss nach Ohligs. Frau Ahrens liegt im Sterben. Hals- und Beinbruch bei Deinem KBR. Frau Ahrens erweist Camilla, ohne es zu wissen, einen letzten Dienst.

Ich muss los.

5

Der Nachrichtensprecher berichtet von Gräueltaten aus aller Welt, aber so richtig kommen die nicht bei mir an. Ich hoffe, dass mir das Schlafmittel auch heute Nacht ein paar ruhige Stunden schenken wird.

Ich reise ohne Nachricht von Camilla, die auf das Sterben einer alten Frau wartet. Auch wenn sie nicht mehr wartet, wird sie Besseres zu tun haben, als sich bei mir zu melden.

Das Wetter. Die weiteren Aussichten.

Ich reise mit den ungelesenen Briefen eines Toten, der neben mir sitzt, auf dem Bett im IBIS-Hotel Amsterdam. Wie immer: das verwegen dreinblickende Gesicht von Trampas, des Vormanns von der Shiloh Ranch, der keck aufgesetzte Tropenhelm, der Anzug, der den zu kurz geratenen Oberkörper, die zu langen Beine in eine vorteilhafte Form bringt, schließlich die Pantoffeln. Ein paar Fotos von Hagebucher sind erhalten geblieben. Zerknittert, an manchen Stellen eingerissen sind sie. Auf jedem ist er alt. Das, von dem ich mir den Anzug und die melierten Hausschuhe borgte, zeigt ihn in seinem Lehnstuhl; es ist während des Zweiten Weltkriegs entstanden, als er nur noch sitzen wollte. Selbst während der Bombenangriffe war er nicht dazu zu bewegen, den Luftschutzkeller aufzusuchen. Das nach wie vor dichte Haar, die buschigen Augenbrauen, die Lider, die über den Augen hängen und wirken, als seien sie mit einem unsichtbaren Gewicht versehen. Früher dachte ich, er schläft; heute glaube ich, dass er zu müde war, um einzuschlafen. Sofort ins Auge fällt ein gewaltiger, an den Enden strohig ausfransender Schnurrbart über dem darunter fast verschwindenden Mund. Die haarlosen Partien seines in die Länge gezogenen Gesichts: die mächtige, von Falten durchfurchte Stirn; die stupsige, im Vergleich mit dem Rest zierlich wirkende Nase; hohle Wangen; das spitze, nach unten zeigende Kinn. Andächtig sitzt er da, die rauen Gärtnerhände im Schoß gefaltet. Sein gestauchter Oberkörper lehnt unbeholfen gegen die linke Seite des Stuhls. Die Beine streckt er von sich. Oder das Familienbild, laut Rückseite 1932 aufgenommen. Hagebucher befindet sich in der Mitte. Direkt bei ihm stehen seine drei Schwiegersöhne, rechts neben ihm der fette, der das Geschäft übernehmen soll. Mein Großvater, August Ködling. Feist blickt er in seiner Naziuniform in die Kamera, gänzlich unberührt davon, dass er nur noch kurze Zeit zu leben hat. Täter und Opfer ganz nah beieinander, hatte Michael einmal gesagt, aber noch stören die Zeugen, später dann: ein perfekter Mord. Andere sprechen von einem tragischen Unfall. Ködling, das Unfallopfer, Hagebucher, der trauernde Schwiegervater. Wenige Jahre nach dem Absturz des Geschäftsnachfolgers ist die Gärtnerei verpachtet worden.

Links neben Urgroßvater machen sich die beiden anderen Schwiegersöhne breit, deren Vornamen ich mir noch nie habe merken können. Die Töchter Maria, Emma und

Lieselotte, alle zu diesem Zeitpunkt bereits mit neuen Nachnamen ausgestattet, sitzen vor den Männern, zwischen ihnen, die zweite von links, Maria Theresia, seine Frau. Für mich ist ihre Ehe auch in späteren Jahren glücklich gewesen. Mutter konnte oder wollte sich dazu nicht äußern. Sie sagte nur, die gute Theresia, die hatte Geduld wie ein altes Packpferd. Bis auf Ködling tragen alle Festtagskleidung, maßgeschneiderte Anzüge, aus denen Vatermörder ragen, die Männer, die Frauen helle Seidenkleider, unter denen die Spitzen schwarzer Lackstiefel hervorschielen. Auf ihren Köpfen thronen mit Schmucknadeln oder flachen Federgestecken verzierte Filzhüte. Die Schwiegersöhne halten ihre Hüte in der Hand; einer glänzt durch pomadisiertes, straff nach hinten gekämmtes Haar, die anderen haben sich rechts einen strammen Scheitel gezogen.

Drei Programmhinweise. Gleich folgt eine Sendung über Zweizehenfaultiere.
　Ob sich Camilla noch melden wird?
　Sie muss.
　Auf keinen Fall.
　Sie vögelt mit dem Arzt.
　Tut sie nicht.
　Tut sie doch.
　Vielleicht hast Du Recht.

Vielleicht war es tatsächlich so: Nie ist Hagebucher in Ostafrika gewesen. Er kam nur bis Leipzig. Ich fahre an seiner Stelle, nehme den Platz ein, den er für sich erfunden hat. Mutter wusste davon, daher hat sie mir die Briefe vorenthalten. Urgroßmutter hatte zu ihrem Mann gesagt:

Hör auf mit diesen Märchen. Aber er hörte nicht auf, und irgendwann ließ sie ihn gewähren, er richtete ja keinen Schaden an.

Das Klingeln des Handys lässt mich hochschrecken.
 Camilla?
Ich verstehe nur Schwester und einen Namen, der wie Berta oder Gerda klingt, denke, jemand aus dem Stift ruft an, und frage: Ist Frau Ahrens gestorben? Bis es der Stimme am anderen Ende gelingt, mich zu unterbrechen: Sie müssen mich verwechseln. Ich rufe aus München an, aus dem Krankenhaus.

Zusammengefasst: Michael wollte am Abend vor dem Flug nach Tansania via Amsterdam den Siemens-Alltag mit einem Lauf durch den Englischen Garten abschütteln. Dabei wurde er von einer Gruppe älterer Menschen aufgehalten, die sich mit Nordic Walking ihren Lebensabend verjüngte (die Krankenschwester sagt: das weiß ich von der Polizei). Die Schwester kann es sich nicht erklären, weshalb Michael nicht auf die Wiese auswich, sondern (sie sagt: stur) auf die Alten zulief, in der Absicht, sich mitten hindurch einen Weg zu bahnen. Einer von ihnen fuhr, als Michael sich mit Worten (sie sagt: Die wiederhole ich nicht) Platz zu schaffen versucht hatte, seinen Stock aus, so dass mein Freund zu Fall kam. Unglücklich. Er fiel aufs Gesicht (sie sagt: das sieht fürchterlich aus), brach sich den rechten Unterarm und vielleicht eine Rippe.

Zusammengefasst: Helle Funierholzdutzendware, ein lang gezogener Tisch, ein zweitüriger Schrank, die Kofferablage, auf der mein Seesack Platz gefunden hat, eine Garderobe. Auf dem Tisch ein Fernseher und eine pissgelbe Plastiktulpe in einer hohen Vase, über dem Tisch an der pissgelben Wand ein fast ausschließlich pissgelbes Gemälde einer Sommerlandschaft.

Er hat keine Ruhe gegeben. Ich solle Sie unbedingt anrufen. Was ist denn so wichtig, wenn ich fragen darf?

Zusammengefasst: Michael kommt nicht mit, denke ich, weil Senioren ihm ein Bein gestellt haben, weil ich nicht in der Nähe gewesen bin, Ottos Mops kotzt, drei hoch drei, siebenundzwanzig Möglichkeiten, wenn ich richtig rechne, so vieles ist möglich, aber das, das ist unmöglich, kotz kotz kotz. Das kann doch nicht sein. Das darf nicht sein, höre ich mich sagen und dann die Krankenschwester: Er möchte Sie sprechen, ist aber nur schwer zu verstehen.

Das ist untertrieben. Er könnte mir die zehn Gebote des Berglaufs aufsagen oder mir alles Gute wünschen oder das Schicksal herbeizitieren oder, halsstarrig wie er in diesem Punkt ist, über Jogger herziehen. Das ist das Wahrscheinlichste. Denn seine Stimme oder das, was davon noch übrig ist, klingt nicht traurig, eher erregt und wütend. Trösten will ich ihn, ihm versichern, dass ich mein Bestes geben werde, auch für ihn, aber diese Worte wollen nicht über meine Lippen, dagegen: Du Idiot, daran findet mein Mund Gefallen, immer aufs Neue, lauter, in die Länge gezogen, gedrängt, mal das erste, mal das letzte Wort verdoppelt, verdreifacht, vervierfacht, Du Idiot, denke ich, während ich zittre, brülle, schlucke, schweige.

Hallo?

Die Krankenschwester.

Ich lege auf, nur um sofort zu bereuen, aufgelegt zu haben. Der Name des Krankenhauses fällt mir nicht ein. Wenn er denn überhaupt jemals erwähnt worden ist. Die

Anrufliste auf dem Handy zu finden, schaffe ich nicht. Ich weiß, dass es eine gibt. Sie muss da drin sein. Ich drücke und drücke die Knöpfe. Dabei gehe ich auf und ab in meinem Zimmer, zur Tür, zum Fenster mit Blick auf eine vollkommen geräuschlose, aber prachtvoll beleuchtete Welt; die Silhouetten der von links nach rechts, von rechts nach links vorbeiziehenden Autos, die gleichmäßig geformte Lichtkegel vor sich herschieben, das Glitzermeer dahinter, Shiphol, Amsterdam, nicht nur weiße, auch grüne, blaue, rote Lichtpunkte, fast könnte es ein Feuerwerk sein, aber nur fast. Fast wäre Michael hierher geflogen. Fast wären wir zusammen bis ganz nach oben gelaufen. Wieder zurück zur Tür, ein Abstecher in die Nasszelle, der Spiegel, ich drehe mich ein-, zweimal im Kreis und dann schleudere ich das Scheiß-Telefon mit Wucht an die Wand oberhalb des Fernsehers, auf dessen Bildschirm gerade ein Faultier in Zeitlupe einen Baum hochkriecht. Sekundenlang starre ich gebannt auf die laufenden Bilder vor mir, als gäbe es nichts Wichtigeres auf diesem Planeten.

Endlich ist das Vieh an einer Stelle des Baums angekommen, die es für sein Ziel hält, jedenfalls regt es sich nicht mehr. Die Kamera zoomt heran, dann schwenkt sie ab, nach links und rechts in die Büsche, wo es knackt und schleicht und wuselt, nach oben in den von Vögeln verdreckten Himmel. Die von mir leise gestellte Stimme aus dem Off kommentiert die Bilder mit den Worten: Die Letzten werden die Ersten sein. Abspann, eine Vorschau, die mich nichts angeht. Vom Schlafmittel ist nichts mehr zu spüren. Dann fällt mein Blick auf die Minibar, Schicksal. Ich öffne die Tür und erkenne mit einem Blick, dass sie hält, was ihr Name verspricht. Mir werden Wasser, Cola, Bier, Wein, verschiedene Sorten Schnaps vom Jägermeister bis zum Kleinen Feigling angeboten, alle Flaschen drei Nummern kleiner, direkt niedlich, aber gut gemixt in einem Magen, der monatelang mehr oder weniger konsequent ohne Alkohol auskam, können sie Wunder wirken, ganz sicher.

Das oder etwas Ähnliches dachte ich. Cogito ergo bibeo. Fast wäre ich nicht aus dem Bett gekommen. Das Telefon klingelt in einen Traum hinein, der mir, nachdem ich die zentnerschweren Augenlider hochdrücke, fast vollständig abhanden kommt. Ich weiß nur noch, ein Faultier geisterte darin herum, allerdings ein riesiges Monster. Mein Kopf muss auch gewachsen sein, bei der kleinsten Bewegung stößt er gegen etwas unglaublich Hartes. Meine Hand sucht und findet den Hörer. Good Morning, Sir. It is seven thirty. Time for you to rise. I wish you a pleasant day. Meine Beine suchen und finden den Boden, sie stolpern über leere Fläschchen und finden ins Bad. Kaltes Wasser und zwei Aspirin können keine Wunder bewirken, aber sie helfen mir, halbwegs aufrecht die Nasszelle zu verlassen und das Desaster zu überblicken. Der Fernseher läuft noch, allerdings nicht der Sender, den ich gestern Abend bewusst einstellte, sondern ein Programm mit einer Reihe nackter Frauen in irrwitzigen Positionen. Neben der Sexorgie mein Handy, unwiderruflich in Einzelteile zerlegt. Das Angebot der Minibar, deren Tür ich offen habe stehen lassen, ist auf Cola, Fanta und Mineralwasser geschrumpft. Immerhin war ich offenbar so geistesgegenwärtig, mich beim Erbrechen aus dem Bett zu beugen. Hauptsächlich Flüssiges ist auf den Teppich geraten und von ihm gut angenommen worden, allein farblich beißt sich der dunkle Fleck mit dem hellblauen Velours. Das Grobe wische ich mit Toilettenpapier auf.

Weil ich über das von mir Getrunkene keine Rechenschaft abgeben kann, verlässt ein junger Mann seinen Platz hinter der Rezeption und begleitet mich nach einem kurzen Katerfrühstück auf mein Zimmer. Seine schwarzen Lederschuhe gleiten lautlos über den Teppich, mir ist, als berührten sie ihn gar nicht. Ohne jede Regung, angenehm professionelle Diskretion in Perfektion, schaltet er den Fernseher aus (12,50 Euro), räumt die Flaschen zusammen und zählt sie (29,70 Euro), begutachtet den Fleck auf dem Boden (20,00 Euro). Meine nächtlichen Eskapaden haben die Rechnung, die mir ebenfalls ganz sachlich überreicht wird, verdoppelt. Wenn Zahlen eine eindeutige Sprache sprechen, dann heißt das, ich bin nicht allein unterwegs. Was, realistisch gesehen, nicht falsch ist.

Ich reise mit Toten. Wäre es nicht an der Zeit, endlich mit Euch Schluss zu machen? Du sitzt schon, ewig müde in Deinem Lehnstuhl. Und Du hast Dich ausgestreckt, für immer. Aber in meinem Kopf gehen die Jahre unaufhörlich durcheinander, weil ich gemästet worden bin, von Dir und von Dir, was soll ich machen? So vollgestopft, dass ich vergebens die Lippen zusammenpresse, die Augen schließe. Ich sehe Dich sitzen, ich sehe Dich laufen. Ich sehe Dich liegen, ich sehe Dich rennen. Im einen Moment seid Ihr tot, im nächsten jung, und ich höre Eure rastlosen Beine einen Takt aufs Pflaster klopfen. Früher, das ist ein Ort, an dem Du jünger warst als ich. Früher, das ist eine Stadt, durchschnitten von einem Tal. Früher, das ist jetzt.

Es gab Augenblicke, da hätte ich am liebsten einen Stein aufgehoben und Dir damit den Schädel eingeschlagen. Und Dir gleich mit. Zum Mörder werden. Um Platz zu schaffen für anderes, in meinem Kopf, meinem Mund, meinem Magen. Mir ist schlecht. Da kommt das Sammeltaxi. Ich verstaue mein Gepäck im Kofferraum. Öffne Euch die Tür. Steigt ein. Es wird schon gehen. Es muss. Oberkante, Unterlippe. Die Plastiktüte liegt bereit. Also los.

In der Schlange vor dem Check-In begegne ich meinen ersten Mitläufern. Wir sind an unseren militärgrünen Seesäcken zu erkennen, an unseren dürren, oft ausgemergelt wirkenden Körpern, um die Trainingsanzüge schlottern, und daran, dass wir alleine reisen. Mir wird wieder einmal klar, dass ich bis zu den Hüften die ideale Statur für eine Bergläuferkarriere besitze. Über das, was oberhalb folgt, kann man geteilter Meinung sein. Jedenfalls bin ich unter den Sportlern in der Schlange mit Abstand der Kleinste. Zwischen uns Händchen haltende Paare, Rucksacktouristen, Familien unterschiedlicher Hautfarbe. Über die Köpfe hinweg spinnt sich ein Netz von Gesprächen, ein Netz aus Namen, Herkunftsländern und Motiven für eine solche Herausforderung.

Werner, sagt ein muskulöser Hüne an einer vierköpfigen schwarzen Familie vorbei zu mir und streckt mir seine Hand entgegen.

Fritz.

Deutsch, nicht? Ich auch. Stamme aus Braunschweig. Lebe aber in Innsbruck.

In Purtschellers Geburtsort, denke ich.

Werner sitzt am Fenster, ich in der Mitte. Rechts neben mir ein junger Schwarzer, der sofort die Lehne zwischen uns in Beschlag nimmt. Der Flieger ist bis auf den letzten Platz ausgebucht. Ein Baby, dem der Schnuller aus dem

Mund fällt, blickt mich über den Vordersitz hinweg mit großen Augen an. Die Mutter, die es sich auf die Schulter gelegt hat, streichelt ihm den Rücken.

Sich putzende Schwäne auf den Bildschirmen. Frank Sinatras My way aus den Lautsprechern.

Abflug.

Jetzt liegt das Baby in einem Tragekorb auf dem Schoß der Mutter und schläft friedlich. Draußen dichte Wolken, die Erde verschwunden. Diffuses Licht. Nur vorne, auf einer der Tragflächen, sammelt es sich und blendet.

Ich versumpfe im Halbschlaf. Mein Kopf schwankt haltlos nach links, nach rechts. Nicht aufzuhaltende Bilder schwirren durch mich hindurch. Ich sehe mich durch dichtes Gebüsch rennen, Äste schlagen mir ins Gesicht. Als ich den Blick hebe, sehe ich ein riesiges Faultier wie angenagelt an einem Baumstamm kleben; dabei denke ich, ein Okapi zu entdecken wäre mir lieber. Ich sehe Urgroßvater zusammengekauert auf der Lehne zwischen Werner und mir; plötzlich springt er auf, hechtet hinaus in die Wolken, die federn wie ein Trampolin und katapultieren ihn hinauf zum Mond. Ich sehe meine Mutter, wie sie ihren Kopf schüttelt. Ich sehe mich Camillas Füße lecken, die sie mir immer wieder entzieht; plötzlich ist sie weit über mir, nackt, verschwitzt und wunderschön, ich sehe sie davonfliegen, vorbei an Michael, der ist von Kopf bis Fuß einbandagiert, gerade dazu fähig, einen Arm zu heben; ich frage mich, ob er mich grüßen oder sich verabschieden will.

Die erste Mahlzeit schiebe ich hinüber zu Werner, dafür erhalte ich sein leer gefuttertes Tablett. Er tupft mit angefeuchtetem Finger jedes Schälchen darauf sauber. Den Tausch nimmt er zum Anlass für ein Gespräch über das ausgeklügelte System, um Sieger und Verlierer des Berglaufs zu küren. Er hat Beispielrechnungen aus der Mappe vor sich, die uns beim Betreten der Maschine überreicht wurde, eine Mappe mit aktualisierten Informationen zum KBR, ergänzt um zwei Teilnehmerlisten, eine alphabetisch, eine nach Startnummern sortiert. Disqualifiziert wird, wer von den abgesteckten Wegen abweicht, einen Mitläufer gefährdet oder sonst gegen das Reglement verstößt. Dagegen ist derjenige, der abbricht, nicht aus dem Rennen. Die Zeiten an den Tagen, die er durchhält, werden addiert. Für den, der vor dem Ziellauf aufgeben muss, kommt das von den Veranstaltern gestellte Pedometer ins Spiel. Die vorschriftsmäßig zurückgelegte Wegstrecke wird mit der Durchschnittsgeschwindigkeit verrechnet.

Nehmen wir an, ein Bergläufer bricht am zweiten Tag sein Rennen ab. Dann wird er zunächst einmal mit allen in einen Topf geworfen, die an diesem Tag ebenfalls ...

Ich will ganz nach oben. Unbedingt.

Ich auch. Aber theoretisch könnte man am ersten Tag aufgeben und bekäme dennoch eine Urkunde, wahrscheinlich sogar einen Handschlag des tansanischen Präsidenten.

Werner ist nicht zu bremsen, häuft Zahlen aufeinander, addiert und dividiert.

Während ich in den ersten Stunden des Flugs vor mich hindöse, ist er bei allem, was er tut, hundertprozentig dabei. Er wirkt auf mich von Kopf bis Fuß bereit für das Kommende, er geht es an, mit festem Willen, während ich mich im Moment fühle, als hätte ich den Berglauf bereits absolviert, mit kläglichem Resultat. Werner redet dennoch auf mich ein, als wolle er das Vorurteil, Norddeutsche seien stumme Fische, mit aller Macht aus der Welt schaffen. Er kennt die neuesten Informationen, weil er den Weg zwischen Amsterdam und den Alpen nicht im Halbschlaf, sondern konzentriert mit der Kilimandscharo-Mappe verbracht hat. Daher kann er mir aufzählen, wie viele Deutsche, Österreicher, Schweizer, Schweden, Amerikaner, Japaner, Australier und und und an diesem Berglauf teilnehmen, mir bleibt nur das eine Wort: Quotenneger, im Gedächtnis, und zwei Zahlen, meine eigene Startnummer, die Neunundachtzig, und die Zweihundert, denn zweihundert Läufer werden versuchen, in vier Tagen auf den Kilimandscharo zu gelangen. Zweihundert minus eins, da weiß ich einmal mehr als er.

Nachdem Werner mich halbwegs wach geredet hat, setzt er die Kopfhörer auf. Der Spielfilm, sagt er noch, dann ist Ruhe. Nur von Zeit zu Zeit gibt er ein kurzes Lachen von sich, das mich jedes Mal hochschrecken lässt.

Ich verfluche Michael und vermisse ihn zugleich. Ich bin traurig und wütend wegen Camilla, die Frau Ahrens als Vorwand nutzt, um sich nicht von mir verabschieden zu müssen.

Die Alpen, ein leeres aufgerissenes Land. Die auseinander driftenden Wolken heben sich grau vom Schnee ab. Nicht lange. Dann fehlen den Wolken erneut ihre Löcher. Später: Durch einen lichten Schleier ist das Meer zusehen.

Immer mal wieder verlassen Bergläufer ihren Platz, um im Gang mit weit gegrätschten Beinen in die Hocke zu gehen oder sich im Ausfallschritt und mit kreisenden Armen zu bewegen. Ich denke an damals, als Mutter und ich mit dem Zug auf Besuch zu einer ihrer Cousinen fuhren und ich nach spätestens einer halben Stunde das Ende der Reise herbeisehnte. Ich wollte aufstehen und durch den Zug laufen, weil ich dachte, so kämen wir schneller ans Ziel, aber sie verbat es mir. Mit den Beinen durfte ich nicht schlenkern, weil das angeblich die Nachbarn störte; und saß außer uns niemand im Abteil, dann störte es sie persönlich. Mir blieb nichts, als still und heimlich mit den Zehen zu spielen. Dabei war Mutter selbst unruhig, ich sah es ihr an, ihren zitternden Beinen, ihren nervösen Händen.

Eine Stewardessstimme aus dem Off untersagt Gymnastik während des Flugs.

May I get out please?

Ich wähle den Weg nach hinten, zur weiter entfernten Toilette. Um das angesichts der Lage Bestmögliche für meine Beine herauszuholen, tripple ich immer mal wieder auf der Stelle, wenn ich mich von den Stewardessen unbeobachtet fühle, reiße auch einige Male meine Knie in die Höhe. Ich hoffe, der Bergläufer, der gerade die Tür hinter sich verriegelt, muss nicht nur pinkeln. Die Arme vor der Stirn überkreuzt, lehne ich mit verstohlenen Blicken an der Toilettentür und dehne meine Wadenmuskeln, indem ich mit nach hinten gestellten Beinen und auf Zehenspitzen meine Knie abwechselnd nach vorn drücke. Drinnen wiederhole ich die Übungen, dehne auch meine Oberschenkel. Eine Toilette kann dabei ebenso gute Dienste leisten wie das Geländer einer Brücke. Kaum bin ich draußen, zwängt sich ein weiterer KBR-Leidensgenosse in die Kabine.

Der Kopfhörer verleiht den Bildern Stimmen. Zwei Alte, ich erkenne sie, Michael Caine und Robert Duvall, stehen mit erhobenem Gewehr vor einem Holzverschlag, in dem ein altersschwacher Löwe sitzt. Jedenfalls bewirken die anfeuernden Rufe der Jäger nichts. Ein Junge wird eingeblendet, der sich den Löwen zum Haustier wünscht. Es geht hin und her zwischen der Haustier- und der Jägerfraktion.

Werner lacht, ich lasse die Bilder verstummen.

Stattdessen klappe ich die Beine auf und zu wie zwei Flügel. Obwohl durch das Reiben der Funktionshose an den Oberschenkeln kaum Geräusche entstehen, sieht mich mein schwarzer Nachbar an, nicht genervt, eher neugierig. Als ich mit den Laufschuhen einen lautlosen Rhythmus auf den Teppich steppe, beugt er sich nach vorn, um meine Bewegungen besser beobachten zu können.

Fast ungeduldig warte ich jetzt auf die nächste Mahlzeit. Als sie kommt, bringe ich nach zwei Gabeln keinen Bissen mehr runter. Ich warte darauf, dass Werner auf mein Essen schielt, dann darauf, dass das Geschirr abgeräumt wird.

Ein Mann drei Reihen vor mir ist aufgestanden und drückt mit verzerrtem Gesicht die Hände an die Decke. Nach kurzem Nachdenken erkenne ich ihn wieder: Konrad Färber. Der aus dem Aktuellen Sportstudio. Einer der Favoriten.

Der Schwarze fragt mich, nachdem ich ihn erneut von seinem Platz aufgescheucht habe, ob in Dar es Salaam ein internationaler Gymnastikwettbewerb stattfinde. No, no. Ob er denn nicht vom Kilimandscharo Benefit Run gehört habe. Nein, aber er kehre eben von einem sechsmonatigen Aufenthalt an einer Chicagoer Universität zurück, wo er Forschungen im Bereich Chemie betrieben habe. Er wisse daher nur wenig von den Vorgängen in seiner Heimat. Gewöhnlich arbeite er an einem Institut in

Dar es Salaam, an dem Kenntnisse traditioneller Medizin, vor allem über Heilkräuter, gesammelt würden. Wir stellen uns einander vor. Seinen ungewöhnlichen Vornamen, Ephraim, führt er darauf zurück, dass er katholisch sei und seine Eltern wie viele Katholiken in Tansania die Namen von Heiligen für ihre Kinder wählen. Auf den höchsten Berg Afrikas ist er noch nicht gestiegen, und es hört sich nicht danach an, als brenne er darauf, es zu tun.

Why are you going up there?

In holprigem Englisch nenne ich meinen Urgroßvater als Grund, bringe seine Pflanzenliebe ins Spiel: he nearly brought the... the... Usambaraveilchen to Germany, seine Besteigung des Kilimandscharo: He was up there in 1889, worauf Ephraim etwas erwidert, was ich nur zu Hälfte verstehe.

Ancestor worship, what does that mean?

Mein Nachbar erklärt es mir weitschweifig, doch ich kann ihm mit meinem Schulenglisch nicht ganz folgen. Werner kommt mir zu Hilfe. Der junge Mann meine, ich betreibe eine ihm vollkommen neue Form der Ahnenverehrung. Dass der Versuch, in die Fußstapfen von verwandten Toten zu treten, in Deutschland ein geläufiger Ritus sei, sei ihm neu. Ob ich ihm dadurch näher kommen wolle. Er sagt, er trage einen kleinen Gegenstand seines Großvaters bei sich, der ihm helfe, eine Verbindung zu ihm zu halten.

Anstatt die Blüten und Blätter von Usambaraveilchen aus meiner Wohnung zu erwähnen, die ich in den Taschen meiner Fleecejacke aufbewahre, versuche ich Ephraim klarzumachen, dass mein Berglauf keinerlei religiöse Hintergründe habe, not at all, ich ringe nach Worten, eher komme meine Reise dem Gefühl einer Verpflichtung nach, möchte ich sagen, it is a family duty, something like that, oder nein, eher noch, letztendlich sei sie mir gleichsam vererbt worden, we all have restless legs.

Oh, I'm sorry to hear that.

Auf diesem Umweg kommen Werner und Ephraim auf die Möglichkeiten und Grenzen der Schulmedizin zu sprechen und wie sie unterstützt, in vielen Fällen sogar ersetzt werden kann durch eine, die sich auf das überlieferte Wissen von Heilkräutern beruft. Ich vergrabe mich in meinem Sitz und lasse die Beine flattern, auf die Ephraim jetzt ab und zu einen besorgten Blick wirft.

Werner erkundigt sich nicht nach Urgroßvater.

Statt der Wolken hat sich die Nacht unter dem Flieger breit gemacht. Die Karte auf dem Bildschirm zeigt an, dass wir den Kilimandscharo überfliegen. Nichts regt sich. Aber langsam beginnen die Ohren zu schmerzen, ein unangenehmer Druck nistet sich in meinen Schläfen ein, ich schlucke und schlucke, aber der Frosch bleibt in meinem Hals. Wenn die Prognosen Löfflers zutreffen, werde ich die nächsten Tage mit solchen und anderen Unannehmlichkeiten leben müssen, vor allem mit Kopfschmerzen.

Good luck, sagt Ephraim zum Abschied.

In der Eingangshalle dehne und strecke ich mich auf ein Plakat zu, auf dem der Kibo mit einer weißen Nachthaube in den Himmel sticht, wie er sie vor hundert Jahren besessen haben mag. It's Kili Time steht in geschwungener Schrift darunter. Werner nennt die Brauerei den einzigen tansanischen Sponsor des Rennens. Kili Premium Lager. Time to kick back, relax and take it easy with your friends. In der Nähe der Werbung versammeln sich an die dreißig Bergläufer um zwei Schwarze, bei dem einen wackelt ein handgeschriebenes Schild mit der Aufschrift Kilimandscharo Benefit Run über dem Kopf. Der erste Eindruck nach dem Verlassen des Flughafens: ein betörender Geruch. Meine Frage wandert nach vorne, zurück kommt ein Wort, Akasha oder so ähnlich und ein Fingerzeig auf Bäume vor uns, deren Umrisse im Dunkeln zu sehen sind. Werner neben mir meint: Klar, Akazien, und so besitze ich zum die Nacht erfüllenden Duft ein Wort und mit dem Wort überfällt mich die Erinnerung an den Abend vor wenigen Wochen, den Camilla und ich in der Bergischen Sonne verbracht hatten. Ich weiß nicht, ob es die Essenz dieses Baums war, die ein junger Mann über den heißen Steinen ausgoss, aber ganz gegenwärtig ist mir jetzt dieser eine Augenblick, in dem sich das Handtuch über dem Kopf des Mannes dreht, der Akazien- oder Pinien- oder Zitronengrasgeruch über mich herfiel und mir der Schweiß aus allen Poren brach. Ich weiß, dass es falsch ist, ich weiß, dass wir diesen Teil des Abends schweigsam verbrachten, und sie erst später, in der Kneipe von ihrer Zuneigung zu einem Arzt sprach (ich würde ihn nicht kennen, er sei für eine andere Station zuständig), eine Zuneigung, die sie nicht mehr verbergen könne und wolle, sie sei sich nicht im Klaren, nur darüber, dass sie es mir sagen müsse und Zeit brauche; Zeit, in der sie mich nicht sehe und ihn nicht, ihn jedenfalls nicht außerhalb der Arbeit. Wie viel sie sprach in der Kneipe; wenig von ihm, vor allem von mir, als hätte sie in den sprachlosen Stunden davor die Worte gesammelt. Hier jedoch, im Pulk der Bergläufer, die sich eingesponnen in den Duft der Akazien über den Parkplatz bewegen, erinnere ich, wie sie, im Grunde schon als mir der Schweiß ausbrach, davon anfing, von dem Arzt, dessen Namen sie nicht nennen wollte, und von mir. Aber ihr Mund blieb ohne jede Regung, obwohl sie sprach, und der Schweiß floss bei ihr ebenso wie bei mir. Meine Augen folgten vereinzelten Tropfen auf ihrem Körper, immer weiter hinab. Wie gerne hätte ich mich hingekniet, Camilla trocken geleckt und ihre Zehen geküsst, einen nach dem anderen.

Im Kleinbus, in den außer Werner und mir acht weitere Bergläufer, darunter Färber, gestopft werden, wird der Akazienduft mit einem Schlag von Benzingestank verdrängt. Der kaputte Auspuff schickt lärmende Geräusche in das Innere des Wagens, dort treffen sie zusammen mit Musik aus dem Radio und unserem Gebrüll. Informationen über Tansania werden ausgetauscht, über den Berg, den noch nicht erloschenen Vulkan. Einer weiß die Einwohnerzahl des Landes, eine den Namen des Präsidenten, jemand hat Hemingway gelesen, eine ruft Hakuna matata und erklärt, das sei Swahili und bedeute, ich brülle Mondberg, aber bevor ich den Namen erklären kann, fährt mir Werner dazwischen: Sein Urgroßvater soll vor über hundert Jahren bereits ganz oben auf dem Kibo gewesen sein, als einer der ersten. Sofort bekommen die Worte, die sich kreuz und quer im Wageninneren bewegen, zwischen dem Lärm des Auspuffs und der Musik, ein einziges Ziel; die Bergläuferkörper richten sich nach mir aus, als wäre ich der Nordpol und sie die Kompassnadeln, selbst der des deutschen Meisters, der seinen bisher ausschließlich dazu benutzte, eine weibliche Teilnehmerin abzuschirmen. Ich werfe nichts als ein paar Köder aus, nenne unser Ziel den, Zitat, höchsten Berg des Deutschen Kaiserreichs, erwähne Thüringen, das Land, in dem Hans Meyer und Leonhard

Hagebucher geboren worden seien, und Erfurt, das um 1900 den Beinamen Blumenstadt erhalten habe. Dank des Samenzüchters Ernst Benary. Das alles gehöre zusammen. Wieso nur, frage ich mich, während ich die Auspuffgeräusche und die Musik zu überschreien versuche, komme ich plötzlich auf die Vor- und Nachgeschichte zu sprechen, um die ich bislang kein großes Aufsehen gemacht habe? Da Mutter wohl tatsächlich zu wenig darüber wusste, sind die Quellen spärlich, viel zu spärlich. Einmal, einige Jahre ist es her, bin ich nach Erfurt gereist. An der Stelle, an der vermutlich das Hagebuchersche Haus gestanden hatte, wurde gerade ein Einkaufszentrum gebaut. Im neu eröffneten Gartenbaumuseum konnte man mir wenig über Urgroßvater, einiges aber von den Benarys erzählen. Ein Mitarbeiter der Stadtbibliothek überreichte mir eine Broschüre zum hundertjährigen Bestehen des Hauses. Dennoch blieben die Lücken zwischen den wenigen Fakten groß.

Was, bitte schön, fragt der Bergläufermeister, soll diese Spießerpflanze mit unserem Kilimandscharo zu tun haben?

Werbung, Beleuchtung und gleichmäßiger Straßenbelag hören wenige Kilometer nach dem Flughafen auf. Ab und zu wird die Dunkelheit von Neonröhren erhellt, die an kümmerlichen Hütten von Verandadecken hängen. Menschen tauchen immer wieder plötzlich im Licht der Scheinwerfer auf und werden mit einem Hupen an den Straßenrand gescheucht. Mehrere Male durchqueren wir Ortschaften (Dörfer? Städte?). Dann nimmt die Zahl der Neonröhren zu, der Kleinbus bremst vor breiten Bodenschwellen mit aufgemalten Zebrastreifen, und der bis dahin schweigsame Beifahrer ruft einen Namen nach hinten, den ich sofort vergesse. Erst nach einer knappen Stunde überwindet er die Einworthürde: We're in Moshi now. Soon we'll arrive at Keys Hotel.

Das mitternächtliche Abendessen nutze ich, um Urgroßvater wieder auf den Weg zu bringen, mehr nicht: Hagebucher gehörte zu den im Volksmund Sitzzwerg genannten Menschen. Im Stehen fiel wegen sorgfältig ausgewählter Kleidung kaum auf, was ins Auge sprang, sobald er Platz nahm, sein bemerkenswerter Körperbau: ein gestauchter Rumpf wie derjenige eines Kleinwüchsigen, aber darunter lange, wohlgeformte und leistungsfähige Beine, die ihm bis zu diesem Augenblick nie ihren Dienst versagt hatten. Sie trugen den jungen Mann, wo immer er sich hin wünschte, und sorgten dafür, dass insbesondere Frauen, selbst wenn er lange Hosen trug, verlangende Blicke auf seine untere Hälfte warfen, während sie die obere vergaßen. Wenn Hagebucher zum Tanz aufforderte, überließen sich die Partnerinnen bedenkenlos seiner Führung. Sicher schwang er sie im Rhythmus der Musik über das Parkett, bis Maria Theresia Eisenstein aus einer gut situierten Erfurter Kaufmannsfamilie so von seinen Tanzkünsten angetan war, dass sie sich trotz des Widerstands ihrer Eltern gegen den mäßig wohlhabenden Gärtnersohn bis vor den Traualtar der Lorenz-Kirche führen ließ. Liebe auf den ersten Blick, hieß es. Aber die Hochzeitsfeier stieg erst später. Noch lockten andere Ziele als gebückte Arbeit in engen Kressebeeten und eine schöne Frau.

Von jeher galt, dass Hagebucher seine Beine bewegen musste. Standen sie doch einmal aus zwingendem Grund still, bei Mahlzeiten oder während der Messe, dann spielte er mit seinen Füßen; und je nachdem, welche Schuhe er trug oder wie der Untergrund beschaffen war, konnte man als geneigter Zuhörer gesteppten Kompositionen lauschen. Nur wenn es gar nicht anders ging, ließ er auch das sein. Dann wackelte er zumindest mit den Zehen.

Er litt unter seinem Vater, anders kann ich es mir nicht vorstellen. Seine Mutter war still, fügte sich den Anordnungen ihres Mannes. Abends las sie ihm aus einem Reisebericht des Franzosen François Le Vaillants über Afrika vor, das war sein Glück. Ich zeige Urgroßvater bei der Arbeit in der Hagebucherschen Gärtnerei, lasse ihn zur Volksbibliothek in der Michaelisstraße, in die Frucht- und Gemüse-Centrale der Eisensteins laufen, veranschauliche seine Situation, indem ich dem strengen Vater Konturen gebe, während wir an langen Tischen im Speisezimmer des Hotels sitzen, zwischen uns Platten mit Reis und gegrilltem Huhn, die sofort, wenn sie geleert sind, von einem der uns ständig aufmerksam beobachtenden Schwarzen durch neue ersetzt werden.

Vorbildlich, die Disziplin der Bergläufer. Sie essen maßvoll, nehmen sich zum Nachtisch nur eine von den kleinen Bananen. Keiner raucht. Sie verzichten auf alkoholische Getränke. It's not Kili Time. Not yet. Später dann, danach, würde auch das köstliche Bananenbier die Runde machen. Sie stehen zügig nach der Mahlzeit auf und verziehen sich in ihre Doppelzimmer, obwohl der morgige Tag bis auf ein Treffen aller Teilnehmer am Nachmittag zur freien Verfügung steht. Zwei Ausnahmen bestätigen die Enthaltsamkeitsregel.

Werner schnarcht selig neben mir, träumt wahrscheinlich von den letzten Metern bis zum Gilman's Point, und davon, wie er die Arme hochreißt, in einem Nachbarzimmer geht's zur Sache, ich tippe auf Färber und die Schwarzhaarige, die er schon im Kleinbus ununterbrochen belagert hat, und an mir nagt die Vorstellung, dass Camilla, nein, so ist sie nicht. Je mehr ich meine Flausen zu vertreiben versuche, umso hartnäckiger drangsalieren sie mich: der auf dem Rücken liegende Arzt mit seinem gierig in die Höhe ragenden Schwanz, darüber Camillas geöffneter Mund; ihr in die Luft gereckter Fuß mit den lackierten roten Nägeln, sein Finger, der zärtlich ihre große Zehe streichelt. Jetzt habe ich diesen Mist aus mir herausgeschwitzt, dachte ich manchmal in den letzten Wochen, wenn ich durch den Kothener Busch rannte, aber die Bilder kehrten wieder, nicht nur nachts, auch tagsüber, wenn ich mit der Post durch das Briller Viertel hetzte. Nicht weniger schmerzhaft war es, wenn sich das errötete Gesicht meines Widersachers (es sieht bisweilen dem Purtschellers ähnlich, vielleicht aus der Angst heraus, dass er es mit Camilla treibt wie der Bergführer mit den Nutten auf Sansibar) für Augenblicke in meins verwandelte.

Wie ruhig es plötzlich ist! Werners Schnarchen ist einem kaum hörbaren Schnaufen gewichen, die sich Liebenden müssen vor Erschöpfung eingeschlafen sein. Pausenlos zirpende Grillen verstärken die Stille. Ich liege auf dem Rücken, sehe, wie der durch das offene Fenster hereinwehende Wind sacht das Moskitonetz bewegt, und hoffe, dass die Schlaftablette (wie oft hatte ich mir in den vergangenen Tagen vorgenommen, das Zeug abzusetzen) bald zu wirken beginnt.

*

Der alte Hagebucher saß in der Volksbibliothek, bis ihm vom Lesen die Augen und vom Halten des Buchs die Arme wehtaten. Übung besaß er keine mehr. Die Buchstaben wollten sich nur mühsam zu Worten formieren. Leonhards Vater lehnte sich zurück und kniff die Augen zusammen. Nicht nur die fehlende Übung erschwerte ihm das Lesen; seine Sehschärfe hatte in den letzten Jahren rapide nachgelassen. Zu Hause und in den Gewächshäusern störte es nicht weiter, weil alles an seinem Platz stand. Routine half. Die Finger wussten auch ohne seine Augen, was zu tun war. Niemandem war es aufgefallen. Mit der Fernsicht hatte er keine Probleme. Es war die Nähe, die verschwamm. Aber er würde den Teufel tun und sich eine Brille zulegen. Er hielt das Buch mit gestreckten Armen von sich.

Der Vater hatte sich nicht mehr zu helfen gewusst. Leonhard war fleißig, ohne Zweifel. Er hatte ein Händchen für Pflanzen. Seine beiden anderen Lehrlinge konnten nicht mit ihm mithalten. In einigen Monaten würde er die Gesellenprüfung ablegen, wahrscheinlich als Bester seines Jahrgangs. Aber diese Unruhe, dieses ständige Gezappel brachten ihn auf die Palme. Keine Minute konnte Leonhard stillsitzen. Ermahnungen, laute Worte, Ohrfeigen, nichts half. Hör auf, Du Affe, brüllte er. Ja, Vater, heulte der Bengel, aber ich kann nichts dafür. Er stellte ihn in eine Ecke, kerzengerade, er befahl: Reiß Dich zusammen! Solange er ihn beobachtete, ging es einigermaßen. Sobald er sich aber abwandte, spürte er, dass es wieder losging. Wie ein leichter Luftzug, der ihm in den Rücken fährt.

Notfalls hätte er mit diesem Gezappel leben können. Aber der Vorfall gestern Abend hatte das Fass zum Überlaufen gebracht. Kam ihm Leonhard doch allen Ernstes damit, von Blumenkohl und Kresse auf Zierpflanzen umzustellen, auf solch exotischen Krimskrams wie Orchideen oder Kakteen. Dabei hätte sein Sohn stolz sein können. Seit der Gründung der Gärtnerei im Jahr 1788 durch seinen Urgroßvater war auf dem Betriebsgelände nichts anderes als Blumenkohl und Kresse angebaut worden. Dafür standen die Hagebuchers.

Die Unruhe war Schuld an diesen Dummheiten und damit seine Frau. Die hatte diese Nervosität aus ihrer Familie mitgebracht. Ihr hatte er es einigermaßen abgewöhnen können. Aber bei Leonhard, da waren Hopfen und Malz verloren.

Deswegen saß er jetzt hier. Zum ersten Mal in seinem Leben suchte er eine Bibliothek auf. Was gingen ihn die Bücher an? Er besaß die Bibel, das genügte. Das Wissen über das Gärtnern war ihm von seinem Vater gelehrt worden. So wie er es jetzt seinem Sohn beibrachte. Wenn er Blumenkohl und Kresse ausgefahren hatte, in die Nachbardörfer, hatte er Leonhard eine Zeitlang neben dem Pferdewagen herlaufen lassen. Und, verlierst Du langsam die Lust? Leonhard hatte nichts gesagt, aber es war ihm vom Gesicht abzulesen, wie glücklich er war. Daraufhin wurde er zu Hause gelassen und stattdessen ein anderer Lehrling mitgenommen.

Pathologie und Therapie der Sensibilitäts-Neurosen. Den Titel auf dem Buchrücken hatte er entziffert, aber er verstand kein Wort. So ein Quatsch, so ein Quatsch. Er war laut geworden, wie er an den irritierten Blicken der anderen Bibliotheksbesucher feststellte. Sollten sie ihn doch anglotzen. Er war es nicht, der diesen Mist verzapfte. Er stand mit beiden Beinen im Leben. Hagelversicherungssekretär Brose eigentlich auch. Hagebucher hatte ihm seine Nöte geklagt und der war kurzerhand, ohne jede Aufforderung, zu seinem Hausarzt gegangen, der ganz ernst geschaut und sofort begonnen hatte, in einem Buch zu blättern. Damit sei nicht zu spaßen, habe der Arzt zu Brose, hatte Brose zu Hagebucher gesagt, es könnte sich den Symptomen nach um ein wenig erforschtes Leiden handeln. Der Kranke solle ihn unverzüglich konsultieren. Aber so weit käme es noch, Leonhard, nur weil er sich nicht zusammenreißen konnte, gleich zum Arzt zu schicken. Womöglich würde der ihn unentwegt zu sich zitieren, froh darüber, ein Objekt gefunden zu haben, an dem er die unbekannte Krankheit studieren konnte, am Ende ihm womöglich noch eine Kur verschreiben, und dann stünde er nicht nur ohne seine Arbeitskraft da, sondern müsste auch noch teuer für ihn bezahlen. Gut, dass sich Brose den Titel des Buchs gemerkt hatte.

Jetzt saß er hier an diesem vermaledeiten Ort. Verdammt noch mal, diesen Theodor Wittmaack, diesen Wissenschaftler, würde er gerne mal zwischen die Finger bekommen. Der verzapfte dieses abgehobene Zeug doch nur, um sich wichtig zu machen. Dann endlich, ein Beispiel. Wittmaack berichtete von einer jungen Frau (meistens wurden anscheinend Frauen von dieser rätselhaften Krankheit befallen), die an ihrer nervösen Beintätigkeit beinahe gestorben war. Selbst in den wenigen Momenten des Schlafs, die ihr vergönnt gewesen waren, hatten die Beine wie wild um sich geschlagen. Wenn er, Wittmaack, nicht radikale Maßnahmen ergriffen hätte, wäre die Frau vor Verzweiflung und Erschöpfung gestorben. Zu den Maßnahmen, las Hagebucher, gehörten der Entzug sämtlicher koffeinhaltiger Lebensmittel. Endlich mal ein Satz, mit dem er etwas anfangen konnte. Richtigen Kaffee würde der Junge keinen mehr bekommen, Kneipp'scher Malzkaffee genügte.

Hagebucher erhob sich. Beim Versuch, das Buch an seinen Standort zurückzubringen, verlief er sich in den Gängen der Bibliothek. Diese verfluchte Enge. Ein Regal am anderen. Er brauchte Weite, um seinen Weg finden, um sehen zu können. Schließlich, das Buch nach wie vor unterm Arm, geriet er auf einen breiteren Flur. Während er forschend nach links und rechts blickte, sah er mit einem Mal Leonhard an einem Lesetisch sitzen, den Oberkörper nach vorne gebeugt, den Kopf in die Hände gestützt. Vor ihm lag ein großes Heft. Zum ersten Mal seit langem sprang ihm der unförmige Körperbau ins Auge, den sein Sohn von der Mutter geerbt hatte. Der Bengel schien die Welt vergessen zu haben. Ohne jede Regung saß er da. Die langen Beine zuckten nicht. Seine Füße ruhten auf dem Boden, als seien sie mit ihm verwachsen.

Von wegen krank! Von wegen nervös! Hagebucher ging auf ihn zu, überlegte, ihn sich hier und jetzt vorzuknöpfen.

Nein, nicht hier. Der will mich ärgern. Na warte, Bürschchen! Du sollst Deine Krankheit haben und ich werde für Dich den Onkel Doktor spielen.

Am Ausgang hielt ihn ein Bibliothekar zurück. Das Buch dürfen Sie nicht einfach so mitnehmen. Zeigen Sie mir bitte Ihre Ausweiskarte.

Was? Ach so.

Er knallte das Buch auf die Theke, verließ das Gebäude, wandte sich nach rechts, bog nach wenigen Schritten in die Michaelis- und von dort in die Augustinerstraße ein. Schnellen Schritts überquerte er den Breitstrom, kam an der Augustinerkirche vorbei. Grüße von Bekannten erwiderte er nicht. Die Pferdebahn musste für ihn bremsen. Einige Minuten später riss er die Tür des Gasthauses Zum Wilden Mann auf.

Wie üblich?

Wie üblich.

Er stellte sich an die Theke. Da erkannte er hinten an einem Tisch den Hagelversicherungssekretär, der ihm diesen Tipp gegeben hatte. Das Bier würde warten müssen.

*

Hahnengeschrei weckt mich. Kein einzelnes Tier. Ein Konzert. Als ob hier keine Hühner gehalten werden, sondern Hähne.

Das Bett neben mir ist leer.

Mein Kopf schmerzt, wahrscheinlich wegen der Luftveränderung. Oder weil ich zu wenig geschlafen habe. Ich krame in meiner Reiseapotheke nach Aspirin. Zwei Stück, nicht mehr.

Tatsächlich kommt Wasser aus der Dusche, spärlich, aber es kommt. Sogar heiß. Sehr heiß. Auf einen Schlag wird es kalt.

Im Waschbecken krabbelt eine Schar großer, roter Ameisen im Gänsemarsch vom Beckenrand in den Abfluss. Ich drehe den Wasserhahn auf.

Das Keys Hotel besteht aus mehreren Gebäuden. Vom Badfenster aus sehe ich den Flachbau, in dem sich das Speisezimmer und die Rezeption befinden, links und rechts davon ein hoher Maschendrahtzaun, der das Hotel von der Straße absperrt. In dem großen Garten mit üppigen Gewächsen und einem Swimming Pool stehen mehrere zweistöckige Häuser, in denen die Bergläufer untergebracht sind, die gestern Nacht ankamen. Alles Deutsche, glaube ich. Einige haben sich zwischen den Sträuchern verteilt und treiben Morgengymnastik. Werner liegt auf dem Rücken und strampelt mit den Beinen. Die Wettkämpfer aus anderen Nationen befinden sich sonst wo in Moshi, vermutlich mit ähnlichen Übungen beschäftigt.

Ich gehe durch den Eingangsbereich des Hotels, trete auf die Veranda, die gerade von mehreren Angestellten geschrubbt wird, und steige die Treppe hinab auf die bereits stark belebte Straße. Nach einigen hundert Metern sehe ich ihn zum ersten Mal, den Kilimandscharo, den Kibo, meinen Mondberg. Er steht tatsächlich für sich, ein riesiger Hügel, ein gestrandeter Wal.

Das Herz schlägt mir bis zum Hals. Meine Knie werden weich.

Passanten versammeln sich um mich. Ein Mann erkundigt sich auf Englisch, ob alles in Ordnung mit mir sei.

Oh yes, everything is fine.

Warum ich mir den Berg anschaue, werde ich gefragt.

I will run up there.

Die Kinder in der Menschentraube klatschen in die Hände und rufen etwas, das sich wie Wow anhört, dann strecken sie mir ihre Hände entgegen. Verunsichert gebe ich ihnen etwas Kleingeld.

Während des Rückwegs drehe ich mich nicht um. Meine Augen bleiben nach vorne gerichtet. Zwei Mädchen balancieren rote Plastikeimer auf ihren Köpfen an mir vorbei. Eine alte Frau transportiert auf diese Weise Grünschnitt die Straße hinauf. Sämtliche Männer, die mir begegnen, treten in die Pedale ihres Fahrrads. Nur einer nicht, einer von uns. Färber kommt mir in Laufschuhen entgegen, wahrscheinlich hat er bereits eine Trainingseinheit hinter sich gebracht, der Wichtigtuer.

Weiter unten an der Straße, sagt er, befindet sich ein Fahrradladen, der auf den ersten Blick wie ein Schrotthaufen anmutet. Hier wird nichts weggeworfen. Resteverwertung auf höchstem Niveau.

Ich ziehe mich auf die Veranda zurück. Auf dem jetzt glänzenden Boden stehen Tische und Stühle, dazwischen Ficusbäume in großen Kübeln. Einen Stuhl ziehe ich bis ans Geländer. Wenig später setzt sich Werner zu mir.

Hast Du ihn schon gesehen?

Klar!

Beeindruckend, nicht?

Er sieht auf seine Uhr.

Noch vierundzwanzig Stunden.

Werner reicht mir seine Digitalkamera. Ich fotografiere ihn einige Male, dann richte ich das Objektiv auf die Straße, fange große, in zerschlissenen Schuhen steckende Füße ein, die Speichen eines Fahrrads, die gegenüberliegende Straßenseite; eine vielleicht ein Meter hohe, baufällige Mauer befindet sich dort, mit Glasscherben gespickt, dahinter leuchten rostig die Wellblechdächer von Hütten, deren Fenster ohne Scheiben sind.

Zum ersten Mal sehe ich alle. Kleinbusse haben sämtliche Läuferinnen und Läufer vor unserem Hotel abgeladen. Neben Michael fehlen zwei weitere. Schmolke nennt Namen, aber keine Gründe. Hundertundsiebenundneunzig haben sich im Garten des Keith Hotels eingefunden und hören dem Hauptorganisator des Berglaufs zu. Der steht auf einem Podest, ein Schwarzer hält einen ausladenden Schirm über seinen Kopf und schützt ihn vor dem Nieselregen. Beschirmt werden auch Rippgen und Eddish, die sich links und rechts an Schmolke anschmiegen. Die Dreieinigkeit. Zwei nicken zu den Worten des Dritten. Der Rechtsanwalt redet auf Englisch, es gehe ums Dabeisein, sagt er, um eine gute Sache. Wir könnten alle stolz auf uns sein, schon jetzt. Und Glück gehabt hätten wir außerdem. Das Los sei auf uns gefallen. Viele andere hätten abgewiesen werden müssen.

So ein Quatsch, flüstert Werner mir ins Ohr, die haben doch jeden genommen, der gezahlt hat.

Jetzt kommt der Vierte auf dem Podest ins Spiel. Der Schwarze gibt seinen Schirm ab, einer der Organisatoren greift danach, ein zweiter Helfer klopft dem, der den Schirm abgegeben hat, auf die Schulter, ein dritter kündigt an, das geht Hand in Hand. Ein Professor aus Harvard. Werner sagt: Glaziologe. Der Glaziologe redet auf die Bergläufer hinab. Werner sagt: Der Gletscherwandel ist für ihn ein globales Fieberthermometer. Nicht nur ich verstehe kein Wort von dieser Vorlesung. Die Zuhörer beginnen miteinander zu tuscheln. Werner sagt Schrunde, Gletschertisch und Gletscherstube, er sagt Büßerschnee und dann: Versteppung.

Entlang der Straße stehen üppige Sonnenblumenfelder. Wir fahren durch Dörfer, eines davon heißt Himo. Der neben mir sitzende Ladislaus, mein Sanitäter, sagt in gebrochenem Englisch, dass er hier wohne, seine Augen strahlen. Welcome to Tanzania. Es geht steil bergauf.

Am Marangu Gate regnet es in Strömen. Die Bergläufer, die Journalisten, die Helfer bleiben in den Kleinbussen sitzen. Offenbar überlegen die Organisatoren, das Rennen um ein paar Stunden zu verschieben. Ich sehe, wie das Wasser in Rinnsalen die Scheiben hinab fließt, und dahinter, undeutlich, das Grün des Waldes. Dann lässt der Regen nach und die ersten Teilnehmer werden nun doch aufgefordert, sich in der Reihenfolge ihrer Nummern hinter der Startlinie aufzustellen.

Wir starten im Minutentakt.
Noch zehn Läufer warten vor mir, drei Frauen, sieben Männer.
Werner ist kurze Zeit nach mir dran.
Ich lese die Gedenktafel: Meyer, Purtscheller, Mareale.
Magengrummeln. Wut im Bauch.
Jetzt bin ich an der Reihe.
Go!
Ring frei zur letzten Runde.

*

Urgroßvater lief, wann immer er konnte. Seit einigen Monaten besaß er, so oft es ihm möglich war, dasselbe Ziel. Er war im Oktober vergangenen Jahres dabei gewesen, als die Volksbibliothek in der Michaelisstraße eröffnet wurde.

Hier hielt er sich jeden Sonntag nach der Messe auf, er wartete bereits vor der Tür, wenn der Bibliothekar, Dr. Beyer, aufschloss und musste von diesem zwei Stunden später, durch sanftes Rütteln an der Schulter, zum Gehen aufgefordert werden.

Vom Vater hatte er am ersten Tag der Woche nichts zu befürchten. Der verschwand direkt nach dem Gottesdienst im Gasthaus und ließ sich, wenn überhaupt, erst am frühen Abend wieder blicken. Unter der Woche dagegen war es schwieriger. Nur selten, wenn der Vater unterwegs war, konnte er entwischen. Die Mutter drückte dann ein Auge zu, die beiden anderen Gesellen bestach er mit dem Angebot, ihnen bei den Vorbereitungen für die Abschlussprüfung zu helfen.

Während der ersten Besuche in der Volksbibliothek hatte er sich an das gehalten, was ihm von zu Hause her bekannt war. Die Mutter besaß einen Band aus Campes Sammlung merkwürdiger Reisebeschreibungen für die Jugend, aus dem sie früher ihrem Sohn vorgelesen hatte. Hagebucher lag mit geschlossenen Augen im Bett, die leicht feuchten Hände unter der Decke gefaltet, die Zehen hatten sich mal langsamer, mal schneller bewegt, je nachdem, wie groß die Gefahren waren, in die der Abenteurer François Le Vaillant bei seinem Marsch durch das Land der Hottentotten und Kaffern unweigerlich geraten musste. Jedes Mal, wenn die Mutter am Ende des Buchs und der Held mit einem Wagen voll erlegter Vögel in Kapstadt angelangt war, hatte er vergeblich darum gebettelt, sie solle doch wenigstens den vorherigen Teil aus Campes Sammlung kaufen. Er müsse unbedingt wissen, wie Le Vaillant zu seinen Freunden, den Hottentotten in Kokskraal, gelangt sei, zu Habas, Narina und wie sie alle hießen. In der Volksbibliothek erfuhr Urgroßvater endlich, dass die Reise des Franzosen nicht erst am Vorgebirge der guten Hoffnung seinen Anfang nahm. Viel früher schon, im holländischen Guyana, wo er aufwuchs, beschäftigten ihn die zahllosen Wunder der gefiederten Natur. Mit einem Blasrohr und einem indischen Bogen zog er gegen die Vögel aus, in Guyana, später in Europa, bis er den Entschluss in die Tat umsetzte, seiner Leidenschaft in Gegenden nachzugehen, die von Europäern noch nicht besucht worden waren.

An einem Sonntagmorgen im Dezember fragte ihn Dr. Beyer nach seinem Alter. Er meinte dann, diese Kindergeschichten seien nicht das Wahre für einen jungen Mann und brachte ihm die aktuelle Ausgabe von Petermanns Mitteilungen.

Diese Zeitschrift enthält unverfälschte Abenteuer. Von Wagemutigen, Deutschen vor allem, die in den entferntesten Ländern zum Ruhm der Wissenschaft unterwegs gewesen sind.

Hagebucher ließ sich nicht zweimal bitten.

Aus Dr. Beyers Mund hörte er zum ersten Mal den Namen Hans Meyer.

Noch keine dreißig Jahre alt und hat doch schon die halbe Welt bereist. Ein Landsmann von uns. Geboren auf der anderen Seite des Thüringer Waldes. Hildburghausen.

Leonhard hatte von diesem Ort gehört.

Vor wenigen Monaten, so der Bibliothekar, habe Dr. Meyer gemeinsam mit einem Herrn von Eberstein fast den Kilimandscharo, den höchsten Berg Afrikas, bezwungen. Dr. Beyer verließ den Jungen, kehrte mit einem anderen Exemplar der Zeitschrift zurück, blätterte, fand den Artikel und reichte ihn Leonhard. Dann stellte er sich in Positur, um die Reise so entstehen zu lassen, dass es Hagebucher vorkam, als sei aus Beyer tatsächlich Meyer geworden. Der Bibliothekar flüsterte und wurde laut, er keuchte und schnaufte.

Dann blieben er und Herr von Eberstein allein. Sie verbrachten die Nacht bei -11° C frostgeschüttelt und schlaflos in einem kleinen Zelt und machten sich mit Anbruch des fünften Tages zur Besteigung des Kibo-Domes auf, der nun ohne weiteres Hindernis vor ihnen stand. Dr. Meyer hatte mit dem Fernglas die Felswände und Schneefelder des Berges genau beobachtet und eine Richtung festgelegt, auf der ihm nach seinen alpinen Erfahrungen die Besteigung möglich schien. Nur eine hellblau schimmernde Felswand, welche dem obersten Rande des Riesenkraters aufgelagert ist und an der Südseite ziemlich weit am Berg hinabreicht, machte ihm ernsthaft Sorgen. Dem Routenplan folgend, gingen sie direkt auf die Ostseite des Berges zu, überschritten einen trümmerbesäten Lavarücken und kamen nun erst auf zusammenhängende, steil ansteigende Schneefelder, welche regelmäßig die flachen Täler zwischen den gewaltigen, wild zerklüfteten Lavaströmen ausfüllen. Die ersten drei Stunden ging alles gut, das Wetter spielte mit und ermöglichte genaue Orientierung, der Schnee war hart, und in langsamem Steigen verfuhren sie sparsam mit dem Verbrauch ihrer Kräfte, die in solcher Höhe ohnehin doppelt und dreifach beansprucht wurden. Dann aber begannen mit zunehmender Sonnenwärme leichte Nebel den Berg zu umziehen und trieben sie an, dem erstrebten Ziel rascher zuzuklettern als bisher. So lange der Nebel nur wehte und, zeitweise sich teilend, die oberen Partien des Berges durchblicken ließ, konnten sie sich schnell orientieren. Jedes Mal, wenn sie wieder eine der Stufen erreicht hatten, wo ein Lavastrom von einem anderen, späteren geschnitten wird und nun ein Schneefeld in ein neues, steileres übergeht, rasteten sie einige Minuten, Dr. Meyer sammelte Gesteinsproben und Flechten, sah nach Barometer und Thermometer und konnte sehr bald konstatieren, dass die Nadeln seiner beiden Aneroide die Skalagrenze (5000 Meter) längst überschritten hatten und den Kreislauf von neuem begannen. Leider wurden mit steigender Sonne die Nebel dichter und dichter und hüllten den oberen Bergteil vollständig ein. Dazu kam, da auch die Sonne im Nebel verschwand und die Temperatur schnell von +8° auf -3° C fiel, ein ungestümes Graupelwetter, ihre Fußspuren drohten also bald zu verschwinden.

Dr. Beyer hielt inne. Er begann auf und ab zu gehen, immer langsamer. Hagebucher wagte kaum zu atmen.

Weißt Du, Leonhard, so heikel die Lage der beiden Abenteurer auch war, darin waren sie einig, dass unter allen Umständen erst der oberste Rand des Kibo-Kraters erstiegen werden müsse, bevor irgendeine andere Vornahme besprochen werden dürfe. Und so stiegen sie in der bisherigen Richtung auf dem Schneefeld weiter. Es dauerte indes keine halbe Stunde, als Dr. Meyer bemerkte, dass Herr von Eberstein, der ihm bisher stets auf dem Fuße gefolgt war, zurückblieb; und nach einer weiteren Viertelstunde sah er ihn erschöpft zusammensinken. Herr von Eberstein erklärte, mit seinen Kräften gänzlich am Ende zu sein und nicht weiter vordringen zu können. Nach Dr. Meyers Ermessen waren sie nicht mehr allzu weit vom Kraterrand entfernt. Daher ließ er den Erschöpften liegen und mit dem festen Entschluss, unter keiner Bedingung nachzugeben, kletterte er trotz Schneegestöber, Mattigkeit, Schwindel, Herzklopfen und Atemnot weiter.

Dr. Beyer ging in die Knie.

Und?, fragte Leonhard, der aufgesprungen war, und dann?

Wenig später war auch Meyer am Ende seiner Kräfte. Er musste umkehren. Aber ich bin sicher, er wird es wieder versuchen.

Steht das alles so hier drin?

Fast wortwörtlich, ja.

Von diesem Dezembersonntag an las sich Leonhard nach und nach durch sämtliche Ausgaben von Petermanns Mitteilungen. Dabei fesselten ihn nicht nur die Berichte von und über Hans Meyer. Vor allem Artikel von Reisenden, die in Asien, Südamerika und Afrika neue Pflanzen entdeckten, nahmen ihn gefangen. Jene Gegenden, schrieb einer dieser Wagemutigen, sind so wenig bekannt, dass wir nicht wissen können, ob und was für Schätze noch der verschlossene Schoß der Erde in sich birgt. Ob Flora oder Fauna, so manches Rätsel ist hier noch zu enthüllen, und ich hoffe zuversichtlich, dass auch späterhin deutscher Fleiß und deutsche Tatkraft zur Erforschung dieser Länder beitragen mögen.

Ja, er, Leonhard Hagebucher, würde die Nachfolge Chamissos, Junghuhns und Georg Schweinfurths antreten. Er wollte gehen, immer weiter gehen, an sämtliche Enden der Welt, um Blumen zu finden. Weg aus den Gemüsebeeten des Vaters. Auf und davon. Fliehen. Fliegen. Er stellte sich vor, wie er in der Montur eines Forschungsreisenden vor den Vater tritt und ihn darum bittet, den Kohl Kohl sein zu lassen, die Kresse aus den Beeten zu entfernen und auf Zierpflanzen umzustellen, die sein Sohn in den abgelegensten Ländern entdeckt hatte. Blumen mit Blütenkelchen und Blättern, wie sie in Erfurt noch von keinem Auge gesehen worden waren. Sämtliche Kunden stünden regungslos, mit offenem Mund, vor diesen unglaublichen Farben und Formen. Sie würden die Ware, die sie in der Gärtnerei Hagebucher erstanden, nicht weichkochen, hinabschlingen und verdauen, sondern sie bestaunen, wochenlang.

Die einzige Person, der er von seinen Plänen erzählte, hieß Maria Theresia Eisenstein, die im Geschäft ihres Vaters aushalf und mit der er ab zu heimlich zum Tanzen ausging. War sie allein in der Frucht- und Gemüse-Centrale, wenn Hagebucher Blumenkohl oder Kresse auslieferte, versetzte er sich und sie ohne Umschweife in ferne Urwälder, die vor ihm noch keiner mit der Machete bearbeitet hatte, auf unendlich weit entfernte Berge, deren im Fels versteckte Gewächse noch von keines Menschen Hand berührt worden waren.

Eines Abends, es war den beiden geglückt, sich in das neu eröffnete Waldhaus davonzustehlen, zeigte er ihr auch den Abschnitt, den er aus dem ersten Heft des Jahres 1888 von Petermanns Mitteilungen abgeschrieben hatte: Dr. Hans Meyer gedenkt in nächster Zeit in das Gebiet seines ersten großen Erfolges, nach dem Kilimandscharo, zurückzukehren und eine gründliche Durchforschung seiner weitern Umgebung durchzuführen; später will er seine Reise nach Westen bis zum Victoria Niansa, unter günstigen Verhältnissen noch weiter ausdehnen. Ihn wird der erprobte Topograph der Lenzschen Kongo-Expedition Dr. Oskar Baumann begleiten, welcher besonders die topografischen Arbeiten leiten wird. Derzeit befindet sich Dr. Meyer noch auf der Suche nach einem geeigneten Botaniker, der ihm bei der wissenschaftlichen Erforschung der Pflanzenwelt Afrikas zur Hand gehen soll.

Dieser Botaniker werde ich sein.

Und was wird Dein Vater dazu sagen?

Wenn er sich dazu äußert, werde ich ihn nicht mehr hören können.

Sie nahm seine Hand. Zum ersten Mal berührte sie ihn jenseits der Tanzfläche. Ihm wurde heiß, heiß wie noch nie. Als stünde sein ganzer Körper lichterloh in Flammen. Er sah nach unten, er wollte nicht, dass Maria Theresia seinen, wie er glaubte, hochroten Kopf zu sehen bekam, er sah auf ihre Schuhspitzen. Braune Stiefeletten trug sie mit kleinem Absatz. Aufspringen wollte er, sie auf seine Schultern nehmen, ihre Waden umklammern und dann um die Welt rennen. Einmal. Hundertmal. Tausendmal. Seine Füße trommelten auf den Holzboden. Leonhard. Leonhard. Er wusste nicht, wie oft sie schon seinen Namen gesagt hatte.

Ist Dir nicht gut?

Sie legte ihren Arm um seine Schulter.

Ja, ich glaub, ich hab Fieber.

Ach, komm, lass uns tanzen, sagte sie, nahm ihn bei der Hand, und die beiden tanzten wie noch nie zuvor, wie im Rausch.

Wenige Tage später, während sie Brunnenkresse säten, war der junge dann doch an den alten Hagebucher herangetreten. Von seinen eigenen Plänen hatte er nichts erwähnt. Er versuchte dem Vater die Umstellung mit der Aussicht auf mehr Geld schmackhaft zu machen.

Könnten wir nicht noch größere Gewinne erzielen, wenn wir uns der Zeit anpassen? Die großen Häuser, die Schmidts, die Heinemanns, die Chrestensens bauen mehr und mehr Zierpflanzen an. So groß ist die Nachfrage, habe ich mir von einem Lehrling der Schmidts sagen lassen, dass diese Gärtnereien kaum imstande sind, den Wünschen nach Orchideen, Hortensien oder Kakteen nachzukommen. Schmidts werden demnächst ein Blumengeschäft mitten in der Stadt eröffnen, wo man alles kaufen kann, sogar Palmen.

Der ohnehin unter hohem Blutdruck leidende Vater wurde rot über beide Ohren hinweg und das bisschen krause Haar an seinen Schläfen schien noch krauser zu werden.

So, so, die Schmidts, die Chrestensens, antwortete der Vater langsam, nachdem er eine Weile in die Luft gestarrt hatte, die stellen also um. Und mein Herr Sohn denkt, was diesen Leuten recht ist, das kann uns nur billig sein. Orchideen. Kakteen. Palmen. Ich sag Dir eins: Schlag Dir die Flausen aus dem Kopf. So lange ich hier das Sagen habe, wird gesät, was auf diesem Boden schon immer gesät wurde. Ich lasse mir in mein Geschäft weder von anderen Gärtnern noch von meinem Sohn reinreden.

Dann brüllte er: Hast Du das verstanden?

Leonhard schaute kurz auf die kleinen, krummen Zähne im Mund seines Vaters; dann bückte er sich tiefer über das Beet: Ist schon gut, Vater, ist schon gut.

Nach diesem Gespräch verhielt sich sein Vater noch unerträglicher. Er traktierte den Sohn ohne ersichtlichen Grund. Morgens durfte er keinen richtigen Kaffee mehr trinken. Stundenlang musste er in einer Ecke stehen und erhielt, sobald er sich rührte, eine Ohrfeige. Den Frühschoppen am Sonntag ließ der Vater ausfallen. Hagebucher hörte von seiner Mutter, der Vater hätte sich im Wilden Mann mit dem Brose geprügelt und dabei den Kürzeren gezogen. Selten nur noch kam er in die Volksbibliothek. Dr. Beyer fragte nach dem Grund, doch Leonhard reagierte ausweichend. Er schob sein Ausbleiben auf die im nächsten Monat anstehende Gesellenprüfung.

Dafür lernte er tatsächlich, das Meyersche Angebot vor Augen, wie er noch nie gelernt hatte. Nachts, denn der Vater bestand tagsüber auf seiner Anwesenheit in der Gärtnerei. Hagebucher war es recht. So konnte er unbeobachtet in seiner Kammer auf und ab gehen und die in den Lehrbüchern verzeichneten Pflanzen mit ihrem lateinischen Namen versehen, ihnen einen dem Linnéschen

System gemäßen Platz in der Ordnung der Natur verschaffen. Narzisse, murmelte er vor sich hin, um sie sogleich in Reich, Abteilung, Klasse, Familie, Gattung und Art einzuordnen. Er paukte Regeln für Züchtung und Veredelung, hatte Mendels Experimente mit Erbsen im Kopf, vermochte jedes Gerät, das dem Gärtner bei seiner Arbeit hilfreich war, zu benennen und seinen Zweck anzugeben, vom Wühleisen über die Düngerhacke bis zur Sembdnerschen Sämaschine.

Die Prüfung bestand Urgroßvater als Bester seines Jahrgangs. Der Vater brummte: Glückwunsch. Aber dass Du mir jetzt bloß nicht auf dumme Gedanken kommst. Hier bestimme ich. Und so lange Du die Füße unter meinen Tisch stellst, wird Blumenkohl und Kresse angebaut.

Hagebucher schwieg. Sollte sein Vater doch bis zum Sankt Nimmerleinstag Gemüse säen und ernten.

Die letzte Nacht vor seiner Fahrt nach Leipzig schlief er nicht. Nicht nur Maria Theresia schwirrte ihm durch den Kopf, der er als einzige verraten hatte, was er plante. Sie war einen Schritt zurück getreten und hatte gesagt: Bitte schreib mir. Sein Versprechen würde er um jeden Preis halten. Und in ein paar Jahren, wenn die Welt von ihm und seinen Pflanzen sprach, würde er um ihre Hand anhalten. Er sah sich, wie er in einer vornehmen Kutsche vor der Frucht- und Gemüse-Centrale hielt, den Verschlag öffnete und mit einem riesigen Strauß Blumen, dem wunderlichsten, den zukünftige Schwiegereltern je gesehen hatten, in den Laden trat.

Vorbereitet war er. Er wusste, in welcher Straße sich Meyers Verlag, das Bibliographische Institut, befand. Aus der Überzeugung heraus, dass es in ganz Deutschland keinen zweiten Gärtner gab, der sich in der Geschichte der Afrikaforschung so auskannte wie er, würde er selbstbewusst auftreten können und sich nicht abschütteln lassen. Der Mutter hatte er einen Brief geschrieben, den sie vorfinden würde, wenn sie in ein paar Stunden in sein Zimmer trat. Geld besaß er wenig, aber es würde reichen, ein paar Tage zumindest.

Hagebucher schlich sich aus dem Haus, bevor sein Vater erwachte.

Auf dem Weg zum Bahnhof begegnete ihm niemand, den er kannte.

Der Zug über Weimar nach Leipzig traf pünktlich um 6 Uhr 15 am Erfurter Bahnhof ein.

Zwei Tage später, am 5. April 1888, wurde er für sein Warten vor dem Bibliographischen Institut belohnt. Dr. Hans Meyer trat ohne Begleitung auf die Straße.

Morgen um neun Uhr in meinem Büro. Und seien Sie pünktlich!

Nach dem Vorstellungsgespräch schrieb Leonhard auf einer Parkbank, das Papier auf den Knien, mit vor Freude zitternder Hand den ersten Brief an seine Zukünftige.

*

Einen Schritt zur Seite gehen, nicht mehr. Verschluckt werden von diesem Wirrwarr aus Farnen, Moos, Buschwerk und ineinander gewachsenen Ästen. Dann verdaut und ausgeschieden. Unauffällig, ohne ein Geräusch, das Verdacht erregt. Es gibt Augenblicke, da ist selbst der Himmel ein Geflecht aus unterschiedlichen Grüns. Wenn er erneut zum grauen Dach wird, mit zahllosen, undichten Stellen, durch die der Regen dringt, rede ich mir ein, es sei lichter geworden auf der Schneise, die dem Wald auf Zeit abgetrotzt worden ist. Auf ihrem rotbraunen Boden liegen aufgeplatzte, mir unbekannte Früchte, von denen ein fauliger Geruch ausgeht. Ich könnte schneller laufen. Aber ich bremse mich. Halte mich an Michaels sechstes Gebot: Teile Deine Kräfte ein. Ich absolviere ein Programm, in dem Änderungen nicht vorgesehen sind. Der Berglauf als eine Rechnung, die aufgeht. Aufgehen muss. Half way, ruft mir Ladislaus zu. Er reicht mir eine Wasserflasche. Meine Atmung folgt der Vorschrift. Da der Aufstieg leicht ist, atme ich zwei Schritte lang ein, zwei Schritte lang aus. Der Kopfschmerz begleitet mich. Sanft, unaufdringlich. Mit ihm kann ich leben. Mit denen, die mich überholen, auch. Eine davon ist die Frau, die mit Färber vögelt. Emma McConnell. Sie hat Spreizfüße, das erkannte ich am Pool auf den ersten Blick. Sie lacht, sie findet den Regenwald herrlich. Wir wechseln ein paar Worte, über die Schwüle, das angenehm Weiche des Bodens. Sie sagt: Ideal Body. Dann bin ich wieder allein, bis auf Urgroßvater natürlich, den ich in dieses Dickicht hineingesetzt habe und der sich, nur wenige Schritte entfernt von mir, mit der Machete einen Weg zu bahnen versucht. Und Mutter ist da, das spüre ich, sie lauert irgendwo in der Nähe.

Am späten Nachmittag essen wir in Schichten ein mit Sorgfalt ausgewähltes Mehrgängemenü.
    Einer sagt zu mir: Restless legs? Kenne ich. Welcher Bergläufer hat keine?
    Kann sein, aber bei uns in der Familie ist es keine Krankheit. Es ist eine Frage des Gedächtnisses.

Der erste Krater. Etwa eine Viertelstunde vom Mandara Camp entfernt. Auf dem Rückweg sehen Ladislaus,

Werner und ich in einiger Entfernung Affen, die auf Bäumen herumturnen. Colobus, meint mein Sanitäter. Ich versuche, mit Ladislaus ins Gespräch zu kommen. Er antwortet freundlich und knapp: Six brothers, two sisters, same father.

Der Kibo ist seit Moshi nicht mehr zu sehen gewesen.
 Behind Horombo, meint Ladislaus.
 My great-grandfather called him Mountain of the Moon.
 Why that?
 Well, that's a long story.

Werner hat mich eingeholt, heftet sich an meine Fersen. Ein Begleiter mehr. Manchmal kommt mir auch Camilla in die Quere. Ich will, dass sie zu mir zurückkommt, wenn ich zurück bin. Ich will, ich will, ich will. Von Werner ist außer seinem Atem nichts zu hören, der pochende Kopfschmerz steigert sich in aller Stille, Mutter schweigt weiterhin, nur mit Urgroßvater komme ich manchmal ins Gespräch. Mal ruft er wie aus weiter Ferne, plötzlich meine ich, seinen Atem zu spüren. Seine Stimme ist mir dann so nah, dass ich nur die Hand ausstrecken müsste, um ihn zu berühren. In der Regel redet er über die Hagebucheria, nur manchmal schweift er ab zum Mondberg. Er liebt es, die fleischigen, mit wasserhellen Härchen überzogenen Blätter, die fünfblättrigen, meist violetten, manchmal ins Blaue driftenden Blütenkelche so zu beschreiben, dass ich sie zu sehen glaube. Statt der Heide, die sich zwischen Mandara und Horombo ausbreitet, Veilchen, ein Meer von Veilchen. Wir spielen mit dem ei, er setzt Theresia daneben und drückt die Konsonanten etwas zur Seite, er öffnet den Mund und pustet die Luft aus den Lungen, und ich hüpfe von den ees zum i zum a, ia, ia, bis Camillas gestrecktes Bein mich stolpern lässt.

Ich laufe davon, obwohl ich Dich liebe. Mir ist sogar, als wachse meine Liebe, je höher ich steige, mich in Luft auflöse. Bleib bei mir. Lass mich Dein Bein streicheln. Aber es ist so leicht, es fliegt immer wieder davon. Meine Wut bleibt, und auch sie wächst, Wut gegen Deinen Liebhaber, Wut gegen Dich, Michael, von wegen wir schaffen das, von wegen Vorsehung, und Wut gegen Dich, Mutter. Gegen Deine klappernden Absätze, gegen Deine Verdächtigungen und Vorhaltungen. Nur für Dich laufe ich noch, Urgroßvater, obwohl selbst Du es vielleicht gar nicht verdient hast. Nur für Dich laufe ich, weil ich Dich liebe.

Unsere Themen: Laufen für eine bessere Welt, Laufen als Selbstzweck. Das Essen, die Toiletten, das Wetter. Unsere Berufe: Kfz-Mechaniker, Bankkauffrau, Postbote, Archivar, Lehrerin, Elektrotechniker. Und natürlich der ehemalige Außenminister und Schirmherr des Laufs. Hartnäckig war in den Monaten vor dem Rennen verbreitet worden, dass er selbst, obwohl Marathonläufer, am KBR teilnehmen würde. Dann war sein Erscheinen überhaupt dementiert worden. Jetzt aber scheint sicher: Übermorgen wird er kommen. Die Angst vor Verletzungen. Die Angst vor Krankheiten. Die Angst vor dem großen Kotzen. Bergläufe: Rennsteig-Marathon, Jungfrau-Marathon, Western States 100 Miler. Laufschuhe für Hohl-, Platt- und Spreizfüße, für O- und X-Beine. Es gibt so viele Themen, dass Hagebucher in den Hintergrund gerät. Erst abends im Horombo Camp bringt ihn Emma McConnell erneut ins Spiel: Tell me, what happened to your great-grandfather after his journeys to Africa?

Von Horombo an ist die Begleitung durch einen Sanitäter Vorschrift. Wer gegen die Vorschriften verstößt, wird disqualifiziert. Werner will mehr von Urgroßvater wissen, als ich mit ihm und Ladislaus an unserem Akklimatisierungstag einen Spaziergang zu den Zebra Rocks unternehme. Pole, pole, sagt Ladislaus. Auf diese Empfehlung hin gehen wir, er vorneweg, so langsam, dass es mir vorkommt, als bewegten wir uns rückwärts. Ich radebreche auf Englisch. Werner hilft aus, verbessert, korrigiert. Ab und zu sagt er: So, so, gefolgt von einer Bemerkung, die meine Rede ins Lächerliche zieht. Er glaubt mir nicht. Ladislaus geht schweigend, aber er scheint zuzuhören.

Morgen wird in Horombo um diese Zeit die Post abgehen.

Der Ex-Außenminister fliegt per Hubschrauber ein. Er joggt eine ziemliche Strecke mit offenem Mantel neben den Läufern her und wünscht jedem, der in seine Nähe kommt, per Handschlag viel Glück, mit Vorliebe den wenigen Schwarzen, denen er geradezu nachstellt. Auch mir schüttelt er die Hand und gesteht: Also, so etwas würde ich mir nicht zutrauen, chapeau!

Eine neue Erfahrung: Um die Toten zu treffen, benötige ich einen langen Atem. Die Atmung muss sich von alleine auf den notwendigen Rhythmus einstellen und, falls erforderlich, jedes Gleichmaß fahren lassen. Hecheln im steilen Gelände, ein Mischrhythmus im flachen. Um die Toten einzuholen, muss ich mich meinem Atem ausliefern. Erst dann bin ich wirklich bei ihm, wirklich bei ihr, erst dann höre ich ihre Stimmen, ohne störende Nebengeräusche. Vor nicht einmal einem Jahr, im Englischen Garten, hatte mich Michael darauf aufmerksam gemacht, dass keiner, ohne richtig zu atmen, ausdauernd laufen kann. Er hatte dabei nicht die Toten im Sinn. Aber ich weiß noch sehr genau, dass ich keuchend neben ihm lag und mir Hoffnungen machte.

Wir werden immer mehr und immer langsamer. Werner, der eine Minute nach mir gestartet ist, und sein Sanitäter holen Ladislaus, Mutter, Urgroßvater, den Kopfschmerz und mich nach einer guten Stunde ein. Unsere falsche Atmung. Der Innsbrucker und ich hecheln um die Wette durch die Stein- und Sandwüste, obwohl der Weg kaum ansteigt. Ich bin darauf vorbereitet worden, trotzdem habe ich die Höhe unterschätzt. Meinen Beinen geht es bestens. Sie wollen, sie können. Für sie ist dieser Berg ein Kinderspiel. Vielleicht hast Du recht, Camilla: Mutter hätte weiterlaufen sollen. Urgroßvater hätte weiterlaufen sollen. Bis zum Mond. Aber was, wenn es doch Wege gibt, für die der Atem fehlt?

Mutter und Hagebucher beginnen zu streiten. Ich höre ihre Stimmen, ohne sie zu verstehen. Sie kommen nicht gegen den lärmenden Kopfschmerz an.

Mit anderen Läufern beuge ich mich in der Kibohütte über eine Karte, auf der der nächtliche Streckenverlauf eingezeichnet ist. Hundertzwölf werden noch an den Start gehen, die anderen haben freiwillig aufgegeben oder gezwungenermaßen. Bei mir war die Entscheidung knapp. Ladislaus äußerte Bedenken, ich aber konnte den Arzt, der mich untersuchte, überzeugen, dass ich gut bei Kräften bin.

Keine starken Kopfschmerzen?, fragte er.
Nein. Keine.

Werner und ich ziehen ein Los und haben Glück: Wir dürfen in einem Bett schlafen.
Ein gutes Zeichen, flüstert er zu mir hinab. Es ist früher Abend, wir sollten schlafen, aber wir schlafen nicht.
Ich soll von der letzten Etappe erzählen. Meyer, Purtscheller und Hagebucher. Vor über hundert Jahren.

Punkt Mitternacht, nach einer Tasse Bouillon, wird der erste Läufer auf die letzte Etappe geschickt.
Bald wird Werner hinter mir sein. Ich werde seinen Atem spüren. Weiter oben wird er versuchen, mich zu überholen. Daran besteht kein Zweifel.
Der Himmel ist klar. Ein Stern neben dem anderen. So nahe, als passe keine Handbreit zwischen Hüttendach und Gefunkel.
Eine fast schon unglaubwürdige Helligkeit bedeckt den Startplatz.
Vollmond, sagt jemand in meiner Nähe.
Dann gehe ich los, richte meinen Blick starr nach unten, auf den kleinen Kreis, den der Lichtstrahl der Stirnlampe auf das Geröll wirft.

*

Leonhard Hagebucher war durch den Tod des Vaters aus dem Tritt gekommen. Gerade als er erneut dabei gewesen war, Fahrt aufzunehmen. Oscar Baumann in Wien war sein Ziel gewesen. Er hatte ihn persönlich bitten wollen. Trotz der schriftlichen Absage. Er hatte sich ihm notfalls zu Füßen werfen wollen. Um jeden Preis über Wien nach

Usambara. Jetzt stand er am Grab seines Vaters und morgen würde er sich über Kressebeete bücken müssen.

Hagebucher ging in die Knie. Er erntete Kresse und Blumenkohl. Bearbeitete die Eltern von Maria Theresia, bis sie schließlich einwilligten. Die Mitgift konnte sich sehen lassen. Die Mitgift würde reichen, um der Gärtnerei ein neues Gesicht zu geben. Aber inzwischen wurden Palmen und Orchideen an jeder Straßenecke zum Verkauf angeboten.

Wenn er nach Feierabend in die Volksbibliothek ging, wartete Dr. Beyer mit aktuellen Ausgaben auf ihn. Von Petermanns Mitteilungen. Von Möller's Deutsche Gärtnerzeitung. Der Gartenflora. Am 20. Mai 1893 musste er sich die Augen reiben. Die Haare raufen. Er musste in der Bibliothek auf und ab rennen, bis ihn Dr. Beyer ermahnte. In der Gärtnerzeitung war ein Artikel über sein Theresiaveilchen abgedruckt. Verfasser: ein gewisser Hermann Wendland. Es hatte ja so kommen müssen. Seine Blume war ins Deutsche Reich gereist. Kein Botaniker hatte das Veilchen gefunden, sondern ein Baron, der seine Zukünftige auf seiner Gummibaum- und Vanilleplantage spazieren führte.

Baron Adalbert Emil Walter Redcliffe Le Tanneux von Saint Paul bückte sich, um seiner Geliebten eine Freude zu machen. Doch dann stutzte er.

Ein Bücken.

Ein Pflücken.

Ein Überreichenwollen.

Doch dann ein Zurückziehen der bereits ausgestreckten Hand mit dem Blumenstrauß.

Ein Stutzen eben.

Wenn Sie sich, Verehrteste, bitte einen Augenblick gedulden könnten.

Dabei hatte die Verlobte bereits ebenfalls die Hand ausgestreckt, um das Geschenk in Empfang zu nehmen.

Aber Adalbert!

Sie wartete. Wurde ungeduldig. Sie stampfte mit dem Fuß auf, der in einem modischen weißen Lackstiefel steckte, und schnaufte laut. Erst dann bekam sie den Strauß überreicht.

Wenige Monate später erhielt der Vater des Barons im schlesischen Fischbach eine Postsendung mit Pflanzensamen. Der Hobbygärtner machte sich ans Werk.

Die aus dem Samen gesprossene Blume reiste nach Hannover-Herrenhausen in die Hände eines Freundes des alten Barons. Hermann Wendland, der Direktor des Königlichen Botanischen Gartens in Herrenhausen, kannte sich aus. Wer jahre-, jahrzehntelang botanisiert hatte, Linné rauf- und runterbeten konnte, zu Hause war in Samen, Wurzeln, Blättern, Blüten, der konnte das Neue auf den ersten Blick erkennen. Das Namenlose. An dem noch nie Staubfäden und Stempel gezählt wurden. Der setzte sich an den Schreibtisch und ehrte die Familie, die ihm die Blume geschickt hatte. Gattungsname: Saintpaulia. Den Artnamen ionantha holte er sich, als hätte er Hagebucher vor fünf Jahren belauscht, aus dem Griechischen: Die Saintpaulia blüht wie ein Veilchen, sie ist aber keins.

Vor einem Monat war die Saintpaulia in Belgien, auf der fünften Internationalen Genter Blumenaustellung, prämiert worden.

Wendland schrieb: Die Saintpaulia dürfte mit dem besten Erfolg im Warmhause zu kultivieren sein und sich dort auf einem möglichst hellen Standort am wohlsten fühlen. Ich denke nicht zu übertreiben, wenn ich behaupte, dass diese kleine, allerliebste Pflanze bald in vielen deutschen Wohnzimmern zu Hause sein wird.

Am Ende des Artikels hieß es: Durch meine Vermittlung ist das Eigentums- und Verbreitungsrecht an die Firma Benary in Erfurt übergegangen.

Die Idee kam Hagebucher zwei Tage später, während er Unkraut jätete. Er ließ die Hacke fallen und suchte seinen Schwiegervater auf.

Klar, Friedrich Benary ist ein Kunde von mir. Genauso wie sein leider vor kurzem verstorbener Vater Ernst es war.

Nach längerem Zögern stimmte er schließlich dem Vorschlag seines Schwiegersohns zu.

Die Hagebuchers trafen sich mit Friedrich Benary und seiner Frau in einem der besten Erfurter Restaurants zum Abendessen. Die anfangs etwas verkrampfte Atmosphäre entspannte sich dank der Ehefrauen. Hagebucher erwähnte seine Verbundenheit mit Ostafrika, mit Usambara, mit dem höchsten aller deutschen Berge. Benary zog die Augenbraue hoch, er kannte Baumanns und Meyers Reiseberichte, wer kannte sie nicht? Er konnte sich beim besten Willen nicht erinnern, darin von Hagebucher gelesen zu haben.

Dieser beklagte sich nicht, nannte seine Rolle bei den Expeditionen so klein, dass die beiden sie übersehen haben mussten, als sie ihre Tagebuchnotizen für die Öffentlichkeit zubereiteten.

Benary bedauerte die unterlassene Würdigung. Sie erhoben sich von ihren Plätzen, sie tranken auf das Wohl des Kaisers und auf die Spitze, die seinen Namen trug, die Kaiser-Wilhelm-Spitze, den höchsten Punkt deutsch-afrikanischer Erde.

Anstoßen. Immer wieder anstoßen. Auf die Liebe. Die Blumenliebe. Die Saintpaulia. Hagebucher berichtete ausführlicher. Benary bedauerte erneut. Es tat ihm leid, dass der Name nicht geändert werden konnte. Seine Frau sagte: Theresiaveilchen klingt viel schöner. Wenig später erfolgte der Handschlag, der das Geschäft besiegelte.

Den Vertrag setzen wir in den nächsten Tagen auf.

Hagebucher erwarb an diesem Abend als erster Gärtner überhaupt das Recht, aus dem Samen der Saintpaulia Blumen zu züchten.

Er ließ es sich nicht nehmen, die gesamte Rechnung zu begleichen.

Und Du glaubst wirklich, dass Du mit diesem Veilchen gute Geschäfte machen kannst?, fragte Maria Theresia auf dem Weg nach Hause.

6

Nun mal langsam, sagte Leonhard Hagebucher, sagte Mutter, sage ich. Ein schöner, ein leichter Satz, der in alle Richtungen davonfliegen kann. Urgroßvater hat seine Geschichten mit Es war einmal angefangen. Ich erinnere mich, also bin ich über hundert Jahre alt. Eine mir verhasste Stimme wiederholt seine Worte, ich wiederhole die Wiederholung.

Es war einmal ein Nazi.

Mutter schrie ich deswegen an, sie schrie genauso laut zurück.

Zu welcher Bande gehörte Dein Papa denn? Was für eine Uniform trug er?

Hat das denn nie ein Ende?

Camilla sagt: Ich will nicht mit einem Toten leben.

Schweißnass liegen wir nebeneinander, wir halten uns nicht an den Händen.

Du sagst: Später.

Ich sollte etwas trinken. Wasser, bloß keinen Tee.

Und das Piepsen sollte langsam auch ein Ende haben.

Die Erinnerungen sind von der Urgroßvaterstimme in die Mutterstimme und von da in meinen Kopf hinein gewandert. Gespeichert, jederzeit abrufbar. In diesen Stimmen stecken noch ganz andere, von weit her aufgelesene, dann einverleibte.

Mordserien.
Wortketten.
Lebensmärchen.
Nun mal langsam.

Du, Michael, warst schon immer der Geduldigste. Wie Du mir zugehört hast! Anders als Camilla, auch anders als Werner. Dem wollte ich in den letzten Tagen bereits öfter mit der Faust in sein So, so schlagen. Einen Lucky Punch landen, würde meine Geliebte sagen.

Früher nahm Mutter den Kochlöffel aus dem Brei, wenn ich ihr so kam. Wenn ich sagte: Und doch empfing er den Nazi mit offenen Armen in seiner Erfurter Gärtnerei. Sie zielte gut. Dann nicht mehr. Sie fluchte, sie fluchte nicht mehr, eine Weile noch starrte sie an die Zimmerdecke. Auch das ist vorbei.

Der Kilimandscharo ist ein stimmenreiches Gebirge, schrieb Bruno Gutmann, der Sagenjäger, der Sageneintreiber, der Sageneinverleiber. Für Urgroßvater war Gutmann ein nie versiegender Schatz, ein Fortunati Glückssäckel. Stimmenreich, sagte Hagebucher, sagte Mutter, sage ich.

Es war einmal die Erde, glatt und überall gleich. Da beschloss sie, mit dem Himmel zu reden und machte sich auf den Weg zu ihm. Als sie sich von ihm trennte, kam sie nicht überall nach Hause. Was von ihr müde wurde, vollendete den Abstieg nicht. So entstanden die Hügel und Berge.

Müde bin ich, geh hinab. So müde bin ich, dass ich meine, nie mehr schlafen zu können. Müde ausharren. Mutter, erzähl mir was, ich kann nicht schlafen, nie mehr. Wir sind nur Gast auf Erden und wandern ohne Ruh, mit mancherlei Beschwerden.

In meiner Erinnerung bin ich schon überm Berg. Deine Märchen sind meinen Gliederschmerzen vorausgeeilt. Die Beschwerden liegen hundert Jahre zurück. Ich bin so frei.

Es war einmal ein Kaiser, der beschwerte seine Briefe mit einem Stein, der stammte von einem Gipfel, der trug letzten Endes seinen Namen, es war einmal ein arabischer Fürst, dessen Väterväterväter nach Afrika eingedrungen waren, es war einmal ein adliger Stutzer, der bückte sich an der falschen Stelle, es war einmal ein Urgroßvater, der erinnerte sich von seinem Sessel aus.

Ich bin von diesen Stimmen eingefangen und verschleppt worden, da konnte ich noch gar nicht gehen. Im Schlaf bin ich ihnen nachgeflogen, habe eingeatmet, ausgeatmet, eingesogen, ausgekotzt.

Nun mal langsam.

Urgroßvater war ein Wanderer. Ein Abenteurer wie er im Buche steht. Wer Abenteuer erleben will, muss sich bewegen, sagte Urgroßvater,

sagte Mutter,

Ja, aber, ist das alles?, fragte ich,

Ja, aber, sage ich zu Camilla und renne zur Tür hinaus, nachdem wir miteinander geschlafen haben.

So nicht, höre ich sie und sehe noch, wie sie anfängt, den Sandsack mit ihren Fäusten zu bearbeiten, und auf dem Sandsack, das sehe ich, ist jetzt mein Gesicht aufgemalt.

Ich sehe Mutters schöne Beine, die sie sich abends rieb, die ich ihr rieb. Gott, waren die schön! Aber sie rannte damit nicht, aufgrund der hohen Absätze, die sie von Berufs wegen trug. Du bist mein Klotz am Bein, sagte sie abends zu mir, wenn sie mich ins Bett brachte, sie müder als ich, sie sprach es ins Zimmer hinein, das Licht war bereits gelöscht worden.

Aufgefordert oder unaufgefordert setzte sie sich aufs Bett und ließ die Worte wandern. Hinein in die Ohren.

Stimmenmästen.

Es muss aus den Ohren wieder herauskommen.

Ich lag auf dem Bauch, den Kopf in das Kissen gedrückt, jetzt lieg ich hier, macht das einen Unterschied?

Es piepst, na gut.

Die Steine sind spitz, vielleicht blute ich auch. O.k., ich blute. An der Schläfe. Ein Riss. Ich spüre die Feuchtigkeit, fahre mit keinem Finger darüber. Es schmerzt nicht. Der Schmerz dieser belanglosen Wunde ist unter dem bohrenden Kopfschmerz verloren gegangen. Aber ich liege bequem, weil ich gut gepolstert bin. Die haben was für sich, diese frühmorgendlichen Minusgrade, gegen die wir Bergläufer uns gerüstet haben. Wir polstern uns gut und fallen weich. Müde bin ich, fall hinab zur Ruh.

Mutter liegt auch gut, für immer. Erst lag sie wochenlang, dann für immer. Fast unbemerkt. Eben noch lag sie so, und dann schon so. Zwischen zwei Atemzügen. Sich einmal kurz die Beine vertreten. Noch so vieles wollte ich Dich fragen.

Sinnlose Fragerei!

Ich mache nur ein Päuschen, gleich geht es weiter. Ich renne, schnell, mit meinen Siebenmeilenstiefeln laufe ich weg, schnurstracks in das nächste Märchen hinein, ja, das Märchen vom Mondberg, es ist noch ganz frisch, eingeschweißt in durchsichtiges Plastik, ich werde es weitererzählen, vielleicht schnappt es zufällig jemand auf.

Camilla, hörst Du mir überhaupt zu?

Quatsch nicht so viel. Hinterher ja, aber nicht jetzt.

Ich vergrabe meinen Kopf zwischen ihren Beinen, da liegt er leicht. So froh bin ich. Die Urgroßvatergeschichten sind nach und nach doch noch zu ihr gewandert.

Camilla sagt: Du bist ein Idiot. Wie kann man nur freiwillig einen Berg hochrennen?

Na und? Du rammst in Deiner Freizeit die Fäuste in einen bemalten Sandsack.

Sie sitzt rittlings auf mir. Ich trage sie gern, diese Last. Wo bist Du?

Michael? Mein geduldigster Zuhörer von klein auf. Hinein ins Lochbachtal, durch die Wiese und die Hügel hinauf. In Deinem Windschatten hätte ich es geschafft.

Immerhin liege ich jetzt hier und spüre, wie sich in meinem Magen regt, was ich gegen Mitternacht zu mir genommen habe. Dort darf es sich regen. Eine Bouillon. Eine nach nichts schmeckende Bouillon.

Es war einmal Dr. Meyer. Der sprach in einem Vortrag von seinen Erfahrungen mit Arabern. Sie seien Sklavenhändler, ja ja, geschenkt, aber, und an dieser Stelle erhob Dr. Meyer seine Stimme, letztendlich sei es ihnen gelungen, unter den räuberischen Negerstämmen mit eiserner Faust Ordnung zu schaffen, und zwischen Sansibar und dem Tanganika könne der Reisende heute unangefochten mit dem Spazierstock dahinwandern.

Ein Spazierstock. Das wär jetzt was.

Doch noch ist nichts verloren. Alles tadellos. Fast. Nur ein kleiner Riss. Ich liege. Aber gleich bin ich wieder unterwegs. Dann ist der Riss verschwunden. Glatt wie ein Kinderpopo liegt sie da, diese Ordnung. Popoklätsche mit Anlauf. Vom Löffel tropft die Brühe. Wenn Mutter die Kelle schwang, dann tauchte das Bild eines afrikanischen

Kriegers vor mir auf. Er trug eine Keule in der Hand, eine Machete. Zu allem bereit. Glatter Kinderpopo. Ohne jede Falte. Keine Spur von einem Riss. Dem Gesicht zu diesem Kinderpopo laufen Tränen übers Gesicht.
Abenteurer weinen.

Es war einmal der Mawenzi, der ging zum Kibo und holte sich Feuer. Er traf den Kibo beim Einstampfen trockener Bananen. Der Kibo gab ihm eine Portion davon ab. Der Mawenzi aß sie und ging mit seinem Feuer davon. Sie schmeckten ihm aber so gut, da löschte er sein Feuer und ging zurück zum Kibo. Abermals gab ihm der Kibo Feuer und eine Portion eingestampfter Bananen. Doch auch danach war die Naschlust des Mawenzi nicht gestillt. Zum dritten Mal löschte er sein Feuer und kehrte zum Kibo zurück. Da hob dieser seinen Stößel auf, mit dem er die Bananen gestampft hatte und schlug auf den Mawenzi ein. Daher hat er seine Scharten.
Abenteurer weinen.

Es war einmal ein arabischer Fürst, und Urgroßvater weinte, als er von seinem Tod erfuhr, auch uns kamen die Tränen, sie rollten und kullerten, jedes Mal, denn der Fürst hatte versprochen, den Inhalt der Botanisiertrommel zu ersetzen, und dieses Versprechen würde er nie mehr halten können. Wir weinten, weil wir wussten, wie es weitergehen, welch schlimme Folgen das nicht gehaltene Versprechen haben würde.
Botanisiertrommel war eines meiner ersten Worte. Ein Zauberwort.
Ein Wirkungstreffer.
Abenteurer weinen.

Beschreibt mir das Wurzelwerk mit einem Wort.
Faserig.
Wie sehen die Blätter aus?
Herzförmig, mit Haaren drauf, dunkelgrüne Vorderseite, rötliche Rückseite, sie bilden eine Rosette.
Die Blütenstände?
Entspringen den Achseln jüngerer Blätter, sind zahlreich verzweigt.
Die Blüten?
Bis zu zehn pro Stil, oft violettblau.
Blütenblätter, Blütenhüllblätter. Staubfäden. Rhizom.
Wir gingen noch nicht in die Schule, aber wir sagten Botanisiertrommel, Kibo, Muini Amani, Pangani, Askari, Marangu, Maundi, Wadschagga, Wasambara, Mkumbara, Buschiri, Mondberg. Eigentlich durften wir Mondberg nicht sagen, es war ein falsches Wort, wir sagten es trotzdem, wir hatten nichts versprochen. Mondberg sagen, etwas anderes meinen.
Kein Versprecher.
Das Usambaraveilchen, riefen Mutter, die anderen Enkel im Chor, rufe ich.

Es war einmal das Mondgebirge, Lune mons. Ptolemäus rückte es ans Ende der Welt, knapp über dem Euroauster, der seinen Regen bringenden Atem mit Wucht aus sich heraus bläst. Fünf Hügel zeichnete der Geograph über den Namen, aus denen sechsarmig der Nil seinen Weg nach Norden nahm, vorbei am Land von Menschen fressenden Wesen, das er Aethiopia Interior nannte. Vor ihm hatte bereits Ovid den Fluss voll Entsetzen über die Hitze an dieses Ende der Welt fliehen lassen, wo er sein Haupt verhüllte.

Jahrhunderte später dringt ein fahrender Ritter namens John Mandeville in die Nähe dieses entlegenen Erdteils vor, der höher ist als irgendein anderer Punkt auf der Welt. Der Überzeugung des Ritters nach reicht der Berg fast bis zu den Bahnen, die der Mond zieht. Selbst zu Noahs Zeiten, als alles Trockene überflutet war, ragte der Berg aus dem Wasser heraus, weiß Mandeville zu berichten und noch mehr: Dort oben befinde sich das irdische Paradies, in das kein Sterblicher hineingelangen könne. Selbst Mandeville, der erfahrene Reisende, muss sich mit Blicken begnügen.

Aber dieses Paradies, das Mondgebirge, so tritt Meyer Spekulationen entgegen, hat aller Wahrscheinlichkeit nach nichts mit dem Kilimandscharo zu tun. Wenn es nach ihm ginge, erscheint der höchste afrikanische Berg erstmals 1519 in Europa, dank Fernandes de Encisco und seiner Schrift Suma de Geographia.

Trotz Vollmond sind die Stirnlampen Pflicht. Für die Läufer, für die Helfershelfer. Bis sieben Uhr morgens müssen sie angeschaltet bleiben. Meine Stirnlampe leuchtet, wie es die Pflicht verlangt, sie schneidet einen Kreis Geröll aus.

Ich liege, andere liegen auch. Schon einige liegende Bergläufer habe ich passiert. Sie liegen, dann kriechen, krabbeln und stolpern sie weiter. Niemand wird wegen einer kleinen Pause disqualifiziert.

Das Piepsen des Messgeräts genügt nicht, um mich am Weiterlaufen zu hindern.

Mein heftiger Atem ist völlig normal.

Alles im grünen Bereich.

Kopfschmerzen hatte ich bereits im Flugzeug. Die ungewohnte Umgebung, die dünne Luft, darauf reagiert der Körper eben. Allem Training zum Trotz.

Die Luft. So dünn ist sie, dass ich mir vorstelle, an ihr vorbeizuatmen.

Wenn ich hier liege, keuche und ein wenig nachdenke, dann wird mir niemand dumm kommen. Nur irgendwann muss ich wieder aufstehen. Theoretisch müssten mir Immanuel und Ladislaus dabei helfen. Das gehört zu ihren Pflichten. Sie müssten mir unter die Arme greifen. Notwendig ist es nicht, aber es wäre angenehm.

Schweben. Zum Gilman's Point.

Liegen darf ich, keuchen, mich erbrechen darf ich nicht. Das ist laut dem mir in einigen Punkten unbegreiflichen Reglement ein eindeutiges Zeichen. Sich übergeben heißt von den Helfershelfern gepackt und nach unten geschleift zu werden. Heißt Höhenkrankheit.

Ich werde angezählt.

Ausgezählt.

Schluss.

Aus.

Nun mal langsam.

Die dünne Luft verpflanzt den Berg zum Mond.

Nur ein kleiner Schritt.

Schon ist der Mondberg nicht mehr von dieser Welt.

Ich muss kräftig schlucken.

Bitte nicht. Versprich mir. Diese Nacht nicht wieder. Geh aufs Klo, nimm die Beine in die Hand, Du rennst sonst auch immer, sagte Mutter. Ich versprach zu rennen und erbrach mich ins Bett. Ich war eines von diesen Kindern, denen gern schlecht wurde. Schlafen, wach werden, nichts dagegen tun können. Ein unwiderstehlicher Kitzel am Gaumenzäpfchen. Ein fast schon lustvoller Reiz. Der Mund öffnet sich gegen den Willen, trotz des gegebenen Versprechens. Dann regungslos neben der stinkenden Pampe liegen. Mit der einen Hand den Mund abwischen, mit der anderen neugierig im Erbrochenen herumstochern. Mutter brachte mich zum Arzt, Mutter hoffte, damit würde bald Schluss sein. Ich versprach es.

Ein Versprecher.

Kein Versprechen ohne Hoffnung.

Wieso? Wieso? Wieso?

Du fragst mir Löcher in den Bauch, sagte Mutter. Blödsinnige Fragen.

Wieso, Mutter, hast Du mir nie von Dir erzählt? Wieso sollte ich nicht wissen, was Du mit Deinen Cousinen, mit dem Jungen im kurzärmeligen Hemd ohne Kragen unternommen hast, vor und nach den Geschichten. Habt ihr Buschiri-Hängen gespielt? Oder erst Fangen und dann Hängen? So wie ich als Kind mit Michael und den anderen? Ich bin noch im Stift mit diesen Fragen vor ihrem Bett auf- und abgelaufen, auch da ohne Antwort. Wichtig war allein die Hagebucherstimme, jenseits davon gab sie nichts preis. Allenfalls Allgemeinplätze:

Es war eben Krieg.

Meinen Vater, klar mochte ich ihn, aber er hat nicht zu uns gepasst.

Dein Erzeuger ist ein Versager.

Der Junge spielte den Araber und rannte davon, Mutter und die Cousinen haben ihm einen nicht allzu großen Vorsprung gelassen, wir zählen bis e i n s z w e i d r e i v i e r f ü n f sechs sieben acht neunzehn, dann sind sie hinterher, der Buschiri-Junge schlägt Haken, seine Verfolger tun es ihm nach, sie springen über Bäche, die Röcke fliegen, werden nass, Dreck spritzt an den Beinen hoch (wie schnell Mutter damals schon laufen konnte!), dann ein Sprung, ein Sturz, Buschiri liegt unten, seine Hände werden ihm mit einer Schnur auf den Rücken gefesselt. Sie spielen nie in Erfurt, immer rennen sie durch das Solinger Lochbachtal, ausgerüstet mit Schreckschusspistolen und Plastikmessern. Araber und Askari als Alternative zu Indianern und Cowboys. Vorher Streit um die Rollen, nie will Mutter Buschiri spielen, immer nur Herrrrrrrrmann, Herrrrrrrr mit mindestens acht r, anders können wir den Namen nicht aussprechen, Herrrrrrrrrrrrrrrrrrmann, nur so klingt er unüberwindlich, eine Mauer, dieser Name, Mutter will Buschiri zur Strecke bringen, Herrrrrrrr und Mann zum Trotz oder genau deswegen, und sie bekommt, was sie will. Ich renne davon, schnell, und wie, sie treibt mich an, sie verfolgt mich, doch so schnell rennen kann ich gar nicht, um meinem Schicksal zu entrinnen, der Bösewicht wird erwischt, die Rollen sind verteilt, irgendwann liege ich im Dreck und Mutter, maskiert als Herrrrrrrr und Mann, ist über mir und mir werden die Hände gefesselt und ich werde aufgeknüpft, im Spiel, es ist nur ein Spiel.

Wir spielen immer. Auch Meyer war ein Spieler, ob er's wusste oder nicht. Er spielte mit dem Stachel in seinem Fleisch.

Es war einmal Hans Meyer, dem tat etwas leid. Dass Buschiri gefangen und mit dem Strang zum Tode befördert worden war, ging ihm persönlich sehr zu Herzen, da er ihn und seine Gefährten relativ anständig behandelt hatte. Er gestand jedoch zu, dass seine Hinrichtung eine Forderung des Kriegsrechts und der politischen Klugheit gewesen war.

Es war einmal Dr. Bernhard Grzimek, der Onkel Fernsehtierdoktor, der kannte sich aus. Ritterlich sei Buschiri anfangs gewesen, er habe selbst einen Bischof vor dem wütenden Mob geschützt und ihn mit fünf Frauen unter sicherem Geleit an die Küste geschickt. Aber nur anfangs. Dann seien die Kämpfe immer erbitterter geworden, von Wissmann als Kaiserlicher Kommissar mit Truppen aus Ägypten und Zulus aus Portugiesisch-Ostafrika habe eingreifen müssen. Buschiris Festung sei eingenommen, der Anführer halbnackt und verhungert in einer Hütte gefunden worden. Gefesselt habe man ihn nach Pangani gebracht und dort gehängt.

Das ist die Wahrheit, nichts als die Wahrheit.

Es war einmal ein Baron oder ein Gouverneur oder ein Plantagenbesitzer, aber kein Entdecker, geschweige denn ein Abenteurer, nicht einmal eine Botanisiertrommel besaß er, der hatte einen Namen, der jedes Gedächtnis zur Verzweiflung brachte.

Wie lautet der Name?, fragt der Urgroßvater, die Enkel und der Urenkel antworten im Chor.

Ein Stutzer, pfui, pfui.

Schöner Name, sagen Camilla und Werner, fast wie ein Gedicht,

schöner Name, sage ich zur Mutter im Krankenhaus, da liegt sie im Bett und dreht ihren Kopf zur Wand.

Sie weint, endlich weint sie. Sie riecht nach Urin und Penatencreme.

Dreh Dich um. Ich möchte Deine Augen sehen.

Sie sieht den Himmel nicht.

Urgroßvater sagte, sagte Mutter, sage ich, der Himmel war so blau, darin war all das Wasser gefangen, und plötzlich ward der Himmel zum Wasserfall, und stürzte hinab auf die Erde.

Hinunter damit. Nochmal kräftig schlucken. Aber die halbverdaute Suppe drängt in meine Rachenhöhle. Mein

Zäpfchen, da bin ich so kitzlig. Bevor Ladislaus und Immanuel bei mir sind, muss ich mit diesem Kitzel fertig geworden sein. Heute werde ich erstmals aus dem Kampf mit dem Kitzel als Sieger hervorgehen.

Urgroßvater und Mutter übergeben mir den Staffelstab, ich übergebe mich nicht.

Ich kehre nicht um.

Ich presse die Zähne, die Lippen zusammen. Die Nasenflügel spannen vom Einsaugen der Luft. Noch ist nichts sichtbar.

Ladislaus und Immanuel stürzen nach wie vor in Zeitlupe auf mich zu, sie überstürzen sich, nun mal langsam, würde ich ihnen gerne zurufen, ich ruh mich nur kurz aus. So randvoll fühle ich mich, so gemästet. Eine ausgestopfte Weihnachtsgans ist nichts gegen mich.

Reiß Dich zusammen, Fritz Binder, einzweidrei und hoch.

Das sind Mutters Worte. Die Quintessenz ihres Lebens. In diesem Satz mündeten all ihre Lebensweisheiten. Wenn ich für Mutter einen Satz finden soll, dann diesen: Reiß Dich zusammen. Alles andere war Firlefanz, Schmuck, Tand. Sie sagte das auch zu sich, abends, wenn sie nicht mehr stehen konnte nach acht Stunden im Kaufhaus. Reiß Dich zusammen, Marianne. Wer sich zusammen gerissen hat, ist wieder obenauf. Wird belohnt. Der schwingt sein Fähnchen oben auf dem höchsten Gipfel.

Auf unserem Kilimandscharo.

Gleich reiße ich mich zusammen.

Nur noch ein paar Mal kräftig schlucken.

Das vor einigen Stunden Gegessene nochmals essen.

Eine Zwischenmahlzeit.

Es war einmal ein Baron, ein Plantagenbesitzer, ein

Soldat, ein adliger Stutzer, der hat dem Urgroßvater sein Theresiaveilchen weggeschnappt. Dabei wollte er einfach nur etwas im Regenwald pflücken, um seiner Zukünftigen eine Freude zu machen.

Wir stellten uns den Regenwald als den verwilderten Garten Eden vor. Jede Hand, die da hineingriff, selbst die eines Stutzers, zog Erstaunliches heraus. Staunen war in so einem Märchenwald unumgänglich. Urgroßvaters Zuhörer wollten da hin. Sie wollten mit der Hand hineingreifen.

Eine leere Hand hinein, eine gefüllte hinaus.

Der Regenwald ein Glückssäckel.

Mit einer leeren Hand hinein, mit einem Menschen fressenden Äthiopier hinaus.

Mit einer leeren Hand hinein, mit einem Pygmäen hinaus.

Mit einer leeren Hand hinein, mit einem Kongopfau hinaus.

Mit einer leeren Hand hinein, mit einem Okapi hinaus.

Ach, Herr Dr. Grzimek! Was wäre ich ohne Sie und Urgroßvater geworden? Sie haben mich auf Trab gebracht. Urgroßvater vor allem, aber Sie auch, Sie guter Onkel.

Der Kilimandscharo ist ein stimmenreiches Gebirge.

Ich öffne die Ohren, ich bin das Giraffenzebra mit den Trichterohren, ich kann nicht genug bekommen, gleich bin ich am Ziel.

Zu Mutter sage ich: Der Urgroßvater, der war doch auch bloß auf seinen Vorteil bedacht.

Sie weint in ihrem Pflegeheimbett, sie duftet, sie stinkt, sie ist der Himmel, ein Wasserfall.

Früher sagte sie: Urgroßvater hat sich alles mit Fleiß und Ehrlichkeit erworben. Und er liebte die Blumen.

Noch einer dieser Allgemeinplätze. Das von Urgroßvater an die Kinder, an Enkel und Urenkel weitergegebene Wort, mit dem man überall hin fliegen konnte. Mutter sagte: Nun mal langsam, und rannte weiter. Urgroßvater sagte ganz oben: Nun mal langsam, und er flog hinaus aus all den Vorträgen und Alpenvereinsnotizen und Studien, die Meyer und Purtscheller anfertigten.

Wieso hat er sich nicht dagegen gewehrt?

Weil er ein bescheidener Mann war. Er hatte das Abenteuer. Er konnte sich und Maria Theresia sagen, ich habe es geschafft. Das genügte ihm.

Als Kind konnte ich mit den Gemeinplätzen gut leben. Ich stellte mir das Gutleben als das einzig Mögliche für Urgroßvater vor.

Es war einmal ein Veilchenzüchter, der schloss sich nachts so lange in seinem Warmhaus ein, bis er eines Morgens jubelnd mit einem rot blühenden Veilchen herauskam. Der Veilchenzüchter lief und lief, von einem Ende der Gärtnerei zum anderen. In ein Gewächshaus hinein, aus einem anderen hinaus. Von morgens bis abends. Sonntags wanderte er mit seiner Familie im Thüringer Wald. Schneekopf. Falkenstein. Großer Beerberg. Weiter lief er nicht mehr. Dafür florierte das Geschäft. Ohne Schaden kam es durch Jahre und Weltkrieg. Und der Veilchenzüchter trat mit neuen Blüten vor seine Kunden. Rosafarbenen, pinkfarbenen, purpurroten, schwarzroten.

Gutleben.

Es war einmal ein Veilchenzüchter, der hatte eine Tochter, die hieß Maria. Maria spazierte so lange durch den Garten, bis sie August traf. Wie jung er war, wie klein und dick. Er liebte die Blumen nicht so sehr, er kam, weil ihn sein Vater schickte, damit aus dem Jungen etwas werde. Während der Veilchenzüchter züchtete, spähte August nach Maria. Er küsste sie, er grabschte mit seinen Händen nach ihren Brüsten und sagte: Ich liebe Dich, aber mehr noch liebte er seine Uniform. In ihr schlenderte er Tag und Nacht durch Erfurt, in ihr verwünschte er die Judensäue, in ihr nahm er sich die Tochter zur Frau, in ihr wanderte er mit dem Veilchenzüchter allein durch den Thüringer Wald. Was dann geschah, konnte unmöglich vorausgeahnt werden, das war höhere Gewalt.

Gutleben.

Es war einmal ein Veilchenzüchter, der setzte sich zur Ruhe. Die Ruhe war der Sessel in der Wohnstube. Er zog morgens die Pantoffeln nicht mehr aus. Wollte vom Graumännchen erzählen. Die Zuhörer saßen um ihn verteilt auf dem Fußboden. Nein, nein. Erzähl uns vom Kilimandscharo. Doch der Veilchenzüchter wollte nicht mehr wandern.

Gutleben.

Es war einmal ein Veilchenzüchter, der starb in seinem Sessel. Da hatte er seine Ruhe für immer.

Gutsterben.

Welcher Faden führt da hindurch? Abenteurer, Geschäftsmann, mutmaßlicher Mörder, Pantoffelheld!

Sie hat es so gewollt. Ich fülle die Lücken auf. Reime mir das alles zusammen. Mein Kilimandscharo. Mein Kampf. Na und? Mondberg ist auch ein falsches Wort.

Die Stirnlampe strahlt auf dieses kleine bisschen Geröll. Mir ist, als sei ich auf dem Kopf gegangen und der spielt nicht mehr mit.

Mit meinen Beinen dagegen ist alles in Ordnung. Die sind richtig gut in Form. Meine Füße kommen mit jedem

Untergrund klar. Die Hagebucher Beine. Die Binder Beine. Mutters wunderschöne Beine.

Mutter lief aber nicht. Sie hetzte immer nur zum Zug, denn der kam pünktlich. Vielleicht wäre sie gerne auf und davon gerannt. Aber abends taten ihre Beine weh.

Wieso rennst Du nicht weiter, Mutter?

Wegen meines tollpatschigen Nazi-Vaters, wegen Deines Erzeugers, wegen Dir.

Mein Vater, der Messervertreter Josef Binder, hieß Versager, hieß mieser Sack. Weil er sie im Stich gelassen hat. Weil er sich hat aushalten lassen. Weil er sich aus dem Staub gemacht hat, nachdem ich aus ihr heraus gekrochen bin.

Mein fußkranker Nazi-Opa. August Ködling. Treppensteigen jagte ihm Röte ins Gesicht. Streckte am liebsten alle Viere von sich, stopfte Essen in sich hinein. Lauschte gelangweilt Hagebuchers Geschichten. Die Pflicht als Schwiegersohn ließ ihn mitreisen ins Geiermassiv. Hinauf schnaufen, immer weiter hinauf. Dann der Absturz. Das Märchen vom Klischeeleben.

Ich werde mich jetzt kurz auf den Rücken legen.

Heute soll Vollmond sein.

Die Höhenkrankheit kann alle erwischen. Trainierte und Untrainierte. Dicke und Dünne. Raucher und Nichtraucher. Zehn oder fünfzehn Prozent, sagte Dr. Löffler. Der Gutluft-, der Fernseharzt: Ich warne Sie. Die einzige Medizin gegen die Höhenkrankheit: Abstieg, hinab. Die Symptome müssen ernst genommen werden: starke Kopfschmerzen, Schwindel, Übelkeit bis hin zum Erbrechen.

Wie lange kann ich die Lippen noch zusammenpressen?

Wie kann ich Ladislaus und Immanuel klar machen, dass bei mir diese Symptome anders zu deuten sind?

Vor allem das eine?

Mutter sagte nichts. Zwei Tage lang kein einziges Wort. Sie lag nur noch. Dafür redete ich. Vor ihrem Bett lief ich auf und ab, so sehr hielten mich seine Worte, meine Worte auf Trab.

Weiter, weiter, baten die Enkel, der Urenkel. Meyer griff nach der deutschen Flagge. Hurra, riefen die Enkel und ich, denn er war jetzt bei dem Teil der Geschichte angelangt, der uns die Luft anhalten ließ.

Das Meyerlein war so klein und der Urgroßvater ein Riese dagegen.

Meyerlein, Meyerlein, ich tret Dir in die Eierlein, so weit durfte ich bei Mutter nicht gehen, das habe der Urgroßvater nie gesagt, aber bei Werner, auch bei Camilla und anderen, die fanden das ganz normal, dass ein Sekretär und Gärtner so spricht über seinen Arbeitgeber.

Hagebucher, wie machen Sie das nur?, staunte Meyer. Ich eitre, ich fiebre, und Sie?

Der Unermüdliche, der nicht zu Bremsende, der, der sich immer wieder zusammenriss. Dem kam der Kilimandscharo gerade recht. Der sagte zu seinen Enkeln: Das Veilchen, dachte ich, rennt mir nicht weg. Dann stellten ihm das Vatersterben, der Vatertod, die Vaterbeerdigung, die Vatergärtnerei ein Bein, er stolperte, er strauchelte, er fiel nicht, er zog kleinere Kreise, aber er blieb in Bewegung, und wie, er dinierte mit Benary, dem Sohn des großen Ernst, er züchtete, das Geschäft blühte.

Meine Backen sind prall gefüllt.

Hamsterbacken.

Da war nichts zu machen, sagte Mutter, Dein Urgroßvater trägt keine Schuld.

Sie verbat es sich.

Mutter trug bis ins Alter Schuhe mit Blockabsätzen, je höher, desto besser, damit zwang sie sich, nicht zu weit zu gehen, zum Zug klapperte sie, nach Wuppertal, nicht weiter, zu Hause wartete der kleine Reihermann, dem musste das Maul gestopft werden, ihr Ein und Alles, ihr Klotz am Bein. Ihre Absätze klapperten, ihre Stimme wanderte in meinen Kopf, mit Worten waren wir aneinander gekettet, wir bildeten eine unzertrennliche Wortfamilie. Familiengeheimnisse blieben unter uns.

Michael: Für mich ist die Sache ganz klar.

Camilla: Das traue ich ihm nicht zu.

Der Berg pfeift.

Ladislaus und Immanuel bücken sich zu mir hinab.

Das Piepsen hört auf.

Mutters Vater war eben nur eingeheiratet. Kein echter Hagebucher. Dem sind die Geschichten, das Laufen nicht in den Kopf gestiegen.

Sonst gab es keine Nazis bei uns in der Familie, sagte Mutter, wir hatten mit denen nichts zu tun.

Ohne die Geschichten im Kopf stieg der in unsere Familie eingeheiratete Nazi das Geiermassiv hinauf.

Schon oft stellte ich mir vor, wie August Ködling durch die Luft rauschte.

Kopfüber.

Ein Köpfer.

Oder eine Arschbombe.

Die Arme ruderten.

Ein Schrei.

Mann o Mann.

Ich kann meine Lippen nicht mehr zusammenhalten. Wenn ich nur nicht so kitzlig wär. Meine Helfer sind ganz nahe bei mir. Es ist nicht viel, was mir aus dem Mund dringt, es ist kaum der Rede wert. Ein dünner Strahl. Auch der Gestank hält sich in Grenzen. Das als Symptom für Höhenkrankheit zu nehmen, wäre lachhaft.

Urgroßvater sagte, Mutter sagte: Das bleibt unter uns.

Ich ahne warum. Mit der Ahnung ist gut leben. Mein Ahn. Mein Urahn. Ich weiß von nichts.

Mein Mund steht offen, ich keuche hinein in die verschwindend kleinen Fitzelchen, die sich auf dem Stein angesammelt haben.

Ein Hechelatem ist ein Dreck gegen mein Keuchen.

Immanuel und Ladislaus greifen mir unter die Arme,
wunderbar,
gleich geht's weiter.

Von mir aus kann der Berg jetzt genommen werden.

Und weil er nie gebremst wurde, drum rennt er noch heute.

Werner, gleich bin ich wieder bei Dir.

Genug pausiert.

Immanuel hält meinen Kopf.

Ladislaus wischt mit einem feuchten Lappen meinen Mund sauber.

Er flößt mir Wasser ein.

Gleich werde ich es Dir erklären, lieber Ladislaus, wie das ist mit meinem Erbrochenen, meinen Ahnungen, meinen bösen Befürchtungen.

Die Briefe werde ich herausziehen, wenn nicht als Beweis, so doch als Indiz.

Einiges weißt Du ja schon, aber bei weitem nicht alles.

Ich werde reinen Tisch machen, mein Herz soll keine Mördergrube werden, ich werde mir alles ein für alle Mal von der Seele reden.

Camilla, hörst Du mich?
Werner?
Michael?
Ladislaus kommt mit seiner Stirnlampe ganz nahe heran an meine Augen, leuchtet zuerst in das eine, dann in das andere.
Mach das, Ladislaus.
Leicht drückt er mein Kinn nach oben, verabreicht mir Tabletten.
Ein paar Augenblicke lang schaue ich zum Himmel.
Der Mond lacht.
Sagte Urgroßvater, sagte Mutter, sage ich.
Ein faul Stück Holz.
Das falsche Wort.
Es war einmal.
Der Vollmond lacht.

7

Das Überholmanöver: Werner hechelte mir Gärtner zu, ich parierte mit: Turnlehrer. Unentschieden. Ein Konzentrat unserer fast schon liebevollen Sticheleien. Der Braunschweiger, der Innsbrucker, der in der Nähe von Purtschellers Geburtshaus lebt, gegen den Urenkel. Der Möchtegernösterreicher gegen den Verwandten. Bis auf die Minute genau kann ich die Zeit angeben. Der kurze Disput spielte sich vor fünfunddreißig Minuten ab, und dann zog er an mir vorbei, gnadenlos. Ich kreiste ihn ein mit meiner Stirnlampe, ich starrte auf seine verschwitzten Haare, die am Nacken unter der Mütze klebten, ich hielt den Kopf zu weit nach oben, ein Fehler.

Inzwischen sehe ich wieder völlig klar. Jemand trommelt auf mir herum, ein begnadeter Schlagzeuger, der eher mit sechs als zwei Schlägeln zu hantieren scheint. Ich denke, also muss ich umkehren. Nach oben. Der Berg pfeift, und wie! Das bin nicht ich. Ich werde meine Helfer mit ihrem Namen anreden, um ihnen einen Beweis meiner Zurechnungsfähigkeit zu geben, meines korrekt arbeitenden Gedächtnisses. Ich bin entscheidungsfähig, es besteht kein Anlass, mich zu entmündigen, keine Notwendigkeit, mich wie einen Tattergreis über das lose Gestein zu führen. Immanuel, Ladislaus, sage ich, dann lache ich unwillkürlich los und muss zugeben, dass in dem Lachen eine gewisse Schadenfreude über diesen ungarischen, königlichen, heiligen Namen mitschwingt. Aber kein Fünkchen Hysterie oder gar Wahnsinn. Es überschlägt sich nicht, mein Lachen, es geht weder über in ein hohes Kreischen noch in ein stakkatohaftes Keuchen, es klingt hell und frei, golden wehn die Töne nieder, ein Kirchenglöckchen ist nichts dagegen. Anstatt mich loszulassen und die wieder gewonnene Fröhlichkeit mit mir zu teilen, anstatt zu begreifen, dass mein Lachen ein Indiz für meine Zurechnungsfähigkeit ist, perlt es spurlos an ihnen ab, ja, ich spüre, wie ihr Griff um meine Arme energischer wird. Dagegen muss ich mich wehren, nach Leibeskräften, ich werde die Hände abschütteln, die mich daran hindern, auf diesen verdammten Berg zu laufen. Stumm begehre ich dagegen auf. Kein Zetern, kein Schreien, nicht einmal mehr ein Lachen dringt aus meinem Mund, es ist in irgendeinem Loch verschwunden, in einem Mauseloch bei der Hans-Meyer-Höhle. Auch so ein Name! Aber diesen einen Namen darf ich Hagebuchers Chef nicht ankreiden, da kam ein anderer nach ihm, ein Fan, plusterte sich auf vor dieser nichtigen Untiefe: Hiermit taufe ich Dich auf den Namen Meyer. Aber sonst hat der Expeditionsleiter immer wieder Priester gespielt und Namen verteilt, Wissmann hier, Ratzel dort, das kam gut auf den Karten, die machten aus dem Berg ein Who is who im damaligen Kaiserreich. Laut Urgroßvater hätte sich der Superexpeditionsleiter weiter oben fast eine noch größere Dreistigkeit erlaubt. Ich stelle mir vor, wie der Liebling, Muini Amani, hier gewartet und gefroren hat, während Meyer und der Turnlehrer frisch, fromm, fröhlich, frei nach oben geklettert sind. Nie wäre Meyer auf den Gedanken gekommen, ein zerfurchtes, braunes Gletscherstück nach seinem Lieblingsschuhputzer zu benennen, genauso wenig wie er mit dem Namen meines Urgroßvaters eine wenn auch noch so mickrige Schutthalde gestempelt hätte. Amani und Hagebucher standen in etwa auf einer Stufe, weit unten also, eine Kellertreppe, mehr nicht. Meyer hat ihm das Veilchen nicht gegönnt, er hat ihm den Kibo nicht gegönnt, er hat ihm nicht einmal ein Mauseloch im Fels gegönnt.

Die Schwarzen reden ununterbrochen auf mich ein, in ihrem holprigen Englisch, das keinerlei Wirkung zeigt, sie könnten auch Swahili reden oder einen ihrer lokalen Dialekte, ich werde mich losreißen, mich im hintersten Winkel der Meyer-Höhle verkriechen, dort wird es stockdunkel sein, Hans, mir graut's vor Dir, denke ich, lass Dir mal meinetwegen keine grauen Haare wachsen, sagte Mutter im Zweibettzimmer des Liebfrauenstifts, ich erzähle Euch die Geschichte vom Graumännchen, sagte Hagebucher, aber wir wollten sie nicht hören, nein, lieber was Richtiges, das hieß, etwas Wahres, das hieß, vom Kilimandscharo, aber das wollte, konnte er nicht, ist mir zu anstrengend, ihm war, stelle ich mir vor, das viele Gehen nicht mehr geheuer, selbst erzählend war es ihm unmöglich, sich darauf einzulassen, letztendlich war er nicht einmal mehr dazu zu bewegen, seinen Sessel zu verlassen,

Hände weg, Hände weg.

Immanuel bietet mir Tee an. Ich trinke ihn nur, damit ich die Kekse, die er mir ebenfalls reicht, hinunterwürgen kann. Ich hasse Tee, vor allem Kamillentee. Wir sitzen auf einem kleinen Vorsprung, der den Blick freigibt auf einen Abhang voller Steinbrocken. Hinter uns befindet sich ebenfalls nichts als Geröll, vermischt mit einigen schmutzigen Schneeresten, darüber blauer Himmel. Ladislaus sitzt etwas abseits, isst wachsam seine Ration des Gebäcks, bei einer falschen Bewegung meinerseits spränge er sofort auf. Der Berglauf unterliegt einem strengen Reglement, sie halten sich wie deutsche Beamte daran.

Die Sonne kommt hinter dem Mawenzi zum Vorschein, Jenseits von Afrika, Scheiß-Kitsch. Ich schaue nur kurz auf. Die ersten werden sich jetzt oben am Gilman's Point in den Armen liegen. Das Wetter spielt mit, in Jacken und Decken gehüllt werden sie den Blick in den Krater genießen, in die Weite.

Ich frage Immanuel, wie die Sicht oben sei, am Gilman's Point.

Not much difference to here.

Aber man müsse doch ein unglaubliches Panorama vor sich haben. Ob der Serengeti Nationalpark gut zu erkennen sei.

No, it's always too cloudy.

Wolkig, vielleicht meint er diesig, vielleicht belügt er mich, will die 500 oder 600 Meter Höhenunterschied herunterspielen, mir zuliebe, oder aus Sorge, ich würde angesichts der Vorstellung eines grandiosen Panoramas erneut auszureißen versuchen.

Ich erzähle Immanuel von einer Fernsehsendung, mit der ich aufgewachsen bin. Ein Platz für Tiere hat über Jahre hinweg mein Bild vom schwarzen Kontinent bestimmt und mich oft bis in den Schlaf hinein begleitet. Ich träumte von einem mir besonders ans Herz gewachsenen Tier im dichten Gestrüpp des Regenwalds, dem ich auflauerte, um seine Schnauze oder wenigstens eines seiner gestreiften Beine zu berühren, ich träumte von endlosen afrikanischen Steppen, über die stürmische, durch die Staubwolken kaum zu erkennende Tierhorden jagten und zwar so intensiv, dass ich ihr Getrampel auch am Tag zu hören glaubte.

Immanuel wirft kleine Steine in die Luft, schweigend, ohne eine Miene zu verziehen. Ich erzähle ihm nicht, dass ab und zu Schwarze in der Serie zu sehen waren. Ich erzähle ihm nicht, dass ich als Kind nur zwischen zwei Typen unterschieden habe, den schwarzen Wildhütern, die Doktor Grzimek in seinem Jeep begleiteten, und den schwarzen Wilderern, die im Fernsehen nie auftauchten, sondern allenfalls blutige Spuren als Beweis für ihre verabscheuungswürdigen Taten hinterließen. Ich erzähle ihm auch nicht, dass ich dem Onkel Fernsehtierdoktor neben dem Urgroßvater die Stunden der größten Nähe mit meiner Mutter verdankte, denn auch sie liebte Ein Platz für Tiere. Mittwochabend, kurz vor 21 Uhr. Sie trug eines ihrer eleganten, eng anliegenden Kleider, in denen sie nach Wuppertal zur Arbeit fuhr und von denen sie drei besaß (eins hatte sie an, eins befand sich in der Wäsche, eins hing gebügelt im Schrank, so war sie auch auf Notfälle vorbereitet); noch immer ging ein Hauch des am Morgen aufgetragenen Parfums von ihr aus; die unbequemen Schuhe hatte sie abgestreift. Meistens saß sie da, die Beine hochgezogen, und rieb sich die Füße, die, wie sie oft wiederholte, vom vielen Stehen tagsüber schmerzten. Für mich war sie damals die schönste Verkäuferin, die ich mir vorstellen konnte, und wenn ich an diesen Abenden im Schlafanzug neben ihr sitzen durfte und wir Wetten über den tierischen Studiogast der Sendung abschlossen, hielt ich mich für den glücklichsten Jungen der Welt. Ich weiß nicht, ob Mutter deshalb öfter gewann, weil sie zuvor die Fernsehzeitschrift zu Rate zog (ich traue ihr das durchaus zu) oder weil ich nur mit Mühe davon abzubringen war, jede Woche aufs Neue auf mein Lieblingstier zu setzen, dieses giraffenartige Waldtier mit den Beinen eines Zebras. Aber eines Abends wurde mein Traum Wirklichkeit: Und nun, liebe Zuschauer, darf ich Ihnen ein außergewöhnliches, ein durch und durch exotisches Tier vorstellen, verkündete Grzimek, wiederholte ich. Es ist ein Okapi und hört auf den Namen Buschiri. Daraufhin sei ich allerdings erschrocken vom Sofa aufgesprungen, hätte ich doch an den Räuberhauptmann, an den gefürchteten, den mächtigen, den erpresserischen Araberfürsten Buschiri bin Salim denken müssen, von dem in den Urgroßvatergeschichten meiner Mutter so oft die Rede war.

Kennst Du den?

No, I've never heard of him.

Auch nicht in der Schule?

I've never been to school. But I know the okapi. Few of them live in the Serengeti. Strange animals ... half giraffe and half zebra ... as if they can't decide what they want to be.

Ich hebe ab und sehe Leonhard Hagebucher direkt vor mir. Mein Urgroßvater, der Abenteurer, kein Pantoffelheld. Wir zwei, die Nachkommen von Daedalus und Ikarus. Nur viel schlauer. Das stimmt doch, Urgroßvater? Er sagt: Schnell gehen ist fast schon fliegen. Aber die Sonne, das riskieren wir nicht. Vielleicht eine Mondfahrt. Dabei verbrennen wir uns keine Flügel. Es ist die Gier auf das Neue, die uns reizt. Eine Peepshow, bei der die weißen

Flecken unsere Gemüter erhitzen. Die Hügel werden flacher, die Serengeti breitet sich unter uns aus. Die rennenden Punkte, hinter denen eine Staubwolke herzieht, nenne ich Giraffenzebras. Eine ganze Herde! Wer hat so etwas jemals gesehen? Urgroßvater sagt: Lauter Buschiris, und lacht so laut, dass die Tiere ihn gehört haben müssen, denn die geschlossene Gruppe stiebt auseinander. Wir fliegen höher, befinden uns über Bergen mit dichten Kappen aus Wald, jäh aufreißenden Tiefen, dahinter neue Berge. Plötzlich wird es dunkel, wir geraten in ein Gewitter; so dichter Regen, dass wir glauben, unter einem Wasserfall zu stehen; dann sind wir durch, es wird hell, wie auf Befehl; Urgroßvater streckt seinen Arm aus, er zeigt mir das, was ich entdecken möchte, den Grund meiner Reise; direkt vor uns, weißer als jedes Weiß, der in der Sonne erstrahlende Krater des Kilimandscharo; er glänzt, wie ich noch nie etwas glänzen gesehen habe; nun mal langsam, sagt Urgroßvater, und bloß nicht näher heran.

Ich öffne die Augen. So stelle ich es mir auf dem Mond vor. Trostlos. Hässlich. Eine Geröllhalde.

Ich bin wieder dort angekommen, wo ich um Mitternacht losgelaufen bin. Das sinnlose Kreuz und Quer der Lichtkegel aus den Stirnlampen. Die Sterne hingen direkt über unseren Köpfen. Vollmond, sagte jemand. Die Helligkeit nimmt in der Erinnerung noch zu. Ein fast schon idiotisch blendendes Weiß. Ladislaus hat mir einen Stuhl aus der Hütte gebracht, sogar einen Sonnenschirm hat er aufgetrieben. Er drückt mir eine Flasche mit Wasser in die Hand. Ich solle viel trinken. Bald schon gehe es weiter. Zum Horombo Camp. Ich müsse weiter nach unten.

Ein schöner Tag. Heute wird es nicht regnen. Ich sitze vor der Kibohütte. Immanuel bringt mit eine Tasse Bouillon. Viel Flüssigkeit sei jetzt das Beste. Ich rühre die Suppe nicht an. Ich sehne mich zurück ins Briller Viertel. Nach Michael. Nach Camilla.

*

Ich sehe die Sterne.

Es war einmal am Nachmittag des 2. Oktober 1889. Vier Männer kurz vor dem Sprung auf den höchsten Gipfel Afrikas. Besser gesagt, drei Männer, ihre Namen sind bekannt, auch der des vierten, der sich gerade anschickt, eine Suppe zuzubereiten, und der auch sonst sein Bestes gibt, damit der Sprung der anderen gelingt. Sie sitzen um das Feuer herum, löffeln die Blechteller aus, bitten um Nachschlag. Der Koch wird gelobt (höchstens etwas mehr Chinin, ein kleiner Tipp für das nächste Mal), er freut sich, er lacht, er poliert das Geschirr mit einem Lappen. Nur ein paar Tropfen Wasser, es muss gespart werden in dieser Höhe. Meyer klatscht in die Hände, Purtscheller rappelt sich auf, injiziert sich eine weitere Dosis Morphium (damit ich in Form bin). Hagebucher steht bereits. Noch eine Lagebesprechung. Es ist nicht die letzte. Bis zum frühen Morgen des nächsten Tages wird die Lage noch mehrfach besprochen. Der Blick der drei Entdecker geht hinauf zu den blaugeränderten Eiskränzen, den Gletschertischen und Gletscherstuben, der Schneelinie, den Bergrippen, den Felswänden und Lavarücken. Dort und dort und dort. Bis hierhin und dann. Meyers Finger hilft den Worten. Ein schweres Stück Arbeit. Gut. Sie legen sich hin, Hagebucher und Amani in ihren Felsspalt,

Meyer und Purtscheller ins Zelt. Amani schläft sofort ein. Die anderen liegen mit offenen Augen, auch Hagebucher, er hört die beiden flüstern in ihrem Zelt. Er sieht, wie in regelmäßigen Abständen Streichhölzer aufflackern. Sie prüfen die Uhrzeit, sagt er sich.

Es ist so weit.

Es ist wahr.

Am 3. Oktober um 2 Uhr 30.

An einem Donnerstag.

Es ist kalt und stockfinster. Der Mond hätte scheinen sollen, er scheint nicht.

Urgroßvater bekommt den Großteil des Gepäcks aufgebrummt, den Kanister mit Schneewasser, Nahrungsmittel, zähes Dörrfleisch und kalter Reis, einen Großteil der wissenschaftlichen Geräte.

Meyer: Damit er uns nicht davonrennt.

Auch der Expeditionsleiter und Purtscheller schultern ihre Rucksäcke. Hagebucher ist unklar, was überhaupt sie enthalten; Meyers vielleicht nichts als die zusammengerollte deutsche Flagge, jedenfalls ragt der Stock, an dem sie befestigt ist, aus seinem Rucksack heraus. Purtscheller greift nach seinem Eispickel, Meyer zündet die Marienglaslaterne an, ihr Schein fällt auf Muini Amani, der sich aufgerichtet hat und den Bergsteigern zum Abschied zuwinkt.

Es ist so weit.

Das letzte Stück ist das Schwerste.

Für das letzte Stück genügen die Beine allein nicht, auch die Hände müssen zugreifen. Verzweifelte, tastende Kletterei über scharfes, lockeres Gestein, das an den Kleidern schürft. Durch die Handschuhe hindurch.

Zwei Schritte vor,
  einen zurück.

Schutt rutscht in die Tiefe. Der Mond will und will nicht scheinen. Die Kälte steckt in den Knochen trotz der harten Arbeit. Hecheln, als atme man in die Leere hinein. Purtscheller, der berühmte Bergsteiger, klettert voraus, Meyer hinter ihm besteht darauf, weiter links hoch zu steigen, Urgroßvater hält sich schweigend hinter ihnen. Die Laterne geht nicht zu Bruch, aber sie erlischt immer wieder; dann versammeln sich die Männer und versuchen mit wechselndem Erfolg den Wind abzuwehren, so dass sich das erneute Wiederanzünden der Lampe bisweilen in die Länge zieht.

Als der Morgen graut, stellen sie fest, dass sie falsch gegangen sind. Meyer flucht, Purtscheller kann sich ein: Sehen Sie, nicht verkneifen, Urgroßvater stemmt die Hände in die Hüften und atmet kräftig durch. Zurück, hinab und wieder hinauf, stockend, mit vielen kleinen Pausen, die dünne Luft zwingt sie dazu.

Wir schaffen es. Wir müssen.

*

Gerade noch geschafft. Gerade noch rechtzeitig beuge ich mich nach vorne über das Loch, aus dem heraus es erbärmlich stinkt. Dabei drücke ich meine Handballen links und rechts an die ungehobelten Holzwände des Verschlags, spreize die Beine und übergebe mich. Viel wird es nicht mehr sein. Schleim vor allem, vermischt mit der Bouillon, die ich heute Nacht zu mir genommen habe. Erkennen kann ich nichts. In der Grube, in der das Erbrochene verschwindet, herrscht völlige Dunkelheit. Minutenlang reiße ich immer wieder den Mund auf, stecke mir einen, zwei Finger in den Hals. Die würgenden Geräusche, die ruckhaften Bewegungen meines Brustkorbs über dem Loch lenken kurzzeitig vom Schmerz in der Magengegend ab. Meine linke Hand bewegt das Brett, gegen das sie drückt, mit jedem Stoß ein kleines Stückchen weiter nach hinten und gibt dabei ein leises, doch für mich so deutlich hörbares Knarren von sich. Durch die Ritzen hindurch erkenne ich plötzlich im spärlichen Licht schemenhaft eine Gestalt, die über dem zweiten Loch der Hütte hockt. Teile eines nackten Hinterns heben sich von der Umgebung ab. Ein Mann, vermutlich. Der Hockende könnte mich schon länger beobachtet haben.

Durchfall, sagt die Stimme einer Frau, ich weiß gar nicht, wie ich je wieder hochkommen soll. Dieser Scheiß-Berg.

Ich nehme die beiden Finger aus dem Mund, bin aber zu schwach, etwas zu erwidern. Daher nicke ich bloß, während der glänzende Speichel Fäden zieht.

Die letzten Tage sind Ihnen aber auch ganz schön auf den Magen geschlagen, fügt die Frau hinzu.

Ich nicke erneut und muss an Michael denken, der mir die ganze Suppe eingebrockt hat. Mein bester Freund! Dann lasse ich in einer Plastikflasche mitgebrachtes Wasser über meine Hände laufen, spüle mir den Mund aus, wische mit Toilettenpapier die Laufschuhe ab, die einige Spritzer abbekommen haben, obwohl ich die Beine gespreizt hatte. Kurz drücke ich alle Fingerspitzen gegen die Schläfen, die nach wie vor unerträglich pochen, und ziehe die Fäustlinge über meine vor Kälte steifen Hände.

Auf Wiedersehen, ist alles, was ich herausbringe, bevor ich die Tür meiner Kabine öffne, worauf sie nichts erwidert.

Vor den Latrinen hat sich im Vorraum eine Schlange von stumm Wartenden gebildet, die bis hinaus ins Freie reicht. Allesamt Weiße, die Schwarzen kacken woanders. Einem vielleicht fünfzigjährigen Mann macht die Kälte offenbar nichts aus. Mit freiem Oberkörper steht er vor dem Häuschen, etwas abseits der Menschenschlange, und putzt sich die Zähne. Aufgeweichte Paste hängt in seinem Bart. Er speit vor sich hin. Viel trinken solle ich, meint er auf Englisch, nichts anderes helfe.

Ich bedanke mich nicht für den Ratschlag, der mir in den letzten Stunden mehrfach erteilt wurde, und stolpere davon; weg von dem Halbnackten, der Frau mit dem Durchfall, den Bergläufern, die geduldig vor der Holzhütte ausharren, weg von den schwarzen Trägern, den schwarzen Köchen und den Journalisten, die daran zu erkennen sind, dass sie ausdauernd in ihre Handys quatschen, weg von den zahllosen Gaffern, denen die Anspannung im Gesicht abzulesen ist, den Sanitätern, einer heißt Ladislaus, allein der Name, lächerlich, weg von den kreuz und quer auf dieser Hochebene aufgestellten Hütten und der sich drum herum in die Hügel erstreckenden Zeltstadt, weg von der länglichen Banderole mit der Aufschrift Kilimandscharo Benefit Run, weg von der Tribüne, vor der sich die meisten der Wartenden zusammendrängen, hin zu meinem Stein ein wenig außerhalb des Horombo Camps, auf dem ich bereits saß, bevor ich mich übergeben musste.

Was es zu sehen gibt.

Erikazeen, Senecien, Gespensterbäume. Darüber ein paar Vögel, schwarz, breit, flach in der Luft, ich tippe auf Krähen. Dahinter grauer Dunst, in dem die Usambaraberge verloren sind.

Ich setze die Brille ab.

Das will ich nicht sehen.

Statt dessen

*

macht Hagebucher einen Schritt. Und noch einen.

Um 8 Uhr 15 die erste längere Rast. Meyers Höhenmesser zeigt 5200 Meter an. Hunger hat keiner von ihnen. Sie trinken ein paar Schlucke vom mit Zitronensäure versetzten Schneewasser. Purtscheller verarztet sein aufgeschürftes Knie. Um sie herum Geröll. Über ihnen der Eismantel des Kibo.

Erneutes Klettern, Fluchen, Keuchen, Rutschen, bis sie dort anlangen. Ein Wunder, das jahrelang von Geografen mit Spott und Hohn quittiert wurde, wenn davon die Rede war: ewiges Eis südlich des Äquators. Die drei Pioniere stehen darauf, sie suchen aus den Rucksäcken ihre Schneebrillen hervor, binden sich einen Schleier vors Gesicht, vertäuen sich fachmännisch mit dem Gletscherseil. Purtscheller und Meyer können sich zudem Steigeisen überziehen, Hagebucher muss sich mit Bergschuhen begnügen.

Der Bergführer schlägt zu.

Der Pickel dringt ins wasserhell glänzende Eis.

Noch sind einige Hiebe erforderlich, bis die erste Stufe den Schuhen und Steigeisen genügend Raum bietet.

Der Steigungsgrad zwingt sie zum Zickzackkurs.

Spätestens jetzt beginnt Urgroßvater die Veränderung wahrzunehmen.

Zum ersten Mal in seinem Leben stellt er fest,

dass er seinen Schritt,

ob er will oder nicht,

verlangsamt.

Er wird langsamer und zugleich die Welt um ihn herum größer.

Urgroßvater sieht die zwei vor sich wie durch eine Lupe.

Purtschellers rechter in Wolle gepackter Arm.

Die Hand, der Handschuh, die den Holzgriff des Pickels umschließen.

Der Arm geht in die Höhe, beugt sich, schlägt zu.

Das dadurch ausgelöste Geräusch kommt leicht verzögert bei Hagebucher an, dafür aber umso lauter.

Auch die Worte, mit denen Meyer den Bergführer anspornt und ihn fragt: Soll Hagebucher Sie ablösen?

Das Kopfschütteln des Bergführers. Viermal nach links, viermal nach rechts.

Die Haare, die unter seiner Mütze hervorschauen, glänzen vom Schweiß.

Ein erneuter Hieb.

Meyers Schuh gleitet trotz der Nägel aus einer Stufe.

Himmel, Arsch und Zwirn.

Das gespannte Seil verhindert, dass er hinabstürzt ins Tal.

Purtscheller stützt sich schwer auf seinen Pickel.

Wieder ein Hieb.

Meyer tauft unter heftigem Atemholen ein Stück Eis auf den Namen eines Freundes.

Es geht voran.

Die ersten Sonnenstrahlen werden vom Gletscher reflektiert und dringen schmerzhaft durch Schleier und Brille.

Noch ein Schlag.

Keuchen, keuchen, Schnappen nach Luft, ein heftiges Stechen im Rachen.

Purtscheller hebt den Arm.

Die Lunge ein Fass ohne Boden, ein Nimmersatt.

Das Bein muss angehoben werden, der Fuß muss hinein in die nächste Stufe.

Die Lupe vergrößert.
Jede Regung eine Welt für sich.
Jedes Geräusch, jedes Wort, jeder Laut.
Das Eis kracht und knirscht.
Es verwittert zusehends in der Höhe.
Heimtückisch.
Hagebucher beobachtet, wie Purtscheller plötzlich das Eis unter den Füßen weggezogen wird und er bis zur Brust verschwindet. Von einer Sekunde zur nächsten schrumpft Purtscheller zusammen. Hagebucher muss an Meyer vorbei und dem Eingebrochenen unter die Arme greifen. Während er zieht, meint er, Purtscheller wachse ins Unendliche. Auch die Ausmaße der Gletscherfurchen wachsen, in die Höhe und in die Breite. Hagebucher ist sich nicht sicher, ob ihm die Luft einen Streich spielt.

Hinabsteigen, hinaufsteigen.
Ihm ist nicht unwohl dabei.
Schlag auf Schlag.
Alle fünfzig Meter hält
Purtscheller an.
Urgroßvater beugt sich nach vorn.
Die Handflächen stützt er auf die Oberschenkel.
Der Wunsch, zum ersten Mal, keinen Fuß mehr vor den anderen zu setzen.
Für immer so bleiben.
Erstarren.
Innehalten.
Die Augen schließen.
Ganz Ohr sein.

*

Mein Kopfkino läuft.

Kibo, Kibo, Du wirst Abenteuer erleben wie Dein Urgroßvater, hätte mir Mutter wahrscheinlich gesagt, wenn sie noch geredet hätte an diesem Tag,

ein Familienabenteuer,

keine Familienidylle,

ein Abenteuer über Generationen hinweg, dieses Urgroßvaterleben.

Er war ein Abenteurer, dann war er ein Gärtner, sagte Mutter, mehr nicht. Basta. Und kein Grund, sich künstlich aufzuregen. Das, was Du Dir dazwischen denkst, sind Hirngespinste.

Die grauen Zellen spielen verrückt.

Aufgebauscht, aufgepäppelt, garniert.

Familienaufstellung,

Küchenpsychologie,

Therapiegespräche ohne Ende.

*

Plötzlich tut sich die Erde auf.

Drei Männer blicken hinab in einen Krater, in dem sich das Gletschereis übereinander stapelt, sie sind überwältigt, sie sammeln sich, wenig später erklärt Meyer, das Geheimnis des Kibo sei gelüftet.

Gelüftet in der dünnen Luft.

Gelüftet ja, aber.

Er erkennt, dass sie noch nicht am höchsten Punkt angelangt sind. Der befindet sich drüben, auf der anderen Kraterseite, ein Marsch, schätzt Purtscheller, von eineinhalb Stunden. Das Geheimnis ist gelüftet, aber der Berg noch nicht bestiegen. Damit kann auch die Expedition noch kein Ende haben. Meyer lässt die Flagge in seinem Rucksack. Sie müssen weiter, sie können nicht weiter. Meyer und Purtscheller beschließen, abzusteigen und in ein paar Tagen wiederzukehren.

Gut fünfzehn Minuten am Kraterrand. Zwischen 14 Uhr und 14 Uhr 20 wird gestaunt, gratuliert, erklärt, ein Beschluss gefasst, der Nebel als bedrohlich erkannt, Dörrfleisch gekaut und wieder ausgespuckt, Wasser getrunken, die Höhe bestimmt. Urgroßvater reicht den beiden das Wasser, das Fleisch, den Reis, die Messgeräte. Er versucht erst gar nicht, etwas zu essen oder zu trinken, spricht weiterhin kein Wort. Nur auf Purtschellers Nachfrage, wie es ihm gehe, antwortet er mit einem Lächeln: Bestens. Worte allein genügen nicht, um ihn zum Abstieg zu bewegen, der Bergführer und Meyer müssen kräftig am Seil zerren.

Meyer: Ihnen ist wohl die Höhe in den Kopf gestiegen. Wie lange wollen Sie denn noch,

*

vielleicht dauert es nur Sekunden, bis ich mich losreiße von dieser Aussicht und meinen Kopf drehe, meinen Oberkörper, bis ich mich aufrichte, die Matte zusammenrolle, die Fäustlinge überziehe und mich langsam, trotz der Gliederschmerzen, hinüber zur Hütte bewege, in der sich mein Schlafplatz befindet, dabei aber in den Lärm und zwischen die Jubelnden gerate, in deren Mitte sich der Keniander mit der Startnummer 68 befindet, ich sehe ihn nicht, aber ich weiß es.

Über Lautsprecher wird das Publikum mit Musik beschallt, We are the Champions, der Moderator, der in England eine große Nummer sein muss, krakeelt darüber hinweg, Here he is, here he is, hinter ihm tanzen einige schwarze Frauen zur Musik. Trotz der Kälte nur spärlich bekleidet. Bauchfrei. Barfuß. Die müssen sich mit etwas eingeschmiert haben. So abgehärtet sind die auch nicht. Selbst unsere Träger hatten sich in den höheren Regionen total vermummt.

Hände greifen nach mir, klopfen meine Schultern. Ich werde untergehakt und gerate langsam in den inneren Kreis der ausgelassenen Gesellschaft. Wehren kann ich mich nicht, stattdessen lasse ich mich gehen, kann die Tränen nicht mehr zurückhalten, Tränen der Erschöpfung, sage ich mir beschwichtigend und gleichzeitig, Du Idiot, Du blöder Idiot. Jetzt bist Du völlig übergeschnappt.

Sie feiern nicht den Kenianer, einen der Alibischwarzen, der stets nach dem Startschuss auf und davon spurtete, sie feiern die Startnummer 137, einen Weißen, der mir nie auffiel, kein einziges Mal in den vergangenen vier Tagen. Wahrscheinlich ein dilettantischer Läufer, der davon profitierte, dass ihm die dünne Luft nichts ausmachte und daher das Feld von hinten aufrollen konnte. Überhaupt: Wie soll auch nur ein Bruchteil der Gesichter aller knapp zweihundert Verrückten im Gedächtnis bleiben, wenn man unentwegt den eigenen Atem, den Puls, die Beschaffenheit der nächsten zwei, drei Meter Laufstrecke kontrollieren muss, sich also selbst keinen Moment aus den Augen lassen darf? Werner sagte mir nichts Neues, im Flugzeug und erneut in Moshi, als wir nochmal gemeinsam die Straße hinauf bis zum Punkt spazierten, an dem der Kibo sichtbar wurde: Der nächste Stein, das nächste

Stückchen Erde und Du, das ist alles. Links und rechts, vor Dir, hinter Dir gibt es nichts und niemanden.

Michael paukte mir in Berchtesgaden die Regeln ein. Pausenlos. Er schwadronierte, ich japste.

So funktionierte es. Meine Pflicht. Ich als Maschine, die blind gehorcht. Ich als Maschinist, dem die Bedienung der Geräte in Fleisch und Blut übergegangen ist.

Der Puls, eine Mathematikaufgabe, der Soll- und der Ist-Zustand, alles eine Frage der Messung. Streng nach Vorschrift. Die Atmung. Eine Technik.

Die Füße, die Beine. Richtige Beinarbeit ist das A und O.

Die Arme. Der Kopf. Die Augen.

Der Idealfall: eine gleichmäßig arbeitende Maschine. Alles lief wie geschmiert. Selbst der Schmerz fügte sich, das Stechen auf der Lunge, der Druck auf die Schläfen, seit gestern auf den gesamten Schädel, die Druckstellen an den Füßen konnten mich nicht über die Maßen behindern. Es hatte funktioniert. Bis gestern. Dann ging es bergab.

*

Die Vorbereitungen für den zweiten Anlauf. Dazwischen das Spiel der Wolken am späten Nachmittag. Das weithin sichtbare Lagerfeuer Muini Amanis, das den Bergsteigern die Richtung wies. Stechender Kopfschmerz. Fieberhafte Erregung. Die schmerzenden Muskeln. Instrumentararbeiten. Botanisieren. Schlafen. Essen. Variieren des Plans: Die Aufteilung der Tour auf zwei Tage. Erneuter gemütlicher Aufstieg am Nachmittag des 5. Oktobers. Muini Amani schleppt die Schlafsäcke, die Decken und das Zelt, Hagebucher den Proviant, die wissenschaftlichen Geräte. Nebel wie so oft. Lager an einer hohen, weit offenen Lavahöhle, die Schutz bietet vor dem über die Gletscherzunge herablaufenden Bergwind. Mit Strohblumenbüscheln wird ein kleines Feuer entfacht. Meyer und Purtscheller kriechen in die Schlafsäcke, Amani und Hagebucher unter Decken. Sie reiben sich aneinander, um nicht zu erfrieren. Rücken an Rücken,

*

Schulter an Schulter stehen wir vor der Tribüne. Ich werde von verschiedenen Seiten so geschubst, dass ich mich ungefähr auf der gleichen Stelle halte. Um mich herum der Geruch von seit Tagen getragener Kleidung, in der sich Nässe und Schweiß abgesetzt haben, und mein säuerlicher Atem. Obwohl ich meiner Einschätzung nach viel mehr aus mir heraus gebrochen, als mir an Lebensmitteln zugeführt habe, fühle ich mich so, als sei ich bis zur Kehle voll gestopft mit Unverdautem, das nach draußen gelangen möchte. Immer mal wieder verdeckt, sehe ich einige Meter vor mir den Sieger, aus Frankreich stammt er, das Trikot hängt ihm wie ein Lätzchen vor der Brust (137 steht darauf, darunter Werbung: It's Kili Time), und den Moderator. Zwischen ihnen ein Dolmetscher, der die Worte des Gewinners in das hier geläufige Englisch übersetzt. Der zweite und der dritte Sieger posieren inzwischen auch hinter den Mikrofonen. Die Silbermedaille wird Emma McConnell umgehängt werden, Bronze erhält der Kenianer. Mehr ist noch nicht bekannt.

Wenigstens wird Färber nicht aufs Podest klettern, sehen kann ich ihn jedenfalls nirgends, vielleicht befindet er sich noch im Gelände. Die offizielle Preisprozedur wird sicher einige Zeit auf sich warten lassen, da der deutsche Ex-Außenminister sich oberhalb des Camps befindet, um den ankommenden Wettläufern vorab zu gratulieren. Der tansanische Präsident, der ebenfalls die Sieger ehren soll, hat sich noch gar nicht blicken lassen.

Mir ist heiß und kalt zugleich. Die Finger, die Zehen steif vor Kälte. Der Kopf dagegen scheint zu glühen. Ich versuche, mir ein wenig mehr Platz zu schaffen, vergeblich. Halte nach Werner Ausschau. Unterdrücke den erneut aufsteigenden Brechreiz. Verdränge den Schmerz in den Schläfen. Jemand schüttet mir Bier auf den Ärmel, das jetzt, wie angekündigt, ausgeschenkt werden darf. Ich weiß: Kili Premium Lager, ich weiß: der einzige tansanische Sponsor des Berglaufs. Ich kenne den Slogan, ich kann den Sermon der drei Gewinner einschätzen, die in vorauseilendem Gehorsam verkünden, dass sie die Prämien komplett dem guten Zweck spenden möchten, ein durchsichtiger Schutzfilm, weil der Schwund des Gletschers, die schöne, gesunde Natur und anderes, was bei mir glücklicherweise nicht ankommt, sie zur Großzügigkeit, zum eigenen Verzicht und weiß Gott zu was noch verpflichte.

Mein Magen rumort. Die hockende Frau sehe ich vor mir, deutlicher als zuvor, ihren Hintern, aus dem der Durchfall in das Loch spritzt. Mit der einen Hand stützt sie sich an den Holzlatten auf, die andere drückt die heruntergezogene Hose nach vorne, eine vergebliche Vorsichtsmaßnahme, denn etwas geht immer daneben. Es gelingt mir nicht, die Frau aus ihrer hockenden, ihrer mir ungeheuer kläglich vorkommenden Stellung zu befreien, obwohl ich mich bemühe, die Holzbretter schlage ich entzwei, ziehe und zerre an ihr, mit meinen vom Erbrochenen verschmierten Fingern, doch stets taumle ich zurück, mit einem weiteren Fetzen ihres Baumwollhemds in der Hand: Reißen Sie sich doch zusammen! Noch immer erreichen Wettläufer das Ziel. Die Musik wird hochgefahren. Ich höre den Chor, den Chor des Urgroßvaters. Kein Wölkchen am Himmel, nur für Sekunden ein Hubschrauber, in dem der Regierungschef herangeflogen kommt, es kann also nicht mehr lange dauern bis zur Übergabe der Medaillen. Den Kopf strecke ich so weit in den Nacken, dass es knackt. Noch ein Stückchen und noch eins. Das Knacken legt sich über das Pochen in den Schläfen. Ich verliere den Boden unter meinen Füßen und falle in den Himmel. Wattig und weich erscheint er mir. Ich schwebe in die Richtung, die mir vorgegeben ist, zum Mond, wohin sonst. Gerade noch vermag ich zu sehen, wie sich Ladislaus und Immanuel mir nähern und nach mir greifen wollen, zu spät, ich bin bereits auf dem Weg, habe mein Traumziel fest im Blick, die letzte Insel im strahlenden Blau. Fast bin ich da, mir ist, als müsste ich nur die Arme ausstrecken und hielte ihn in Händen. Doch dann muss ich ausweichen, werde abgedrängt in seine Umlaufbahn. Herum und herum und

*

herum, bis es erneut so weit ist.
Am 6. Oktober, 3 Uhr morgens.
Frisch ans Werk.
Der Mond scheint auf die Schutt- und Trümmerhalden.
Die Sterne leuchten heller, je höher sie steigen.
Das zusätzliche fast schon überflüssige Licht der Laterne,
Nach einigen Stunden bereits erreichen sie die Zunge

des Gletschers und erwarten dort den Sonnenaufgang, zum Schutz gegen die Kälte eng aneinandergeschmiegt.

Die Stufen in der Eismauer bedürfen nur geringer Nachbesserung.

Meyer: Heute geht's.

Hagebuchers wohliges Gefühl.

Zeitlupe: Die Verlangsamung und Vergrößerung der Welt.

Kein Zaudern am Kraterrand, Meyer spornt die anderen an,

*

und mich, weiter, es kann schneller gehen, aber ich sehe nichts, absolut nichts. Meine Arme sind an den Körper gepresst, ich kann sie kaum bewegen. Der Schlafsack. Mit den Händen taste ich mich ab, so gut es geht. Der Anorak, jemand hat mir den Anorak ausgezogen. Das, was ich fühle an Kleidung, ist so nass, als hätte ich darin gebadet. Mein Mund dagegen kommt mir ausgetrocknet vor, die Zunge groß und hart. Leicht hebe ich den Kopf, flüstere Hello mit einer Stimme, die nicht mir gehört.

He woke up.

Die Stimme, die ich nicht zuordnen kann, verlangt schleppend, in einem Kauderwelsch aus deutschen und englischen Brocken, nach Wasser. Jemand fasst an meinen Hinterkopf. Drückt ihn nach oben. Mir wird Wasser eingeflößt. Ein paar Tropfen laufen vorbei, über das Kinn den Hals entlang. Etwas wird in meinen Mund gesteckt. Noch mehr Wasser. Ich schlucke.

Sleep, everything is fine.

Als ich die Augen aufschlage, blendet mich ein extrem helles Licht, so dass mir einen Augenblick lang so ist, als sei ich nur hinüber gewechselt von einem Traum zu einem anderen. Dann höre ich Stimmen. Es sei der Arzt, höre ich Ladislaus sagen, ich solle mir keine Sorgen machen. Is he better?, fragt Werner. Langsam drehe ich den Kopf weg vom Licht. Achtundsiebzigster. Du bist Achtundsiebzigster geworden. Hörst du? Grandios!

Der Arzt trägt eine Stirnlampe. Er tastet meine Brust und meinen Bauch ab, er befühlt meine Stirn, er schaut in meinen Mund. Danach wird mir eine Tablette mit Wasser verabreicht. Gehorsam öffne ich die Lippen, pflichtschuldig schlucke ich hinab, würge, es geht, vom Lehnstuhl

*

zum Krater ist es nur ein kleiner Schritt. Schritt für Schritt schleppen sich Meyer, Purtscheller und Hagebucher über den zerfressenen Gletscher zur Südseite des Kraterrands, an dem drei aus Schutt, Lava und größeren Felstrümmern bestehende Spitzen aus den Eisfeldern herausragen. Sie erklimmen, zunächst ohne Hast, die linke, messen ihre Höhe, rutschen über ihr Geröll herunter, verfahren auf gleiche Weise mit der rechten und wenden sich dann der Mittelspitze zu, die bereits mit bloßem Auge als die höchste zu erkennen ist.

Einige Meter unterhalb des Gipfels zieht Meyer so heftig am Seil, dass der führende Purtscheller stolpert und beinahe stürzt.

Ohne Worte, auf allen Vieren, krabbelt Meyer auf den verdutzten Purtscheller zu und wäre an ihm vorbeigezogen, wenn dieser sich nicht schnell besonnen hätte.

Der Bergführer geht seinerseits in die Knie und gräbt die Hände ins Geröll.

Steine spritzen davon.

Eine Hand nach vorne, einen Fuß hinterher.
Die Steine.
Die Hand muss,
muss nach oben,
nach vorne,
der Fuß.
Urgroßvater weicht den Steinen aus.
Seine Beine, seine Füße, seine Hände machen sich an die Verfolgung, sein Kopf wehrt sich dagegen.
Die Aufbietung der letzten Kräfte.
Die Nicht-Luft ein Sumpf.
Trotz
des
Gepäcks
gelingt
es
Hagebucher,
die
beiden
einzuholen,
so
dass
sie
gleichzeitig
auf
der
Spitze
an
lang
en.
Wahn

*

sinn,
es sei
Wahnsinn gewesen,
absoluter Wahnsinn. Das könne sich kein Mensch vorstellen. Mindestens fünf Zeugen des ungeheuren Vorfalls habe er befragt, bevor er von der Wahrheit des Berichteten überzeugt gewesen sei. Werner, der auf dem Bett mir gegenüber Platz genommen hat, kann sich nicht beruhigen. Er sitzt nach vorne gebeugt da, die Ellbogen auf die Knie gestützt, doch zwischendurch richtet er sich immer mal wieder auf und klatscht sich auf die Schenkel. Da er erst später, nachdem ich beiseite geschafft worden war, im Lager eintraf, wisse er alles nur aus zweiter Hand. Aber abgesehen von unwichtigen Details hätten ihm alle dasselbe berichtet. Eine richtige Fontäne, vergleichbar der bei einem Vulkanausbruch, sei es gewesen, die sich aus meinem Mund auf die Umstehenden ergossen habe. Sicherlich zwei Meter hoch, so die Schätzung von Immanuel. Und gespritzt hätte ich bis zur Tribüne, die Sieger, die Dolmetscher und der Moderator seien zwar nach hinten gesprungen, dennoch hätten auch sie etwas vom Erbrochenen abbekommen. What a fucking shit habe der für seine Schlagfertigkeit bekannte Moderator in sein Mikro gebrüllt. Der von mir ausgelöste Tumult unter den betroffenen Läufern, Zuschauern, Journalisten und Trägern sei selbstverständlich von den etwas entfernter stehenden Reportern gefilmt worden und bereits, er habe sich das telefonisch bestätigen lassen, in allen deutschen Nachrichtensendungen gelaufen.

Nur schade, witzelt er, dass die Politiker noch nicht an Ort und Stelle gewesen seien. Es sei aber letztendlich, ganz im Ernst, dennoch eine herrliche, eine ausgesprochen feierliche Siegerehrung geworden.

Ich kann Werner immer weniger leiden. Er hat mich mit Absicht oben aus dem Rhythmus gebracht. Ganz sicher. Ganz wie meine Mutter. Oder Meyer. Obwohl er in Innsbruck lebt, erinnert mich wenig von ihm an Purtscheller. Etwas Züchtiges hat auch er an sich, ja, aber das würde nie in Unzucht umschlagen. Auf eine meyerische Weise beherrscht ist er. Ein Sports- und Geschäftsmann durch und durch. Der rechnet in die Zukunft hinein und die Rechnung geht auf. Seine Bilanzen stimmen. Er erzählt von den letzten Metern. Gekrochen sei er sie, habe sich auf allen Vieren über die Ziellinie am Gilman's Point geschoben. Auch als ihm eine Decke umgelegt, Tee eingeflößt worden sei, habe er weiter um Luft gerungen, wie die anderen Läufer um ihn herum, die dagelegen seien und mit ihm um die Wette gejapst hätten, als ginge der Sauerstoff dieser Welt in Kürze zur Neige, und sie, die Gierigsten, schnappten mit aller Gewalt nach den Resten.

Neunter ist er geworden, zwei Plätze vor Konrad Färber.

Nachdem ich umgefallen sei, sei ich sofort auf eine Bahre gelegt worden und von Ladislaus, Immanuel und dem Arzt von Horombo nach Mandara geschafft worden. Das sei vor zwei Tagen gewesen. Der Arzt habe mich mit Antibiotika vollgepumpt, Ladislaus habe sich aufopfernd, mehr oder weniger rund um die Uhr um mich gekümmert, mir den Schweiß abgewischt und die Kleidung gewechselt, da ich doch am meisten von allen abbekommen hätte. Er, Werner, denke, dass es ziemlich knapp gewesen sei. Ich sei ein Glückskind. Ansonsten hätte der Berglauf zwei Todesopfer gefordert. So aber habe nur eine Frau das Zeitliche gesegnet, die vorgestern Nachmittag, während der offiziellen Siegerehrung, wie aus heiterem Himmel zusammengebrochen und im Zusammenbrechen gestorben sei. Ihm bestätige dieser Fall nur seine schon immer gehegte Meinung, Frauen seien für diesen Sport absolut ungeeignet. Marathon ja, Berglauf nein. Ein echtes Drama. Ihr Tod in der Menge habe für den zweiten Tumult des Tages gesorgt, den er allerdings im Unterschied zum ersten, zu meinem, life erlebt habe. Sie sei plötzlich im Gedränge zusammengesackt und sofort hätte sich ein unglaubliches Durcheinander ereignet, es sei viel geschrien, geweint, aber auch hysterisch gelacht worden; es sei kopflos hin- und hergerannt, Menschen und Kameras seien umgestoßen worden; es seien mehrere Minuten vergangen, bis sich die Sanitäter endlich einen Weg durch das Chaos gebahnt hätten, um die Tote wegzuschaffen.

Es kann nur sie gewesen sein, die Frau aus dem Toilettenhäuschen, denke ich und frage Werner sinnloserweise danach, wie sie ausgesehen hat. Sie habe eine rote Pudelmütze getragen, eine rote Pudelmütze mit mehreren gelben, kleinen Enten drauf. Werner fragt sich, wie irgendjemand, selbst eine Frau, mit so einer bescheuerten Kopfbedeckung am Kilimandscharo-Lauf habe teilnehmen können. Ihren Namen weiß er nicht. Vielleicht sei der irgendwann einmal ausgerufen worden, aber wenn, dann habe er ihn vergessen.

Nachdem die Tote abtransportiert worden war, sagt Werner, nachdem die im Tumult Verletzten verarztet und die unter Schock Stehenden mit einer Spritze beruhigt worden waren, versammelten sich die Politiker, der Moderator, die Sieger und die Tänzerinnen erneut auf der Tribüne. Der Moderator forderte uns zu einer Schweigeminute auf, to think of the dead. Du weißt, wie mies mein

Englisch ist. Einen Moment lang dachte ich bestürzt, nicht nur die Frau, sondern auch Du seiest abgetreten. Das war furchtbar. Trösten konnte mich nur der Gedanke, zu wissen, wie wichtig Dir dieser Lauf war und dass es besser ist, bei etwas umzukommen, was einem am Herzen liegt, als bei etwas völlig Belanglosem.

Werner ist der Überzeugung, dass insbesondere die traurigen Ereignisse dazu beigetragen hätten, aus dem Ganzen ein besonders feierliches, ein wunderbares Ereignis zu machen. Der Tansanier hätte dem Deutschen den Vortritt bei der Ehrung gelassen. Eine großzügige Geste. Weltmännisch. In vielen Augen hätten Tränen gestanden. Die Sieger hätten auf ihre Prämie zugunsten der Folie verzichtet, die voraussichtlich schon in einigen Monaten über die Gletscher des Kibo gezogen werden würde. Die Namen aller weiteren Läufer seien dann aufgezählt worden, auch die der zweiundzwanzig Disqualifizierten. Nur der der Frau sei aus einem verständlichen Gefühl der Pietät heraus ausgespart worden. Nach jeder Namensnennung hätte das Publikum frenetisch applaudiert, dabei den Genannten kurzzeitig aus der Menge heraus in die Höhe gestemmt. Bei mir, der ich ja nicht so hätte gefeiert werden können, sei noch lauter geklatscht worden. Der Applaus habe gar nicht mehr enden wollen. Achtundsiebzigster, darauf könne ich mir etwas einbilden. Danach seien die Organisatoren Schmolke, Rippgen und Eddish auf die Bühne gebeten und bejubelt worden. Schließlich habe der ehemalige deutsche Minister angekündigt, er werde sich auch in Zukunft um das verbliebene Eis auf dem Kibo bemühen. Das sei er schlichtweg den afrikanischen Freunden schuldig. Der tansanische Präsident habe im Namen seines Volks für die ökologische Großtat seinen

Dank ausgesprochen. Er, Werner, sei selten so gerührt gewesen. Andere auch, das habe man

*

ihren Gesichtern angesehen, wie fertig sie alle sind, auf der Spitze, sie bringen zunächst keine Silbe mehr heraus, sie heulen und ringen nach Luft. Irgendwann greift Meyer in seinen Rucksack, entrollt die deutsche Fahne, deren Holzstock er mit einigen Steinen zwischen ihnen befestigt. Sie wedelt hin und her, berührt Schleier und Gletscherbrillen. Mit dem Recht des ersten Besteigers, sagt Meyer, während er aufsteht und die beiden anderen mit ihm, taufe ich diese bisher unbekannte, namenlose Spitze des Kibo, den höchsten Punkt afrikanischer und deutscher Erde, Meyerspitze.

Er greift erneut in seinen Rucksack, holt einen kleine Flasche Enzianschnaps daraus hervor sowie drei Zigarren. Nach einem kräftigen Schluck reicht er Flasche und Zigarren an seine Begleiter weiter: Ich beabsichtige, das Buch, das ich über meine Erstbesteigung zu schreiben gedenke, mit Der Marsch zu mir selbst zu überschreiben. Ein angemessener Titel, finden Sie nicht?

Nun mal langsam, sagt Urgroßvater.

*

Das sei ein geflügeltes Wort in den Familien Hagebucher Ködling Binder gewesen, sage ich zu Ladislaus, a... a... phrase, you know. Die einen sahen darin nichts als eine Aufforderung an den Arbeitgeber, langsamer zu sprechen, um besser folgen zu können. Die anderen machten sich

Purtschellers Standpunkt zu eigen. Hagebucher habe einen Einspruch gegen die willkürliche Entscheidung des Forschers vorgebracht und damit am Stachel in Meyers Fleisch gezupft. Urgroßvater selbst äußerte sich nie dazu, er lächelte nur in sich hinein, wenn sich seine Verwandten immer wieder den Kopf über die Bedeutung seines Sätzchens zerbrachen.

*

Was soll das heißen? Was stört Sie an dem Titel?

Also, wenn Sie mich fragen, Herr Dr. Meyer, stört Hagebucher der Titel Ihres Buchs nicht im Geringsten. Ich glaube, er hat Einwände gegen den Namen, den Sie dieser Spitze hier gegeben haben. Damit hat er, wie ich finde, nicht Unrecht. Bislang haben Sie stets ohne Absprache Ihre Entscheidungen gefällt und willkürlich, wie es Ihnen gerade einfiel, Namen verteilt. Na gut. Aber das hier ist nun mal der Höhepunkt. Hier, da bin ich ganz Hagebuchers Meinung, müssen wir uns gemeinsam absprechen.

Ich verstehe nicht ganz. Es ist doch selbstverständlich, dass ich als Expeditionsleiter ... Nun, jedenfalls, heißt die Spitze jetzt so, wie ich sie getauft habe und damit basta.

Nichts basta. Immerhin habe ich Sie hinaufgeführt. Also wäre es doch das wenigste, dass mir die Ehre erwiesen wird und wir den Gipfel hier Purtschellerspitze taufen.

Quatsch. Sie bekommen drüben einen Gipfel, auf dem Mawenzi. Überhaupt: Wer hat denn alles organisiert? Wessen Geld steckt in der Expedition? Wenn ich nicht gewesen wäre, Sie ... Sie ... neunmalkluger ...

Dennoch, unterbricht ihn Purtscheller, hätten Sie ohne mich die Eismauer nicht überwunden. Überhaupt: Meyerspitze klingt sehr gewöhnlich. Das müssen Sie zugeben. Stellen Sie sich Ihren Namen in den Alpen vor. Lächerlich! Purtschellerspitze dagegen, das hat was. Originalität! Esprit!

Ich muss schon sehr bitten. Meyer ist vom Klang her ein repräsentativer deutscher Name. Wenn dieser Name fällt, weiß jeder, aha, vor mir steht ein Deutscher. Darüber hinaus gibt das ey in der Schreibweise dem Ganzen eine besondere Note. Purtscheller jedoch klingt wie aus dem hintersten Dickicht in Österreich

*

entronnen. Gerade noch einmal. Dabei kann es so schnell gehen. Zack und Aus. Wie bei der Frau mit der Pudelmütze. Bevor ich gänzlich hinab, zum Marangu Gate, transportiert werde, erlaubt mir der Arzt auf meine Bitte hin, ein paar Schritte zu gehen. Ich wühle in meinem Seesack nach Hagebuchers Briefen. Ladislaus hilft mir beim Anziehen, er schnürt mir die kaum ramponierten Laufschuhe, die ich ihm, sobald wir unten angekommen sind, überreichen werde. Ebenso den Schlafsack. Immanuel schenke ich alles, was ich an Funktionswäsche dabeihabe. Ich werde mit wenig Gepäck zurückreisen.

Your great-grandfather was up there. One of your family. That's good. That's enough. Be happy.

Es sei das Erlebnis in Urgroßvaters Leben gewesen, das ihn am meisten überwältigt habe, overwhelming, sagte ich Ladislaus, dabei das Wort übersetzend, mit dem Mutter ihre Schilderung der Besteigung stets abschließend kommentiert hatte.

Draußen sind viele Schwarze damit beschäftigt, die eigens für den Berglauf errichteten Zelte abzubauen und den

Abfall einzusammeln. Ladislaus übergibt mich Werner, der vor der Hütte gewartet hat. Wir gehen langsam in Richtung des Maundi Krater, so weit, bis vom Lager nichts mehr zu sehen ist und die Geräusche der Arbeitenden nicht mehr zu hören sind. Nach wenigen Schritten bricht mir der Schweiß aus, auf der Stirn, unter den Achseln. Wir blicken vom schmalen Pfad aus in den beängstigend stillen Regenwald hinein. Schwer lehne ich auf Werner, der seinen Arm um mich gelegt hat. Jetzt oder nie. Ich ziehe Urgroßvaters Briefe aus meinem Anorak.

Du arbeitest doch in einem Archiv. Musst Du da auch alte Handschriften entziffern.

Klar, das ist eine meiner Spezialitäten.

Hier sind zwei Briefe, wahrscheinlich von meinem Urgroßvater an seine Verlobte. Eigentlich wollte ich sie lesen, nachdem ich oben gewesen war, aber…

Her damit!

Ich reiche sie Werner, der sie behutsam öffnet, sie sachte dreht und wendet. Er liebt diese Schrift, man sieht das auf den ersten Blick, ich sehe es an seinem Finger, der zärtlich über die Spitzen und Rundungen auf dem Papier gleitet. Ich warte, bis er seine Liebkosungen beendet, ich warte darauf, dass er sagt: Liebe Maria Theresia, aber er bleibt stumm.

Ich warte und schwitze. Werners Lippen lesen. Erst nach einer kleinen Ewigkeit wendet er sich mir erneut zu.

Mann, das war ja fast so schwer wie auf den Kibo zu rennen. Zunächst die gute Nachricht. Dein Urgroßvater ist tatsächlich nach Leipzig gefahren, hat Meyer aufgelauert und ihn gebeten, mit auf die Expedition zu dürfen. Die schlechte Nachricht allerdings lautet, dass er vergeblich gebettelt hat. Auf den Knien sei er gerutscht, schreibt er an seine Zukünftige, im Staub gekrochen. Aber Meyer hat ihn vor die Tür gesetzt. Er muss sich dann mit Gelegenheitsarbeiten über Wasser gehalten haben. Das wird aus dem zweiten Brief klar, den er über ein Jahr später geschrieben hat. Gekellnert hat er zu diesem Zeitpunkt. Aber gut ging's ihm nicht. Er schreibt, wegen ihr, Maria Theresia, weil er sie vermisse, wegen des Vaters, der ihn nicht mehr sehen wollte, aber zwischen den Zeilen ist zu lesen, dass es ihm schlecht geht, weil er in Leipzig auf keinen grünen Zweig kommt. Der Schluss ist ziemlich deprimierend: Wenn wir nun zusammensäßen, so könnte ich Dir wohl noch vieles sagen. Zu schreiben weiß ich nichts mehr; ich bin auch sehr müde. Tut mir leid für Dich. Es war also nix mit Afrika.

Lass das, stammle ich, hör auf! Du lügst!

Ich will ihn anschreien, bringe aber nichts als ein heiseres Flüstern hervor. Währenddessen ist mir immer heißer geworden. Mir ist, als wolle jemand einen Heizkessel in meinem Kopf zum Explodieren bringen.

Ist Dir nicht gut?

Werner fingert mir im Gesicht herum.

Sag schon! Was steht nun wirklich in den Briefen?

O.k., o.k. Man wird doch noch einen Spaß machen dürfen. Also, Du hast natürlich völlig Recht mit dem, was Du erzählst. Zuerst einmal: Dein Urgroßvater, der hat diese Maria Theresia aus ganzem Herzen geliebt, das erklärt er ihr im ersten Brief mit den zärtlichsten Worten. Es macht ihn traurig, schreibt er, da er weiß, dass er sie seiner Pflichten wegen weiterhin allein lassen muss. Denn er könne noch nicht zurückkommen, sondern erst, wenn er das Veilchen für sie erobert habe. Die Hagebucheria, schreibt er, wird der Weg sein zu unserem Glück. Und dann: Womit ich verbleibe Dein Dich liebender Leonhard. Schön, oder? Buschiri kommt übrigens fast in jedem zweiten Satz vor. Ich hoffe auf Buschiri, Buschiri hat mir versichert, ich traue ihm etc.

Und Meyer? Und der Kibo?

Mann, Du glühst ja! Du hast Fieber. Ja, ja, Meyer, schreibt er gegen Ende des zweiten Briefs, hat ihn erneut engagiert, das steht hier schwarz auf weiß. Sie würden erst den Kibo besteigen, aber dann, dann würden sie weiterziehen nach Usambara, zu seinem, zu ihrem Veilchen. Ich bin auf dem Weg, etwas Großes zu werden, schreibt er zu guter Letzt. Aber kein Wort davon zu meinem Vater.

Wirklich?

Großes Braunschweiger Pfadfinderehrenwort.

Er gibt mir die Schriftstücke zurück, ich zerreiße sie. Er tobt, erklärt mich für verrückt, sagt mir voraus, wie sehr ich diesen Akt des Wahnsinns noch bereuen würde. Das seien Zeitdokumente. Aber schließlich beruhigt er sich wieder so weit, dass er es murrend übernimmt, die Schnipsel vom Weg aufzusammeln und sie in den Wald hineinzustreuen. Dabei redet er ununterbrochen auf mich ein:

In diesem Wald hier sind bereits viele auf Nimmerwiedersehen verschwunden. Auch einer, den ich kannte. Der wollte vor vier oder fünf Jahren den Kibo besteigen. Er ist bis hierher, bis zum Mandara Camp, gekommen. Mitten in der Nacht sprang er von seinem Lager auf, rief laut, er müsse jetzt unbedingt ein Bier trinken, worauf er aufstand und verschwand. Die anderen, die durch den laut gesprochenen Satz aufgewacht waren, machten zuerst wenig originelle Witze über den Durstigen. Als er jedoch nach einer halben Stunde nicht zurückkehrte, machten sie sich ernsthaft Sorgen und begannen fieberhaft nach ihm zu suchen. Ohne Erfolg. Er war und blieb verschwunden. Schon bitter, wenn einem auf nicht einmal 3000 Meter die Höhenkrankheit so endgültig erwischt, dass der Wunsch nach einem Bier der letzte ist. Aber ich verspreche Dir, wenn Du auch, ohne verrückt zu sein, hundert Meter in diesen Wald aufs Geratewohl hineingehst, dann bleibst Du für Dein restliches Leben drin. Stell Dir das mal vor. Hundert Meter weiter befindet sich der Weg, ins Tal, nach Hause, ins Leben, aber Du bist ein für alle Mal hier gefangen.

It's Kili Time, stottere ich vor mich hin.

Werner fragt: Wie bitte?

*

Ich zeige keine Regung. Nicht einmal ein Zeh wackelt. Ich kümmere mich nicht um den Streit zwischen Meyer und Purtscheller. Sehe durch die beiden hindurch in den wolkenlosen Himmel, in die Weite, in der ich das Usambaragebirge zu erkennen glaube. Höre nicht ihre Flüche, die sie sich in immer größerer Lautstärke an den Kopf werfen, so lange, bis sie begreifen, dass Worte keine Lösung sind.

Sie nehmen die Fäuste hoch.

Trotz unterschiedlicher Gewichtsklassen.

Zwei Amateur-Schmelings.

Und: Box!

Ein Infight.

Kein Tänzeln, keine Finten, keine Doubletten.

Boxen ist anstrengend, Boxen ist wunderbar. Der linke Haken etwa. Der Schlag eines Boxers, der nur aus der Halbdistanz angebracht werden kann. Der Schlagarm ist um 90° angewinkelt und wird blitzschnell in einem Aufwärtsschlag vorgestoßen. Wegen der enormen Stärke, die hinter so einem Schlag steckt, ist er unter Boxern sehr beliebt und gefürchtet und oft kampfentscheidend.

Meyers linker Arm geht nach hinten.

Währenddessen formt sich das Nun mal langsam in meinem Kopf zur götterfunkenen Melodie um, in immer höheren Wellen brandet sie an die Innenseiten meiner Haut und droht mich zu sprengen, ich lache in mich hinein und denke dann: Mondberg, Mondberg.

Meyers linker Arm schwebt nach vorne, die Hoffnung auf einen Lucky Punch.

Mondberg, den Namen sehe ich in großen Lettern vor mir, drehe ihn im Mund hin und her, spiele mit den Silben, drücke die Konsonanten etwas zur Seite, um die Vokale, vor allem das o, zur Geltung zu bringen, zugleich ist mir, als fliege ein Teil von mir davon und weit oben, vom Mond aus, könne ich mich, nur mich, erkennen, wie ich dort unten sitze und um mich herum die Welt, ganz still, ganz starr, als halte sie den Atem an.

Meyers Faust trifft Purtscheller in der Magengegend.

Purtscheller bemüht sich um einen Konter.

Sein Uppercut quält sich durch die dünne Luft.

Dieser sehr kraftvolle Aufwärtshaken kann sogar die Doppeldeckung eines Boxers durchstoßen. Verbindet man den Uppercut mit der richtigen Körperdrehung, erlangt man eine enorme Schlagkraft.

Der Schlag streift Meyers Handschuhe.

Bereits vor dem Ende der ersten Runde liegen sie im Clinch. Kein Ringrichter in Sicht, der gegen das unfaire Verhalten Maßnahmen ergreift, der die Frage nach dem Namen ein für alle Mal beantwortet.

Sie gehen beide zugleich erschöpft auf der Schutthalde in die Knie.

Doppelter Knockout.

Aus, aus, aus.

Und jetzt?, keucht Meyer.

Purtscheller schweigt lange.

Wir können einen Kaiser ehren. Nur, welchen?

Meyer rappelt sich auf, schaut hinab auf Hagebucher. Er kratzt einen letzten Rest Speichel in seinem Mund zusammen und spuckt auf den Liegenden.

Kaiser Wilhelm. Oder …

Mühsam ballt Meyer die Linke zu einer Faust.

Purtscheller begutachtet die Spritzer in Hagebuchers Gesicht.

Aber die anderen beiden Gipfel hier bekommt mein Kaiser. Versprochen? Franz und Joseph. Sie tragen das so in Ihre Karten ein.

Verdammt. Meinetwegen. Versprochen.

Bis es Zeit zum Abstieg wird, beschäftigen sie sich mit ihren Instrumenten und Zeichenblöcken, messen die Temperatur, berechnen Durchmesser und Tiefe des Kessels, fertigen Skizzen an. Zwischen den voneinander abgewandt, verbissen Arbeitenden liege ich und starre in den Himmel. Fest überzeugt davon, angekommen zu sein an einem nur mir bestimmten Ort. Meyer schimpft:

*

Das Rennen soll nächstes Jahr wiederholt werden, habe ich gehört. Die Sympathie, sagen Schmolke, Rippgen und

Eddish, die dem Unternehmen entgegengebracht wurde, müsste unbedingt dazu genutzt werden, den Laufsport noch populärer zu machen. Den guten Zweck gibt's auch wieder. Schmolke & Co. wollen die Regeln und Kontrollen verfeinern, damit noch mehr ins Ziel gelangen als dieses Mal. Und noch mehr Schwarze anheuern. Werner sieht mich an. Du wirst doch dabei sein? Das bist Du Deiner Familie schuldig, Deinem Gärtner vor allem.

Was kann ich darauf erwidern? Und wenn alles anders gewesen wäre? Werner kann ich nicht trauen. Wenn nicht nur der Boxkampf sich als falsch herausstellt, nicht nur der Meyerlein-Meyerlein-Spruch, nicht nur die schwere Krankheit, in die sich Hagebuchers, wie Mutter nicht müde wurde zu betonen, leichte Sansibarer Unpässlichkeit verwandelte? Wenn der Kibo der Anfang vom Ende gewesen wäre und nicht das Glück, dank dem er das Ende hätte ertragen können? Und, nüchtern betrachtet, nicht mehr als ein lachhafter ...

Wetten wir, fragt Werner, um einen Kasten Kili Premium Lager? Oder lieber einen Eimer Bananenbier?

Bananenbier kann ich nicht ausstehen.

Camilla, liebe Camilla, stammle ich. Wann werden wir wieder beisammen sein? Am Montag? Am Dienstag? Am Mittwoch?

Red bitte etwas lauter.

Werner will zurück ins Lager.

Nun komm schon.

Ich rühre mich nicht.

Wieder grabscht er in meinem Gesicht herum.

Jetzt reicht's. Ich schlage seine Hand weg, brülle ihn an:

*

Du Hundsfott Du elender Du bist schuld das wirst Du mir büßen Deine Visage Deine selbstgefällige wie die mich anwidert wie gerne würde ich Dir den Kopf abreißen und dann auf ihm herumtrampeln Du Wanze Du Kakerlake zerquetschen sollte man Dich Ungeziefer wieso bloß habe ich mich mit so jemand wie Dir abgegeben aber ich werd's Dir heimzahlen darauf kannst Du Dich verlassen.

*

Aber mein Schlag ist eine leichte Berührung, mein Gebrüll ein Ringen nach Luft.
 Mann, bist Du heiß, sagt Werner und zieht seine Hand weg.
 Ja, heiß bin ich. Wunderbar heiß.

*

Aber seine Worte dringen nicht durch.
 Mehrfach müssen sie mich rufen.
 Sie zerren kräftig am Seil.
 Sie lassen nicht locker.
 Spät erst reiße ich mich los und langsam, sehr langsam rutsche ich über den Schutt

*

hinab, hundert Jahre und ein paar zerquetschte, hinauf, auf meinen KiboMond, das wunderbare Usambaaaaaaaaraaaaaaaa, im Himmel unter mir, da werden die Mönchs-

geier kreisen und das Okapi und der Uropi mit der Uromi im rauschhaften Tanz, noch etwas Laudanum gefällig oder lieber Morphium, das ist sie, die Qual der Wahl, Kopf oder Zahl, dead or alive, egal, Kettenhaft, Mann, hast Du ein großes Gesicht, auch Du und Du und Du, da oben hocken sie alle, ich werd einen Lucky Punch nach dem anderen landen, und dann gehts heim zu Camilla, die hat den Arzt in die Wüste geschickt, die wartet, am Montag, am Dienstag, gleich macht es bumm, der Heizkessel explodiert, Schicksal, Michael, Deine Regeln, ich hab's versaut, Werner, ich kann Dich nicht verstehen, Camilla, wie gern wär ich bei Dir, passt auf, gleich geht's den Toten an den Kragen, von hier bis ganz oben ist es nur noch ein lächerlich kleiner Schritt, ich schnappe nach Luft, nach Silben und Lauten, nach dem erlösenden
   aaaaaaaaaaaaaaaaaaaaaaaaaaaaaaaaaaaaaaaaaaaaaaaaaaaaaaaaaaa,

  ja, ich reiß mich gleich zusammen, bestimmt,

  der Berg schweigt,

  von oben schwebt eine Folie herab,

  alles wird eingeschweißt, reißfest,

  schnapp,

  schnapp,

  schnapp.

  Nun mal langsam.

Der Roman bezieht Entdeckerberichte des 19. Jahrhunderts, insbesondere Oscar Baumanns *In Deutsch-Ostafrika während des Aufstandes* (1890) und Hans Meyers *Ostafrikanische Gletscherfahrten* (ebenfalls 1890), als Material ein. Der Name Leonhard Hagebucher findet sich zuerst in Wilhelm Raabes Roman *Abu Telfan oder Die Heimkehr vom Mondgebirge* (1867).

Ich danke Susanne für ihre Begleitung, Alexander und Herbert für die Möglichkeit, die sie mir eröffneten, Dieter für seine liebenswerte Unermüdlichkeit und Rüdiger dafür, dass er da war, als ich ihn brauchte.

Bei der Kunststiftung NRW und der Stiftung Künstlerdorf Schöppingen bedanke ich mich für ihre finanzielle Unterstützung.